Katrin Rohde

Löwengrab

AF187145

Bibliografische Information der Deutschen Nationalbibliothek:
Die Deutsche Nationalbibliothek verzeichnet diese Publikation in der
Deutschen Nationalbibliografie; detaillierte bibliografische Daten sind im
Internet über http://dnb.d-nb.de abrufbar.

© 2019
Herstellung und Verlag: BoD – Books on Demand, Norderstedt.
ISBN: 9783749410712

Katrin Rohde

Löwengrab

Für meine Eltern

Prolog

Der Fotograf balancierte auf einer Holzplanke, die sich unter seinem Gewicht durchbog. »Und jetzt still stehen«, rief er den Männern zu.

Die Erdarbeiter reckten ihre Köpfe aus dem langen Graben, dessen Wände primitiv durch Holzverschläge gesichert waren. Das ausgehobene Erdreich säumte den Gehsteig, auf dem Frauen mit langen Röcken und fein gekleidete Herren rasch voranschritten. Der aufsteigende Geruch aus dem Graben trieb sie zur Eile an.

Fred und Jonas standen dicht beieinander, stützten sich auf ihren Schaufeln ab und blickten zu dem Fotografen empor. Sie hatten sich auf die Fotografie gefreut – aber nun rann ihnen der Angstschweiß über die Stirn.

Fred stieß Jonas unmerklich mit dem Ellenbogen an. Der Freund folgte seinem Blick und wurde bleich.

Zu ihren Füßen ragte aus dem Boden eine Hand hervor. Die schwulstigen, weißen Finger wirkten, als ob sie sich aus dem dunklen Grab befreien wollten.

Jonas geriet ins Wanken.

»Nicht bewegen!«, ermahnte der Fotograf sie erneut, während er sich seiner Voigtländer zuwandte – einer neuartigen Metallkamera.

Jonas richtete sich auf und nutzte den Moment, mit seinem Fuß rasch etwas Erde über die Hand des Toten zu schieben. Dabei wütete in ihm das Grauen über das, was er und Fred letzte Nacht getan hatten.

Er hoffte inständig, dass diese Grube bald verschlossen würde und damit ihr Geheimnis auf alle Ewigkeiten in der Braunschweiger Unterwelt verschwand.

Eins

»Nie wieder Weinfest auf dem Kohlmarkt!«, stöhnte Lars und ließ eine Tablette in das Wasserglas fallen, die sich zischend auflöste.

»Eine blöde Idee, bei der Hitze Wein zu trinken!«, pflichtete Henrike ihm bei. Sie hing wie er in den Seilen und war froh, dass aufgrund der Sommerhitze selbst die Verbrecher eine Auszeit nahmen. »Auf einem Montag mit dickem Kopf in der Arbeit – geht gar nicht!«

Sie schwiegen und starrten vor sich hin. Der Ventilator in der Ecke verschaffte ihnen kaum Abkühlung. Die Zeit verstrich schleppend, als das Telefon auf Henrikes Tisch klingelte.

»Keiner da«, murrte sie leise.

Es verstummte.

Wenig später eilten energische Schritte auf ihre Bürotür zu. Die Tür flog auf und ihr Chef Walter Kimmich baute sich vor ihnen auf. »Geht hier keiner ans Telefon ran, oder was?« Sein Schnurrbärtchen hüpfte aufgeregt auf und ab und war ein eindeutiges Zeichen dafür, dass er in Rage war.

»Zu langsam gewesen«, winkte Henrike schwach ab.

»Hier stinkt's ja wie im Schnapsladen!«, fauchte Kimmich daraufhin. Er ballte die Hände zu Fäusten.

Henrike rappelte sich auf. »Was gibt's denn?«

»Ihr geht gleich rüber zum Kohlmarkt. Ein Weinstand wurde nicht abgebaut und der Besitzer ist spurlos verschwunden. Findet raus, was da los ist. Und zwar dalli!«

»Weinfest? So ein Zufall.« Lars hob zu einer Erklärung an, die Henrike mit einem leichten Kopfschütteln unterband.

»Gibt es noch etwas?«

Lars schwieg.

»Dann macht euch endlich auf den Weg, oder braucht ihr

eine Sondereinladung?«

Im Zeitlupentempo erhoben sich die beiden und schlurften auf die Tür zu. Kimmich rümpfte die Nase, als seine Kommissare und deren Ausdünstungen an ihm vorbeizogen.

Die beiden überquerten die Münzstraße und liefen langsam zum Kohlmarkt. Henrike nippte zum wiederholten Male an der kleinen Wasserflasche, die sie bei sich trug.

»Das ist bizarr, dass wir an den Ort des abendlichen Besäufnisses zurückkehren müssen.« Eine große Sonnenbrille verdeckte ihr Gesicht. »Aber wir hatten eine Menge Spaß.« Sie gackerte albern. »Und als am anderen Tisch die Senioren mit samt der Bank umgekippt sind!« Ihr Kichern wurde leiser und verwandelte sich in ein Stöhnen. »Auf die Kopfschmerzen könnte ich allerdings verzichten.«

Der große Platz tauchte vor ihnen auf, der durch Tische und Stühle der Cafés und Restaurants umrandet wurde. Die paar Gäste zogen den Schatten der Sonnenschirme der Augustsonne vor, die bereits vormittags unerbittlich vom Himmel knallte.

In der Mitte des Kohlmarktes herrschte reges Treiben: Männer mit freiem Oberkörper verluden letzte Teile des zurückliegenden Weinfestes auf Anhänger und Transporter. Nicht mehr lange, und die Fläche war geräumt, bis auf einen Stand.

Henrike erstarrte. »Also, das glaube ich doch nicht«, keuchte sie und bekam einen trockenen Mund.

Lars blinzelte in dem grellen Sonnenlicht und verfluchte sich, die Sonnenbrille zu Hause liegen gelassen zu haben. Noch mehr Unbehagen bereitete ihm, dass genau der Weinstand stehen geblieben war, an dem sie am Abend zuvor die letzten Schoppen getrunken hatten.

»Muss nichts bedeuten«, knurrte er und bewegte sich auf

den Polizeiwagen zu, der dort parkte.

»Guten Morgen, Herr Kommissar«, begrüßte ihn der Polizist, der ihm erwartungsvoll entgegensah. Lars konnte sich nur schwach erinnern, mit dem Mann bereits zu tun gehabt zu haben.

»Dann fassen Sie mal kurz zusammen, was hier los ist.« Henrike nahm ihren Notizblock zur Hand und schob die Sonnenbrille auf den Kopf.

»Der vermisste Mann heißt Karl Werling und ist fünfundvierzig Jahre alt. Er stammt wie die anderen Weinhändler aus der Pfalz. Da sie heute zum nächsten Veranstaltungsort aufgebrochen sind, fiel das Fehlen von Werling auf. Die sprechen sich früh morgens einmal ab, ehe sie mit den Autos vorfahren.« Der Polizist wartete ab, ob die beiden etwas fragen würden.

Sie starrten schweigend zurück.

»Wir haben alle Anwesenden befragt, ob sie etwas Auffälliges gesehen haben, ob es Streit gab oder was auch immer. Nichts. Gegen einundzwanzig Uhr hat der Vermisste die Luken seines Standes dicht gemacht, und ab da wurde er nicht mehr gesehen.«

Henrike räusperte sich. »Was ist mit den Geschäften ringsherum?«

»Die sind sonntags zu.«

Sie biss sich auf die Lippe. So eine blöde Frage. »Hat der Mann in einem Hotel geschlafen? Wenn ja, welches? Wo ist sein Auto? Was ist mit Angehörigen? Schon ausfindig gemacht? Gibt es ein Foto von ihm?«

»Moment«, erwiderte der Polizist und beugte sich zur geöffneten Wagentür hinab, wonach er die bevorstehenden Aufgaben mit seinem Kollegen besprach.

»Und geht in der Bruchstraße nachfragen, ob er von einem Schäferstündchen mit einer der Damen nicht zurückgekehrt ist.« Lars ignorierte die neugierigen Blicke der vorbeieilenden Passanten.

»Die Leute in der Bruchstraße sind nicht sehr gesprächig«, meinte Henrike. »Ich weiß. Ein Versuch ist es wert.« Sie registrierten, wie die beiden Polizisten die Köpfe zusammensteckten und anschließend in unterschiedliche Richtungen verschwanden.

Lars blickte sich um. »Wie wäre es jetzt mit einem Espresso und einer Verschnaufpause im Schatten?«

»Gute Idee.«

Sie wählten einen Tisch in einer ruhigen Ecke und bestellten den Kaffee.

Henrike legte die Sonnenbrille auf den Tisch. »Wir müssen rekapitulieren, wie der letzte Abend verlaufen ist. Ich bekomme gerade nicht aus dem Kopf, dass wir vermutlich mit zu denjenigen gehören, die den Mann als letztes gesehen haben.«

»Noch gibt es kein Anzeichen für ein Verbrechen.«

Henrike schüttelte den Kopf und ihre Locken wippten auf und ab. »Ich rieche ein Verbrechen. Mein Riecher war zu neunundneunzig Prozent der Fälle immer ein Treffer.«

Lars hielt nicht dagegen, denn was seine Partnerin sagte, entsprach der Wahrheit. Außerdem vermutete er selbst, dass der Werling nicht nur verschlafen hatte, sondern etwas oder jemand ihn am Zurückkehren zum Kohlmarkt gehindert hatte.

Der Kaffee wurde an den Tisch gebracht und Henrike schlürfte gedankenverloren daran, ehe sie sich Lars zuwandte.

»Ist dir gestern beim Getränke holen etwas aufgefallen? Hat dieser«, sie blätterte in ihrem Notizbuch, »dieser Werling verängstigt, unruhig oder sonst wie ausgesehen? Hatte er an dem Abend Streit? Ich kann mich nicht erinnern, etwas in der Richtung bemerkt zu haben.«

»Geht mir genauso. Im Gegenteil. Der Mann schien bester Laune zu sein.«

»Hoppla, wer läuft denn da?« Henrike wies mit dem Finger in Richtung des Brunnens, der Wasserfontänen gegen die flirrende Hitze ausstieß. Lars rutschte tiefer in seinen Stuhl. Henrike beachtete ihn nicht und erhob sich.»Marion! Hier!«

»Och nee«, protestierte Lars schwach.

»Du willst sie doch wohl nicht ignorieren, oder?« Ihr Gesicht zeigte deutlich, was sie von seinem Verhalten hielt.

Lars duckte sich weg und verfluchte erneut den Tag und den Restalkohol in seinem Blut. Er war einfach nicht beisammen und vor allem nicht vor einer gutgelaunten Marion gewappnet.

Diese lief freudestrahlend zu ihnen hinüber.»Das ist ja eine Überraschung«, strahlte sie zur Begrüßung und ließ sich in den Stuhl neben Lars fallen.»Ihr habt gestern wohl nicht genug bekommen und wollt da weitermachen, wo ihr aufgehört habt!«

Lars stöhnte leise.

»Oh, geht es dir nicht gut?« Übertrieben mitfühlend sah Marion ihn an.»Ich habe dir gleich gesagt, immer ein Glas Wasser zum Wein. Das bekommt dir besser.«

Lars stöhnte lauter.»Und nun auch noch die Besserwisserei unseres Bücherwurms.«

»Mach es wie immer, Marion! Beachte ihn einfach nicht.« Henrike grinste sie breit an.»Was machst du hier? Musst du nicht arbeiten?«

»Ich habe mir heute frei genommen. Man wird ja nur einmal im Leben Vierzig.«

»Wird denn die Bibliothek in Wolfenbüttel ohne dich auskommen?«

»Nur schwer, mein lieber Lars.« Marion hob spöttisch die

Augenbrauen. »Und was macht ihr hier? Auf den Feierabend warten?« Ihr kleiner Körper hüpfte belustigt auf und ab.

»Wir gehen einer Vermisstenanzeige nach.«

»Im Sitzen? Na ja, ihr habt gestern auch ordentlich gebechert, da sei euch die Pause vergönnt.« Marions Blick schweifte ab. »Ich habe gestern meine Sonnenbrille hier liegen lassen.« Ihre Augen verengten sich. »Ach, der Weinstand ist ja noch da. Ich gehe gleich mal fragen.« Sie machte Andeutungen sich zu erheben.

»Warte mal«, hielt Henrike sie zurück.

»Was ist?«

»Der Besitzer wird seit gestern Abend vermisst.«

Einen Moment blickte Marion die Kommissare sprachlos an.

»Ähm, wir haben gestern dort gefeiert und nun ist der Mann verschwunden? Einfach weg?« Sie zog die Stirn kraus. »Wir werden jetzt aber nicht verdächtigt, oder?«

»Quatsch«, brummte Lars. »Zwei Polizisten sind los, die sich umhören werden. Vielleicht ist er auch nur in der Bruchstraße hängengeblieben.«

Der skeptische Blick von Marion ruhte auf ihm.

Lars tat es mit einem Achselzucken ab. »Solange der Mann nur vermisst wird, müssen wir nichts an die große Glocke hängen. Vor allem nicht, dass wir zu seinen letzten Kunden zählten.«

»Geht klar. Ich gehe jetzt trotzdem mal rüber und schaue nach, ob ich irgendwo meine Sonnenbrille finde.«

»Wir kommen mit«, entschied Henrike schnell. »Lars, zahl doch mal.«

Die beiden Frauen liefen vorweg, während Lars in seiner Hosentasche wühlte und ein paar Geldstücke auf den Tisch warf. »Hoffentlich entwickelt sich aus der Vermisstenanzeige kein richtiger Fall. Sonst haben wir den Bücherwurm wieder am Hacken kleben. Und wer weiß, wo das wieder hinführt!«

Ein Kellner lief am Tisch vorbei und warf dem vor sich hinmurmelnden Lars einen zweifelnden Blick zu.

»Frauen!«, konterte er und lief den beiden dennoch hinterher. Dabei schüttelte er die Gedanken an den Fall ab, über den sie Marion erst kennengelernt hatten: Die grausame Mordserie im letzten Jahr hier in Braunschweig. Marion war tief in den Fall verstrickt gewesen und es hätte sie beinahe das Leben gekostet.

Auch wenn Lars die Bibliothekarin gerne aufzog oder sich über ihre schlauen Sprüche lustig machte, zählte er sie zu seinem Freundeskreis. Und der war nicht sonderlich groß. Wahrscheinlich lag es an seiner großen Schnauze, wie er von einigen Seiten gesteckt bekommen hatte. Das war ihm allerdings egal und Marion besaß genug Mumm in den Knochen, ihm die Stirn zu bieten. Das gefiel ihm, auch wenn sie manchmal in seinen Augen echt nervig war.

»Wo hast du denn deine Sonnenbrille liegen lassen?«, hörte er Henrike fragen, als er zu ihnen aufschloss.

»Das ist eine gute Frage. Vermutlich auf dem Tisch. Oder auf dem Tresen. Können wir in den Weinstand hineinsehen?«

»Die Tür ist bestimmt verschlossen«, vermutete Henrike, zog dennoch probehalber daran.

Widerstandslos ließ sie sich öffnen. »Das ist eine Einladung«, empfand Henrike die Situation und schaute ins Häuschen hinein. Zunächst fiel ihr der muffige Geruch auf. Sehen konnte sie nichts, es war trotz Tageslicht zappenduster. Sie tastete nach dem Lichtschalter. Es machte Klick, aber nichts passierte. »Das Licht geht nicht mehr.«

Marion drohte sich an Lars vorbeizudrängeln, als sie sein warnender Blick traf.

»Okay, verstanden. Ich warte draußen.«

Lars löste innen die Haken der großen Frontluke und drückte die schwere Platte nach außen. Marion schaltete rasch und griff zu.

»Lars, du musst mir helfen, alleine schaffe ich das nicht.« Sie kämpfte mit dem Gewicht der schweren Platte.

Lars und Marion mühten sich draußen gemeinsam ab, während Henrike das einfallende Tageslicht nutzte, um sich umzusehen.

Augenscheinlich hatte Werling schleunigst Feierabend gemacht, denn eine große Menge nicht gespülter Gläser stand im Waschbecken. Ansonsten gab es keinen Hinweis auf ein Verbrechen. Diese Beobachtung nahm sie mit Erleichterung auf, denn somit würde ihre private Feier auch privat bleiben. Den Chef ging schließlich auch nicht an, was sie sonntags unternahm und mit wem.

»Deine Sonnenbrille liegt hier nirgendwo«, rief Henrike. »Auch sonst nichts Verdächtiges.«

Lars beugte sich von draußen hinein. »Prima. Kein Fall für uns. Wahrscheinlich ist der Mann einfach nur versackt und wird im Laufe des Tages wieder auftauchen.« Aufmunternd klopfte er mit der Hand auf den Tresen. »Dann lass uns den Stand wieder verschließen.«

Als sie alles erledigt hatten, verweilten sie im Schatten, trotzdem rann ihnen der Schweiß über das Gesicht.

»Das wird heute noch ein Gewitter geben«, meinte Marion beiläufig mit einem Blick zum Himmel. In einiger Entfernung türmten sich Wolken in die Höhe, die von der Sonne leuchtend angestrahlt wurden. »Ich will rüber in die Bibliothek – ins Schloss. Die haben eine Klimaanlage und höchst interessante Lektüre.« Fragend sah sie die beiden Kommissare an.

»Freiwillig bekommst du mich nicht in eine Bibliothek.« Lars zog eine Grimasse.

»Das weiß ich doch. Aber vielleicht geht ihr zurück ins Kommissariat und wir haben einen gemeinsamen Weg.«

»Na klar«, hakte Henrike ein. »Wir können auch vom Büro aus Nachforschungen anstellen. Die beiden Kollegen werden sich sicherlich nachher bei uns melden.« Ihr Blick galt dem Polizeiwagen, der verlassen in der Sonne vor sich hin brutzelte.

»Ihr solltet auch in den Krankenhäusern nachfragen, vielleicht hatte der Mann einen Unfall«, fügte Marion zu.

»Du solltest bei der Polizei anfangen«, lachte Henrike.

»Nee. Lass mal, sonst hätte Lars keine ruhige Minute mehr.«

Die beiden Frauen hakten sich unter und bogen sich lachend. Lars stieß einen tiefen Seufzer aus.

Marions gute Laune steigerte sich sogar, als sie auf das Katzendenkmal in der Fußgängerzone zukamen. »Dieses Denkmal ist einzigartig«, begann Marion und ignorierte das Augenverdrehen von Lars. »Die Stele aus Kalkstein und Bronze stammt von Siegfried Neuenhausen. Der Name Katzenbalgen ist vortrefflich gewählt, findet ihr nicht auch?«

Henrike selbst war bereits unzählige Male daran vorbeigelaufen und fand die sich rangelnden und spielenden Katzen wundervoll. »Mir gefällt es.«

Lars kommentierte das Gespräch mit einem »Hmpf.«

Kultur, Denkmäler und derartiges konnten ihm gut und gerne gestohlen bleiben. Er nahm sich indes vor, früh Feierabend zu machen und zum Sport zu gehen. Wer brauchte schon eine Bibliothek mit Klimaanlage, wenn es die auch in seinem Fitnessklub gab.

An der Münzstraße trennten sich ihre Wege. Marion winkte den Kommissaren zum Abschied zu, die nach links abbogen.

Der Himmel über ihnen verdüsterte sich zusehends und

kündigte das herannahende Gewitter an.

Nur dieses Gewitter sollte kein typisches Sommerschauspiel werden. Es sollte heranwachsen zu einem Orkan, der die Stadt umkrempeln und eine schreckliche Tat ans Licht bringen würde.

Zwei

Sturzbäche hatten sich über der Stadt ergossen, heftiger Wind war durch die Straßen gefegt und das Heulen der Feuerwehrsirenen war die halbe Nacht zu hören gewesen.

Henrike kam spät ins Büro, da sie ihre Töchter zur Schule gebracht hatte. Ihre Fahrt war durch umgestürzte Bäume nervenaufreibend und umständlich verlaufen.

Lars saß bereits am Schreibtisch. »Guten Morgen«, begrüßte er sie. »Kaffee ist schon fertig.«

Dankbar nahm sie sich eine Tasse. Nach dem heftigen Gewitter waren die Temperaturen von über dreißig Grad auf schlappe fünfzehn gefallen. »Das tut gut«, meinte sie und schlürfte an dem heißen Getränk. »Das war eine Nacht! Vom Nachbarhaus sind die Dachziegel gesegelt, bei uns ist der Keller vollgelaufen. So etwas brauche ich so schnell nicht wieder.«

»Und es hat ordentlich gerumst. Ich war ziemlich dicht dran.«

»Von deiner Dachgeschosswohnung kein Wunder!« Sie setzte sich ihm gegenüber. »Irgendetwas Neues von dem vermissten Weinhändler?«

»Er ist bislang nicht aufgetaucht. Eine Streife hat morgens eine Runde über den Kohlmarkt gemacht, und der Stand ist immer noch dort, aber«, er legte eine kurze Pause ein, »er wurde aufgebrochen.«

»Aufgebrochen? Er war doch gar nicht verschlossen gewesen.«

»Die beiden Kollegen der Streife hatten vorausschauend ein Vorhängeschloss besorgt.«

»Entweder waren Gelegenheitseinbrecher unterwegs, oder es hat tatsächlich jemand etwas gesucht. Wie sah es darin aus? Haben sie etwas gesagt?«

»Es herrschte große Unordnung. Nachdem was wir gestern gesehen haben, gab es dort nichts zu stehlen. Der Stand ist jetzt polizeilich versiegelt. Die Spurensicherung geht nachher durch und wird alles aufnehmen. Solange der Eigentümer nicht auftaucht, gehen wir auf Nummer sicher.«

»Haben wir eine Info, wo der Mann untergekommen war? Ein Hotel?«

»Es ist eine Pension. Die Pension *Blau-gelbe Heimat* hinterm Eiermarkt.«

»Blau-gelbe Heimat? Die werden die Pension doch nicht in den Farben blau-gelb eingerichtet haben?« Henrikes Augen weiteten sich amüsiert.

»Du kennst die Verbundenheit der Braunschweiger mit ihrem Fußballverein!«

»Na klar, selbst meine Töchter sind große Fans der Eintracht.« Lachend erhob sie sich. »Lass uns zur Pension gehen. Auf dem Rückweg schauen wir beim Kohlmarkt vorbei.«

Die Pension versprach bereits von außen das zu halten, was der Name *Blau-gelbe Heimat* über der Eingangstür versprach: Rechts und links wehten zwei Fahnen des Traditionsvereins im Wind, an der Tür selbst prangte unübersehbar der rote Löwe.

Von der Eingangstür aus waren es nur wenige Schritte bis zu einem kleinen Tresen, den ein blau-gelber Schal zierte. Ein großes Poster der Meistermannschaft von 1967 schmückte die ansonsten karge, weiße Wand dahinter.

Aus einem Nebenraum tauchte eine untersetzte, ältere Frau auf, die komplett schwarz gekleidet war – ein Kontrast zu den vorherrschenden Farben.

»Guten Tag«, grüßte sie.

Henrike zückte ihren Dienstausweis. »Henrike Noske von

der Kriminalpolizei. Mein Kollege, Lars Henkel. Wir hätten eine Frage, Frau?«

»Ich bin Lotte.«

»Frau Lotte, ein …«

»Einfach nur Lotte.« Ein breites Lächeln entblößte eine große Lücke zwischen den Schneidezähnen.

»Na gut, Lotte, ist Herr Werling hier noch Gast? Er soll hier ein Zimmer haben.«

»Der Karl? Na klar. Der wollte am Montag abreisen, aber seine Sachen sind noch da und das Auto steht auf dem Hof. Ich weiß nicht, wo er sich rumtreibt. Sonst ist er sehr zuverlässig.«

»Also war er Stammkunde in der Pension?«, mischte sich Lars ein.

»Nein, er war das erste Mal hier. Aber so ein netter Mensch, auch wenn er nichts mit Fußball am Hut hat. Ist etwas passiert?« Sorgenvolle Falten bildeten sich auf ihrer Stirn.

»Er wird vermisst. Können wir einen Blick in sein Zimmer werfen?«

Lotte schien kurz zu überlegen, ehe sie antwortete: »Meinetwegen.« Sie griff sich einen Schlüssel von der Wand und kam um den Tresen herum. »Das Zimmer ist im ersten Stock.«

Langsam kämpfte sie sich die Treppen empor. »Arthrose, echt blöde Sache«, warf sie ihnen über die Schulter zu.

Die Wände des Treppenaufgangs waren mit Fotos von Fußballspielern behängt, einige sogar mit Autogrammen der Spieler.

»Wann hast du Werling das letzte Mal gesehen?«, wollte Henrike wissen.

»Das war Sonntagmorgen, als er gefrühstückt hat.«

»War er irgendwie anders?«

Lotte erreichte die letzte Stufe und blieb vor der ersten Tür linker Hand stehen. Sie sperrte auf und wandte sich den Kommissaren zu. »Wenn ich so recht überlege, wirkte er an diesem Tag sehr gut gelaunt, beinahe aufgekratzt.«

»Hatte er Besuch gehabt?« Lars streckte den Hals und warf einen Blick in das Zimmer. »Hier war niemand.« Überlegend starrte sie Lars an. »Natürlich war ich am Samstag bei meiner Eintracht im Stadion. Vor und nach dem Spiel klöne ich mit meinen Leuten. Da war ich einige Zeit weg. Kann sein, dass in der Zeit jemand hier gewesen ist. Und abends habe ich den Karl nicht mehr gesehen. Ich war müde und recht früh im Bett verschwunden.«

»Also kann er rein theoretisch jemanden getroffen haben«, stellte Henrike fest, »auch hier in der Pension. Aber das hilft uns auch nicht weiter.« Sie schob sich an Lotte vorbei. »Wir sehen uns nur ein bisschen um und fassen nichts an.«

»Ist schon in Ordnung.« Lotte blieb an der Tür stehen und ließ die beiden nicht aus den Augen.

Lars notierte sich in Gedanken, dass das Bett ordentlich und letzte Nacht unbenutzt war. Unter dem Bett stand ein Paar Schuhe, Kleidung war nicht zu entdecken und hing vermutlich im Schrank. In der Ecke, nahe dem Bett, stand ein schwarzer Koffer, auf dem Nachttisch lag eine Sportzeitung.

Henrike indes trat näher an den kleinen Schreibtisch, der sich am Fenster befand. Dort lag ein schmaler Aktenordner mit der Aufschrift *Pfälzer Tour in Niedersachsen*, daneben ein Ladegerät für ein Handy, ein Kugelschreiber, und – Henrike streckte bereits die Hand danach aus – ein dickes Bündel Papiere in einem vergilbten Ledereinband.

»Nichts anfassen!«, erklang die strenge Stimme von Lotte.

Henrike zuckte ertappt zurück und biss sich auf die Unterlippe. Verflucht, dachte sie, das war das einzig Interessante im ganzen Raum.

»Ich glaube, wir sind soweit fertig.« Lars drehte sich zu Lotte um und zog aus seiner Jackentasche eine Visitenkarte. »Wenn Herr Werling wieder auftaucht, soll er sich bei uns melden.«

»Ich werde es ihm ausrichten. Ich hoffe nur, es ist ihm nichts passiert.«

Lars bemerkte Schweißperlen auf Lottes Stirn, die er dem Treppensteigen zuschrieb und keinerlei Bedeutung beimaß.

Lotte schloss wieder ab und gemeinsam stiegen sie die Treppe hinab. Henrike und Lars verabschiedeten sich von Lotte, die ihnen nachdenklich hinterherblickte.

Aus dem Weinstand tauchten zwei weiß gekleidete Männer der Spurensicherung auf. Sie packten bereits ihre Sachen zusammen und entledigten sich ihrer Schutzbekleidung.

»Habt ihr etwas gefunden?«, trat Henrike fragend an die beiden heran, die zur Begrüßung kurz die Hand hoben.

»Wir haben alle Gläser eingepackt, die nicht abgewaschen im Becken standen. Das wird ein Spaß die vielen Fingerabdrücke zu sichten.«

Henrike wurde heiß, denn das Thema Fingerabdrücke belastete ihr Gewissen. Mit jeder Stunde die Werling verschwunden blieb, stieg die Eventualität, dass er einem Gewaltverbrechen zum Opfer gefallen war.

»Die Schränke wurden alle aufgebrochen«, fuhr der Mann der Spurensicherung fort. »Ob die Kasse noch da gewesen ist, lässt sich nicht mehr sagen.«

»Wir waren gestern bereits hier und haben in den Stand hineinsehen können. Eine Kasse war nicht vorhanden.«

Der Mann stockte in der Bewegung. »Haben Sie etwas angefasst?«

»Wir sind doch keine Anfänger!«

Sein Gesichtsausdruck sah zweifelnd aus. »Falls doch, brauche ich als Ausschlusskriterium ihre Fingerabdrücke.« Kopfschüttelnd wandte er sich an seinen Kollegen. »Wir können los.«

»Ob der Bankplatz wieder frei ist?«, entgegnete dieser.

»Wieso? Was ist da los?« Neugierig trat Henrike einen Schritt näher.

»Nach dem Gewitter sind die Gullydeckel hochgekommen und der Platz wurde überschwemmt. Da steht eine riesige Wasserlache. Deshalb sind wir dort nicht mit dem Auto durchgekommen.« Er schloss seine große Tasche und richtete sich auf. »Bericht zum Einbruch folgt die Tage. Bis dann.«

»Der Fall Werling ist mysteriös«, meinte Henrike und sah den beiden Männern nach. »Vielleicht wird er zu denjenigen Vermissten zählen, die niemals auftauchen werden.«

»Kann sein. Vielleicht hat er hier seine Traumfrau gefunden und ist mit ihr durchgebrannt.«

Henrike verzog spöttelnd das Gesicht. »Entdecke ich bei dir eine romantische Ader?«

Lars lachte spöttisch.

»Wäre ja auch ein Wunder gewesen«, grinste sie ihn an. Ihre gute Laune erstarb. »Falls die Fingerabdrücke an den Weingläsern doch an Bedeutung gewinnen sollten, müssen wir dem Chef beichten, dass unsere dabei zu finden sind.«

»Dank der Spurensicherung könnten wir zugeben, dass wir gestern amateurhaft die Gläser angefasst haben. Das ist zwar peinlich zuzugeben, aber ein kleiner Ausweg.«

»Da bleibe ich lieber bei der Wahrheit.«

Aus der Ferne ertönten Polizeisirenen, die sich ihnen rasch näherten. Zeitgleich klingelte Henrikes Handy.

»Hallo Sylvio, was gibt's?« Henrike lauschte den Worten des jungen Polizisten, der sie immer bei Ermittlungen tatkräftig unterstützte.

Im Laufe des kurzen Telefonats wurde Henrike trotz ihrer Sommerbräune kreidebleich.

Lars beobachtete sie mit zunehmender Besorgnis.

»Geht klar, wir kümmern uns sofort darum. Tschüss.« Henrike seufzte vernehmlich. »Überleg dir schon mal, wie du dem Chef das mit unseren Fingerabdrücken erklären willst.«

»Scheiße.«

»Du sagst es.«

»Wo haben sie ihn gefunden?«

»Ganz in der Nähe. Ich schicke erst mal eine Streife zur Pension von Lotte und die Spurensicherung braucht erst gar nicht nach Hause zu fahren.«

Während Henrike telefonierte, wirbelten Lars' Gedanken durcheinander. Er versuchte sich zu erinnern, was am Sonntagabend geschehen sein könnte. Hatte es Anzeichen für ein bevorstehendes Verbrechen gegeben? Die Stimmung war ausgelassen gewesen, kein Streit oder ähnliches hatte seiner Meinung nach in der Luft gelegen. Allerdings hatte ihn seine langjährige Berufserfahrung gelehrt, dass die menschliche Natur tief- und abgründig war. Ein unvorhergesehenes Ereignis, eine Wendung in einer menschlichen Beziehung konnte zu einem katastrophalen Ereignis wie einem Mord führen. Aber war es Mord? Es könnte auch ein Unfall sein. Fakt war offensichtlich, dass Werling tot war. Ungeduldig wartete er darauf, von Henrike zu hören, wo sich der Tatort befand. Als sie das Telefonat endlich beendete, bohrte er sofort nach.

»Wo?«

»Keine hundert Meter entfernt, in diese Richtung.« Sie deutete auf die Friedrich-Wilhelm-Straße, an dessen Ende sich zu linker Hand die Hauptpost und gegenüber ein Schuhgeschäft befand.

»Dann ist er nicht weit gekommen.«

Angespannt legten sie die kurze Strecke zurück. An den Anblick von Toten waren sie gewohnt, dennoch war kein Fall wie der andere und das damit verbundene menschliche Leid jedes Mal eine Herausforderung.

Den Tatort konnten sie zunächst nicht als solchen identifizieren. Nur zwei Polizeiwagen standen auf dem Platz, der sich in der Fortsetzung der Friedrich-Wilhelm-Straße dreieckförmig öffnete. Den dort befindlichen Brunnen säumten Bäume, die die Polizisten nutzen, um das Absperrband daran zu befestigen. Erst jetzt fiel ihnen auf, dass ein Gullydeckel der Kanalisation aus der vorgesehenen Öffnung herausgehoben war.

Henrike bekam einen flauen Magen. »Der Tote wird doch nicht etwa da unten liegen?« Ihr Kopfkino sprang an und projizierte vor ihrem inneren Auge Bilder, die ihr gar nicht gefielen. Am meisten sorgten die Gedanken an Ratten und Insekten für Unbehagen, neben den Ansammlungen von menschlichen Fäkalien.

Derweil entdeckte Lars Sylvio, der vom Kohlmarkt her auf sie zu eilte. »Wo hast du unseren Rechtsmediziner gelassen?«, begrüßte er ihn.

»Schöne Grüße von Sven soll ich ausrichten. Er hat mir deutlich zu verstehen gegeben, dass er keinen Bock hat, seine Rechtsmedizin zu verlassen, um in irgendeinem Loch oder dergleichen rumzukriechen.« Der junge Polizist zuckte mit den Schultern. »Er hatte offenbar einen guten Riecher.«

»Was weißt du?«

Sylvio wischte sich mit einer Kopfbewegung die dunklen Haare aus dem Gesicht. »Nach dem Gewitter sind die Gullydeckel am Bankplatz hochgekommen. Das sollte normalerweise nicht passieren. Daher vermutete die Stadtentwässerung, dass irgendwo unter uns ein Wasserrückstau sein muss. Dazu bedarf es eines Hindernisses. Also sind sie heute in der

Frühe ausgerückt, um das zu klären.«

»Aber für den Wasserrückstau wird doch nicht Werling verantwortlich sein, oder?« Henrike starrte ihn entsetzt an.

»Ein menschlicher Körper reicht dazu nicht aus.« Sylvio bemerkte die verhaltene Reaktion seiner Kollegen. »Ich habe mit Ralf Dietrich von der Stadtentwässerung telefoniert. Er sollte bald hier sein. Er wird euch im Detail alle Fragen beantworten können. In der Braunschweiger Unterwelt kenne ich mich nicht so gut aus.«

»Aber er ist da unten? Werling meine ich.«

»Ja.« Sylvio blickte an Henrike vorbei. Ein großes Fahrzeug rollte auf den Platz. Hinter dem Fahrerhaus ragte ein runder Behälter in die Höhe und ein langes Ansaugrohr war seitlich befestigt. Einen Augenblick später schloss ein PKW auf und fuhr dicht bis an das Absperrband der Polizei heran. Ein hagerer Mann mit einem dunklen Bart entstieg dem Wagen.

»Herr Dietrich?« Sylvio ging dem Mann entgegen und reichte ihm die Hand. »Haben wir vorhin telefoniert?«

»Richtig.« Knapp grüßte er in die Runde, nachdem sich Henrike und Lars vorgestellt hatten. »Wir sind alle etwas geschockt, dass wir eine Leiche gefunden haben.«

Hinter Dietrich traten zwei weitere Mitarbeiter. Sie trugen Gummistiefel sowie beschmutzte Schutzkleidung. Abgerundet wurde der Anblick durch eine Art Geschirr, das grell leuchtend an Kletterausrüstung erinnerte.

Die Gesichter der Männer sprachen Bände. Die Entdeckung im unterirdischen Kanal hatte ihnen übel zugesetzt.

»Wo liegt der Mann? Und woher wissen Sie, wer er ist? Wenn ich Sylvio richtig verstanden habe, dann konnten Sie seine Identität feststellen.«

»Der Tote liegt zirka fünfzig Meter in diese Richtung.« Dietrich wies mit dem Finger auf die Häuserfront, in der sich unter anderem die Hauptpost befand.

»Ähm«, stutze Lars, »da komme ich jetzt nicht ganz mit.«

»Wir haben den Toten im Burgmühlengraben unter uns gefunden«, setzte Dietrich zur Erklärung an. »Das ist eine Mischwasserkanalisation, die sich unter den Häusern in Richtung *Hutfiltern* fortsetzt. Vor einiger Zeit wurde an *Hutfiltern* ein Kran für Bauarbeiten aufgestellt. Wir vermuten, dass dieser Kran einen Schaden am Kanalgewölbe angerichtet hat.« Der gut fünfzigjährige Mann holte tief Luft und ließ sie langsam entweichen. »Ich bin mit meinen Leuten runter und wir haben uns bis dorthin vorgearbeitet. Dann tauchte tatsächlich ein Bereich auf, in dem die Reste der eingestürzten Decke lagen. Immerhin hatte die Baufirma die Betondecke erneuert – allerdings ohne den Schutt aus dem Kanal zu entfernen.«

In diesem Fall zum Glück, schoss es Lars durch den Kopf, denn sonst hätte niemand Werling gefunden. »Also liegt der Tote vor dem Schuttberg.«

»Genau.«

»Beschreiben Sie die Situation dort unten.«

»Warten Sie, ich hole die Kamera aus dem Wagen.« Er eilte zum Auto und nahm sie aus dem Kofferraum.

Mit Unbehagen, aber dennoch neugierig, scharrten sie sich um ihn, als er zurückkehrte und die gespeicherten Aufnahmen öffnete.

Die ersten Bilder zeigten einen Kanal, der überraschend großzügig ausgelegt war und dessen Decke gewölbeartig mit rötlichen Ziegelsteinen abschloss. In der Rinne des Bodens schwamm die trübe Suppe mit allerlei Zeug, welches Henrike nicht genau zu identifizieren mochte.

Dietrich klickte sich durch die aufeinander folgenden Bilder, die eine optische Wiederholung darstellten, nur dass die Decke im weiteren Verlauf durch Betonplatten ersetzt wurde. Die vielen seitlichen Zuflüsse des Kanals erstreckten sich über die komplette Höhe.

Dietrich verlangsamte den Bilddurchlauf. »Da taucht die Stelle auf.«

Lars kniff die Augen leicht zusammen, als er sich tiefer über das Display beugte. Das Bild zeigte einen verhältnismäßig großen Berg. Aus dem Haufen ragten Stahlstäbe hervor und der Querschnitt des Kanals wurde gut zur Hälfte verringert.

Dietrich spannte sich an, als er das nächste Foto lud. Auf den ersten Blick erschien es, als ob sich dort ein durcheinandergewirbelter Kleiderhaufen gefangen hätte. Die nächste Aufnahme zoomte näher heran und offenbarte den grausigen Fund. Eine Hand wurde erkennbar, der Oberarm und mit etwas Vorstellungskraft erahnten sie die Umrisse des Mannes.

Dietrich ließ die Kamera sinken. »Dann erkannte ich, dass das ein Mensch war und ich habe fast vor Schreck die Kamera fallen lassen.« Seine Hände zitterten leicht.

»Woher wissen Sie, wer der Mann ist?«, fragte Henrike.

»Wir haben nachgesehen, ob der Mann wirklich tot ist. Auf seiner Weste entdeckten wir den Namen *Karl Werling*. Danach haben wir alles so gelassen wie es ist, und sind nach oben, um die Polizei zu verständigen.«

»Und wo sind Sie vorhin hergekommen?« Lars behagte nicht, dass sie offenbar den Tatort verlassen hatten und dann mit den Fahrzeugen zurückgekehrt waren.

»Der Bankplatz musste geräumt werden, wo wir die Fahrzeuge abgestellt hatten. War alles mit ihm abgesprochen.« Dietrichs Blick blieb bei Sylvio hängen, der bestätigend mit dem Kopf nickte.

»Tja, nützt nichts. Wir müssen da runter.« Lars wappnete sich innerlich gegen die unangenehme Aufgabe.

»Das geht nicht.«

»Wie bitte?«

»Sie können nicht einfach in die Kanalisation absteigen. Ohne Schutzbekleidung und Sicherheitsgurt schon gar nicht. Und wenn, dann auch nur mit mir zusammen oder mit meinen Kollegen.«

Lars hob zum Widerspruch an, dem Henrike zuvorkam.

»Was schlagen Sie vor?«

»Wir statten einen Mann oder eine Frau«, sein Blick blieb wohlwollend an ihr hängen, »mit der kompletten Ausrüstung aus und gehen zur Fundstelle. Meiner Meinung nach wurde der Tote ein gutes Stück mitgeschwemmt und mehrfach gegen den Schuttberg gedrückt.«

»Woraus schließen Sie das?«

»Die Hände sind zerschrammt und die Kleidung ist arg ramponiert.«

»Da könnte etwas dran sein«, bestätigte Henrike seine Vermutung. Auf ihren Unterarmen zeichnete sich eine Gänsehaut ab, da sie erkannte, dass sie niemals in das dunkle Loch hinabkriechen würde. Dabei war sie sonst so abenteuerlustig! Aber dies hier ging an ihre Grenzen.

Lars hatte ein Einsehen. »Nun gut, dann soll einer von der Spurensicherung einsteigen und sichern, was zu finden ist. Ist ja eh deren Job. Sylvio, du wirst einen Kollegen auswählen. Häng dich dran, wo sie bleiben. Und den Gullydeckel fasst niemand mehr an. Vielleicht finden wir darauf Fingerabdrücke.«

Sylvio warf Lars einen übelgelaunten Blick zu. »Der Kollege der Spurensicherung wird mir das krummnehmen, wenn ich ihm sage, er muss in die Jauche runter.«

»Wenn er sich weigert, übernimmst du seinen Job.« Henrike klopfte Sylvio aufmunternd auf die Schulter. »Du schaffst das.«

»Und was macht ihr?« Er zog ein langes Gesicht.

»Ins Kommissariat zurückgehen. Uns steht eine blöde Beichte beim Chef bevor.«

Sie liefen bereits los, als Lars noch etwas einfiel. »Vergiss nicht, die Aussagen der Männer der Stadtentwässerung aufzunehmen.«

Sie gelangten außer Reichweite von Sylvio und sein verärgerter Kommentar blieb ungehört.

In Gedanken versunken, was sie soeben alles erfahren hatten, achteten sie nicht auf ihre Umgebung.

Somit bemerkten sie nicht die hochgewachsene Person, die ihnen lange und grimmig hinterherschaute. Denn der Plan war nicht aufgegangen und die Leiche war viel zu früh entdeckt worden. Bestenfalls wäre sie niemals ans Tageslicht zurückgekehrt. Und nun schnüffelten die Bullen hier rum!

Drei

»Seid ihr von allen guten Geistern verlassen?«, schimpfte Kimmich in einer Lautstärke, die durch die Wände des Kommissariats drang.

Wie befürchtet stieß die Beichte von Henrike und Lars, beim Mordopfer abends noch gefeiert zu haben, auf keine Begeisterung. Im Gegenteil, Kimmich lief sich erst richtig warm.

»Und dann auch noch diese Marion Amft! Eine Privatperson und ehemals Tatverdächtige in einer Mordserie!« Kimmichs Augen drohten aus dem Kopf zu platzen.

»Marion war unschuldig«, verteidigte Henrike die Bibliothekarin und mittlerweile gute Freundin.

»Ruhe!« Kimmich begann auf und ab zu laufen, seine Schuhe knallten auf den Boden. Schlagartig blieb er stehen. »Ihr geht jetzt mit größter Sorgfalt an die Sache ran. Es wird nicht herumerzählt, dass ihr das Opfer kanntet. Klar?« Mit strengem Blick holte er sich ein bestätigendes *hmmm* ab. »Und ich will haargenau wissen, was an diesem Abend passiert ist. Auch diese … diese … argh … Marion Amft bemüht ihren Hintern hierher und macht eine Aussage. Verstanden?« Dann verließ er den Raum und warf laut die Tür ins Schloss.

»Puh, das hätten wir hinter uns.« Henrike sank in sich zusammen. »Hätten wir es ihm gleich zu Anfang sagen sollen?«

»Wir hatten eine Fünfzig-Fünfzig-Chance. Hat nicht sein sollen.« Lars sah durch das geöffnete Fenster nach draußen, während er sich auf die Ermittlungen konzentrierte. »Nach den vorliegenden Erkenntnissen sieht es so aus, dass Werling in der Nähe des Kohlmarktes ermordet wurde. Danach hat der Täter Werling in den Einstiegsschacht der Kanalisation gesteckt. Das Wetter hat ihm geholfen und den Leichnam ein gutes Stück mitgespült. Aber warum musste Werling sterben? Dazu haben wir keinen Anhaltspunkt. Wir wissen nichts über den Mann, außer, dass uns sein Wein zu Kopf gestiegen ist.« Lustlos kritzelte Henrike in ihrem Notizbuch herum. »Wir brauchen den Obduktionsbericht, dann die Informationen, was in dem Pensionszimmer gefunden wurde, sowie Auskünfte über Angehörige oder Freunde.«

»Guter Job für Sylvio.«

»Als ich ihn vorhin anrief, wirkte er ziemlich verstimmt. Der Kollege der Spurensicherung war sauer auf ihn, weil er ihn in den Kanal geschickt hat.«

Lars winkte lässig ab. »Sylvio ist gerade mal Mitte Zwanzig und steckt das locker weg.«

»Und wenn nicht, kann er sich wie du nachher im Fitness-studio austoben.«

»Oh, du bist nicht auf dem neusten Stand.«

»Hmmm?«

»Sylvio hat seit ein paar Wochen eine Freundin und nicht mehr so viel Zeit.«

»Nein!«

»Doch.«

»Das hat er mir nicht erzählt.«

»Mir schon.« Lars grinste breit übers Gesicht. »Er hat mich allerdings zur Verschwiegenheit verpflichtet.«

»Warum? Passt sie etwa nicht zu seinem Image des mus-kelgestählten coolen Typens?«

Lars machte ein Zeichen, dass seine Lippen verschlossen seien.

»Männer! Egal. Trotzdem ist das dein Job, mit Sylvio zu sprechen.«

Der gekachelte Raum strahlte wie immer eine unangenehme Atmosphäre aus. Henrike fröstelte es leicht und sie zog sich die Strickjacke enger um ihren schlanken Körper. Lars stand am Ende des Stahltisches und seine Augen wanderten über den nackten Leichnam. »Der Mann hat nicht schlecht gelebt. Das ist ein gewaltiger Bauchumfang.« Er schielte zu Sven hinüber, der auf seinem Fußschemel stand und ebenso einen ausufernden Vorbau vor sich hertrug.

Wenn Henrike in der Nähe von Lars gestanden hätte, hätte sie ihm dezent gegen das Schienbein getreten. Sie hatte sehr wohl den Wink mit dem Zaunpfahl verstanden und verspürte keine Lust, bei Sven wegen seiner Sprüche Schönwetter machen zu müssen. Außerdem empfand sie Lars' Bemerkung in dieser Umgebung äußerst unpassend.

Sven schien davon nichts bemerkt zu haben, denn hier war er in seinem Element: Jeder neue Fall war für ihn ein Rätsel, das es zu lösen galt. Darüber vergaß er nie, dass ein Mensch auf seinem Tisch lag, dessen Ableben, Angehörige und Verwandte zu beklagen hatten. Es war ihm eine innere Antriebsfeder zu ergründen, woran die Opfer gestorben waren.

»Der Mann ist fünfundvierzig Jahre alt und war in einem allgemein guten Gesundheitszustand«, begann Sven, »trotz des Bauchumfanges.« Seine Augen glitzerten gefährlich. »Die äußeren Verletzungen an Armen, Beinen und im Gesicht sind Abschürfungen, die ihm nach seinem Tod zugefügt wurden. Das würde dazu passen, dass er durch den Kanal geschwemmt wurde und wie Henrike mir vorhin erzählt hat, an dem Bauschutt hängen blieb und immer wieder gegengepresst wurde.«

»Wenn er schon tot war, woran ist er gestorben und wie lange ist das her?«

»Jetzt wird es interessant.« Sven stieg von seinem Schemel hinab und deutete ihnen, ihm zu folgen. Auf seinem Schreibtisch stand eine Petrischale mit einem hellgelben faustgroßen

Klumpen.

»Was ist das denn?« Henrike rümpfte die Nase. »Das stinkt.«

»Das steckte dem Toten im Rachen.«

»Was!« Henrike schrak zurück.

»Der Geruch kommt mir bekannt vor«, meinte Lars, der ebenfalls vorsichtig eine Geruchsprobe nahm.

Sven ließ sie einen Moment überlegen, ehe er das Geheimnis lüftete. »In unserer Gegend kennen wir das als Harzer Käse.«

»Mag ich überhaupt nicht.« Henrike verzog das Gesicht. »Ist der Mann daran erstickt?«

»Ja.«

»Das ist grausam. War in der Nase auch etwas von dem Zeug?«

»Nein. Die Nase wurde zugedrückt, seht hier«, Sven ging zum Tisch mit dem Leichnam zurück, »hier sind Druckstellen an den Nasenflügeln, und am Hals finden sich Würgemale. Meiner Einschätzung nach wurde er von hinten gewürgt, bekam den Käse in den Mund gestopft und im gleichen Zuge wurde ihm die Nase zugehalten.«

»Hört sich für mich nach zwei Tätern an.« Henrike ging um den Tisch herum. »Der Mann ist sehr groß und wirkt äußerst kräftig. Eine Person hätte das nie geschafft. Hatte er viel Alkohol im Blut? Immerhin hat er nicht nur mit uns angestoßen.« Henrike seufzte, denn es missfiel ihr immer mehr, dass ihre private Feier mit dem Fall verknüpft war.

»Der Mann hatte 1,6 Promille im Blut. Nicht weltbewegend, aber auch nicht mehr fahrtauglich. Kam er euch betrunken vor?«

»Nein, er schien Herr seiner Sinne zu sein. Auf keinen Fall betrunken.«

»Hast du weitere Spuren gefunden? Unter den Fingernägeln Hautfetzen oder sonst etwas?«, fragte Lars.

»Leider nicht. Der Regenguss hat den Körper in der Kanalisation ordentlich durchgewirbelt und es finden sich unglaublich viele Spuren. Die zuzuordnen wird eine Heidenarbeit oder vielleicht auch unmöglich, eine konkrete Spur zu finden. Im Moment solltet ihr den Käse als Anhaltspunkt nehmen und herausbekommen, was es damit auf sich hat.«

»Okay.« Lars kratzte sich das Kinn. »Viel haben wir bislang nicht. Wie sieht es mit dem Todeszeitpunkt aus?«

»Gegen Mitternacht von Sonntag auf Montag.«

»Um einundzwanzig Uhr hat der Weinmarkt geschlossen. Werling war zirka drei Stunden später tot. Wenn ich an den Hinweis von der Pensionsdame Lotte denke, dann kann es sein, dass er sich mit jemanden getroffen hat. Eine Zufallsbekanntschaft oder eine Familientragödie?« Lars zuckte mit den Schultern. »Uns fehlen eine Menge Informationen.«

»Was hatte Werling in seinen Taschen?« Henrike ging auf den Schreibtisch zu, auf dem in Plastiktüten verpackte Gegenstände lagen.

»Er hatte sein Portemonnaie dabei, in dem einige hundert Euro drin waren.«

»Vermutlich die Einnahmen des Tages. Kein Raubmord also. Das verstärkt den Eindruck einer Beziehungstat.«

»Dann ist hier ein Schlüssel, vielleicht zur Pension, Kaugummis, ein Baumwolltaschentuch, eine Sonnenbrille, die mir ziemlich stark nach einer Sonnenbrille für Frauen aussieht.«

Henrike stockte der Atem. »Das wird doch wohl nicht Marions Sonnenbrille sein!«

»Ach ja, ihr habt Marions Vierzigsten gefeiert. Oh Mann, ihr habt ein perfektes Händchen für den Ort der Party bewiesen. Wie man so hört, fand Kimmich das gar nicht toll.« Sven glュckste amüsiert.

»Ha … ha … ha«, erwiderte Henrike.

»Wird Marion jetzt verdächtigt?«, hakte Sven nach.

»Quatsch. Sie hat die Sonnenbrille verloren und am Montag sogar danach gesucht.«

»Es treibt den Täter immer zurück an den Tatort«, fügte Sven trocken hinzu.

»Schluss damit«, fauchte Henrike drohend.

»Ist ja gut. Ihr fragt Marion bitte, ob das ihre ist? Und wenn ja, kommt das in den Bericht. Ich habe keine Lust in irgendetwas mitreingezogen zu werden.«

Stumm seufzend hob Henrike den Blick gen Decke.

»Ist das deine Brille?«

Marion drehte die durchsichtige Plastiktüte zwischen den Fingern hin und her. »Könnte sein.«

»Marion!«

»Ja, ist meine. Wie ist der Mann daran gekommen? Ich habe sie ihm nicht gegeben.« Sie legte die Tüte zurück auf den Tisch und starrte Lars und Henrike fragend an.

Lars raufte sich die Haare. »Wir haben Sven versprochen, dass diese Information im Bericht auftaucht.«

»Ich habe auch nichts zu verheimlichen«, entgegnete Marion leicht aufgebracht. »Darf ich euch erinnern, dass ihr mich höchstpersönlich nach der Party in den Bus nach Wolfenbüttel gesetzt habt!« Ihr unerbittlicher Blick blieb bei Lars hängen.

»Stimmt«, gab Henrike von der Seite zu. »Wir haben dich auch nicht im Verdacht.«

»Na herzlichen Dank.«

»So war das doch nicht gemeint.«

»Kam aber so rüber.«

»Entschuldige.«

Die drei schwiegen einen Moment.

»Lasst uns zum Kohlmarkt gehen und den Abend Revue passieren. Vielleicht fällt uns doch noch etwas ein, was uns bislang nicht wichtig erschien.« Henrike stand auf und griff sich ihre Jacke.

Sie hatten sich einen Tisch und drei Stühle von einem Café geborgt und saßen ungefähr dort, wo die Tische und Bänke auf dem Fest gestanden hatten. Als Orientierung diente ihnen der verwaiste Weinstand, der nun mit einem polizeilichen Siegel gekennzeichnet war.

Ein zuvorkommender Kellner hatte vor einiger Zeit ihre Getränkewünsche aufgenommen und die Tassen standen mittlerweile geleert vor ihnen.

In den zurückliegenden Minuten waren sie kleinlich die Ereignisse des Sonntagnachmittags von zirka sechzehn Uhr bis zum Verlassen des Kohlmarktes gegen einundzwanzig Uhr durchgegangen. Zermürbend hatten sie festgestellt, keinen Anhaltspunkt für einen Mord ausfindig zu machen.

Marion spielte mit dem Kaffeelöffel und starrte ohne etwas zu fokussieren auf den Platz. Als eine blonde Frau mit einem bunten Oberteil ihr Sichtfeld durchquerte, stellten sich ihre Sinne scharf und in ihrem Gedächtnis regte sich ein Gedanke.

»Jetzt fällt mir doch etwas ein!« Sie sah die Kommissare aufgeregt an. »Sonntag ist mir am Weinstand eine Frau aufgefallen.«

»Kannst du sie beschreiben?«, griff Henrike erleichtert ihre Eingebung auf.

Marion schloss die Augen. »Die Frau war so um die Fünfzig, attraktiv und am meisten sind mir ihre langen, blonden Haare aufgefallen. Von der Größe her war sie überdurchschnittlich hochgewachsen. Bestimmt über einen Meter fünfundsiebzig. Sie trug ein langes Kleid mit Blumenmuster.«

»Gute Leute werden bei der Polizei immer gesucht.« Henrike zwinkerte ihr zu.

»Ach nee, ich bleibe lieber in meiner Bibliothek.«

»Das fehlte uns noch! Ein Bücherwurm bei der Polizei.« Lars grinste schief. »Warum ist dir diese Frau in Erinnerung geblieben?«

»Sie hat das Gespräch mit dem Mann …«

»Werling«, half Henrike aus.

»Mit Werling gesucht. Wenn die beiden Zeit hatten, dann steckten sie die Köpfe zusammen. Das wirkte auf mich, als ob sie ein Geheimnis teilten.«

»Reicht dein Gedächtnis für eine Phantomskizze aus?«

»Ich denke schon.«

»Prima.« Henrike schnappte sich ihr Handy und wählte Sylvio an. »Wir brauchen den Phantomzeichner.« Sie zog die Stirn kraus. »Der soll jetzt keinen Feierabend machen. Wir kommen gleich ins Kommissariat zurück.« Henrike stand auf. »Lars, wärst du so freundlich unseren Kaffee zu zahlen?« Seinen muffligen Blick ignorierte sie.

»Marion, kommst du?«

»Weißt du eigentlich warum der Kohlmarkt Kohlmarkt heißt?«, setzte Marion an und schloss zu ihr auf.

»Weil hier Kohl verkauft wurde?«

Marion schüttelte den Kopf und ihre Augen blitzten vergnügt unter dem Pony. »Das denken viele, ist aber nicht so. Ich habe mich gestern Abend ein wenig im Internet schlau gelesen. Es gibt unglaublich viele interessante Seiten im Netz.«

»Lass das bloß Lars nicht hören, dass du neben Büchern auch im Internet stöberst. Das könnte sein Bild von dir schwer beschädigen.«

Die beiden Frauen lachten, während Lars die Rechnung

beglich und ihnen mit Abstand folgte. Skeptisch beobachtete er die beiden und fragte sich, warum sie so gute Laune hatten.

Henrike mochte Marions Geschichten über Braunschweig, über die Vergangenheit und wie sich etliches davon in der Gegenwart bemerkbar machte. Daher nahm sie den von Marion gesponnenen Faden wieder auf. »Wenn Kohlmarkt nicht von Kohl kommt, dann von Kohlen?«

»Genau. Seit dem vierzehnten Jahrhundert ist bekannt, dass hier Kohlen gelagert und verkauft wurden. Allerdings sah das hier damals völlig anders aus.« Mit der Hand machte sie eine weite Geste. »Du musst dir vorstellen, dass das hier sumpfiges Gelände war.«

»Fühlt sich jetzt verdammt trocken an.«

Marion lachte dumpf. »Dafür war auch viel Arbeit erforderlich! Denn du musst wissen, dass sehr viel früher die Oker im heutigen Bereich des Bürgerparks in zwei Hauptarme und eine Vielzahl von Nebenarmen geteilt war. Folge davon war eine breite sumpfige Aue.«

»Quasi wo wir jetzt gehen?«

Marions Augen klimperten bestätigend. »Siedlungen waren damit nur an höher gelegenen Stellen wie die des *Kohlenmarktes* möglich. Zudem kreuzten sich hier zwei Fernhandelswege, die die gemeinsame Furt durch die Oker nutzten. Bester Platz für eine Ansiedlung, um Reisenden eine Rastmöglichkeit zu bieten und Waren wie Kohlen zu lagern und zu handeln.«

»Seit der Zeit muss aber allerhand geschehen sein, damit wir heute keine nassen Füße bekommen.«

»Das stimmt. So richtig aufgeräumt wurde im neunzehnten Jahrhundert. Dabei spielte der Burgmühlengraben eine herausragende Rolle.«

»Und nun ist der Burgmühlengraben durch einen Mordfall

um eine traurige Attraktion reicher.« Henrike hatte die Stimme gesenkt. »Wir sollten uns beeilen, nicht dass wir unsere Phantomskizze heute nicht mehr bekommen.«

»Du hast natürlich recht.«

Die beiden beschleunigten ihren Schritt und Lars holte sie fast ein. Auf einmal tauchte ein dunkler Schatten an seiner Seite auf und rempelte ihn an.

»He! Was soll das!«, raunzte er den Unbekannten an.

Die Person senkte den Kopf und tippte sich kurz an die schwarze Schirmmütze, ehe sie in Richtung *Kattreppeln* verschwand.

Dort verlangsamte der Unbekannte seinen Schritt und blickte den beiden Kommissaren und der Bibliothekarin lange nach. Er hatte genug gehört, als er neben den beiden Frauen hergegangen war.

Er wusste, sie würden in ihren Nachforschungen nicht locker lassen. Es war an der Zeit sie auszubremsen!

Mai 1873

Fred stand zufrieden vor dem Ergebnis eines langen Arbeitstages. Er hätte nie gedacht, dass er einmal durch seinen eignen Grund und Boden ein wohlhabender Mann werden würde.

Sein langjähriger Wegbegleiter, Jonas, trat neben ihn. »Der Spargel wächst ausgezeichnet. Das sich Sandboden dafür so gut eignet – erstaunlich.«

»Deshalb haben die meisten Bauern von Tabak- und Weinanbau auf Spargel umgestellt. Der Gewinn ist immens.« Fred drehte sich lächelnd seinem Freund zu. Überrascht stellte er fest, dass auf dessen Gesicht ein trauriger Zug lag. Fred durchströmte ein Anflug von Ärger. Ärger darüber, dass Jonas drohte, das erreichte Glück zu Nichte zu machen.

»Ich träume beinahe jede Nacht von dem, was wir Grauenvolles getan haben«, begann Jonas seine Litanei, die Fred nur allzu gut kannte. »Es ist nicht rechtens gewesen. Und dass wir davon profitieren.«

»Willst du wieder in der Stadt die stinkenden Gräben überbauen?«, zischte Fred schärfer als beabsichtigt.

Jonas sah ihn mit großen Augen an. »Natürlich nicht.«

Fred spürte deutlich seine Verunsicherung. Würde er schweigen können oder sich offenbaren müssen? Wenn dies der Fall wäre, graute Fred vor dem, was er dann tun musste. Dennoch war er sich absolut sicher, das Erreichte durch nichts und niemanden gefährden zu lassen. Auch nicht von seinem besten Freund.

Fred straffte die Schultern. »Lass uns zurück zum Hof gehen. Morgen wird nicht gearbeitet, da werde ich meine Anna heiraten. Dann feiern wir ein großes Fest.«

Fred legte den Arm um Jonas und beschwor ihn schweigend, dass er zur Vernunft kommen und das Vergangene vergessen würde!

Vier

Sylvio rauschte gut gelaunt ins Büro. »Guten Morgen! Jetzt gibt's Arbeit, Leute«, sagte er und platzierte einen Stapel Berichte auf Henrikes Schreibtisch.

»Mensch Sylvio, hast du die nicht vorher durchgearbeitet?«, stöhnte Henrike. »Eine Zusammenfassung würde reichen.«

»Natürlich habe ich reingeschaut. Also«, er zog sich einen Stuhl aus der Ecke heran, warf seine dunklen Haare aus dem Gesicht und schlug die erste Mappe auf, »das ist der Bericht von der Spurensicherung aus dem Weinstand.

Es wurden alle Spuren aufgenommen sowie Fingerabdrücke und Genmaterial. Eure Spuren und die von Marion sind selbstverständlich mit dabei.« Sylvio konnte sich ein gewisses Maß an Genugtuung nicht verkneifen. Es stand ihm ins Gesicht geschrieben.

»Das wird uns ewig nachhängen«, seufzte Lars.

»Ein Abgleich der sonst noch gefundenen Fingerabdrücke ergab keinen Treffer. Also kein uns bekannter Verbrecher war dort am Gange«, fuhr Sylvio fort. »Die Tür vom Weinstand wurde aufgebrochen, vermutlich mit einem Stemmeisen. Das Werkzeug wurde nicht gefunden.«

»Hat den Lärm niemand am Kohlmarkt bemerkt? In den oberen Etagen über den Geschäften und Cafés wohnen doch Leute!«

»Ich habe mich selber dort umgehört und die meisten von denen sind, wie soll ich sagen, lärmunempfindlich, trifft es wohl am besten. Auf dem Kohlmarkt sind viele Veranstaltungen, da muss man schon was abkönnen.«

»Was hast du noch?«

»Leider nicht viel. Aus dem Pensionszimmer wurden alle Gegenstände mitgenommen und untersucht. Hier ist auch nichts zu vermelden, außer einer in Leder gebundenen Mappe mit alten Papieren. Die wird gerade genauer untersucht, ehe wir sie bekommen.«

»Ich erinnere mich daran«, meinte Henrike. »Sie erschien mir interessant. Leider konnte ich sie mir ohne Durchsuchungsbefehl nicht anschauen.«

»Die Gelegenheit bekommst du wahrscheinlich heute Nachmittag. Die Kollegen werden sie vorbeibringen.«

»Hat sich mittlerweile jemand von der Familie von Werling gemeldet? Habt ihr jemanden erreicht?« Lars empfand es mehr als seltsam, dass sich niemand um das Ableben des Mannes scherte.

»Wohnhaft war Werling in Speyer.«

»Eine schöne Stadt. Sie liegt am Rhein.«

»Demnach bist du schon dort gewesen.«

Sie machte eine wegwerfende Bewegung. »Das ist lange her. Das war mit meinem Ex-Mann und die Mädchen waren noch nicht auf der Welt.«

»Und ich bin noch zur Schule gegangen«, erwiderte Lars augenzwinkernd.

»So alt bin ich ja nun auch nicht!« Drohend erhob sie ihren Finger.

»Ich unterbreche euch nur ungern, aber ich habe noch eine Menge zu tun.« Sylvio vergewisserte sich der Aufmerksamkeit der beiden. »Also, die Kollegen aus Speyer haben einen Cousin auftreiben können. Der hatte Werling aber auch schon eine Ewigkeit nicht mehr gesehen. Er gab anscheinend nicht viel auf Familienbande. Seine Eltern sind tot und Geschwister hatte er auch nicht. Er war viel unterwegs und nicht ausgeprägt sesshaft. Die Kollegen in Speyer wollen die Wohnung durchsuchen und geben Bescheid, wenn sie etwas finden.«

»Also keine Frau und Kinder?«

»Nein.«

»Nicht gerade sehr viel.« Henrike verschränkte die Arme vor der Brust. »Ein Handy wurde auch nicht gefunden«, warf Lars ein. »Ich kenne keinen Menschen, der nicht eins hat. Das muss irgendwo sein. Die Nummer haben wir?«

Sylvio blätterte in den Unterlagen. »Ja, haben wir. Das letzte Mal war das Handy am Sonntag um 21:47 Uhr in der Nähe des Altstadtmarktes eingeloggt. Die Funkmastendichte ist dort sehr hoch und grenzt den Bereich recht genau ein. Danach und seitdem ist das Handy tot. Die Liste mit den letzten Telefonaten bekommen wir noch.«

»Der Altstadtmarkt ist quasi um die Ecke des Kohlmarkts. Was kann Werling dort gemacht haben?«, dachte Henrike laut nach.

»Vielleicht hat er dort seine Mörder getroffen.«

»Dennoch müssen sie in Richtung Friedrich-Wilhelm-Straße gegangen sein, denn niemand hätte Werling bis zu dem Kanalschacht geschleppt. Viel zu auffällig, riskant und Werling war eindeutig zu schwer.«

Nachdenkliches Schweigen senkte sich auf die drei hinab.

Sylvio holte Luft. »Mensch, das habe ich fast vergessen.« Sein Gesicht spiegelte seine Freude wieder. »Es gibt etwas zum Käse, dem Werling im Rachen steckte.« Sylvio blätterte zur entsprechenden Seite im Bericht. »Dieser Käse wurde in Essig und Zwiebeln eingelegt. Das ist eine Spezialität aus dem Rhein-Main-Gebiet und nennt sich *Handkäs mit Musik*.«

»Was, bitte schön, soll die Musik machen?«

»Laut Wikipedia gibt es die Theorie, dass beim Gärungs-prozess der Zwiebeln Geräusche erzeugt werden, die sich wie Musik anhören.«

»Aha.«

»Also kommt der Mörder aus der Rhein-Main-Ecke?«

»Nicht unbedingt«, hielt Sylvio dagegen. Schweigend

blickte er Henrike und Lars an.

»Sylvio, du darfst gerne weitersprechen.«

»Ich dachte, ihr kommt alleine drauf.«

Henrike stöhnte leise.

»Ist ja schon gut.« Er prustete die Luft laut aus. »Mit dem Weinmarkt reist auch ein Stand mit, an dem man eingelegten Käse kaufen kann.« Sylvio hob abwehrend die Hand in die Höhe. »Klar habe ich die zuständige Polizei in Lüneburg informiert. Dort ist der nächste Veranstaltungsort. Heute Nachmittag weiß ich mehr.«

»Schick den Kollegen in Lüneburg das Phantombild der blonden Frau, mit der sich Werling unterhalten hat. Vielleicht kann sich jemand von den anderen Marktständen an die Frau erinnern.«

»Wird gemacht.« Sylvio nahm das Bild von Lars entgegen und verschwand.

Henrike streckte die Arme in die Höhe und dehnte sich. »Ich kann derzeit kein Motiv entdecken, warum der Mann ermordet wurde. Wichtig war offensichtlich dem Täter, den Toten schnell verschwinden zu lassen, um die Tat zu vertuschen. Nur zu dumm, dass der Schuttberg im Burgmühlengraben das verhindert hat.«

»Andererseits – wenn der Schuttberg nicht gewesen wäre, wo wäre er rausgekommen?«

»Gute Frage.« Henrike dachte einen Moment nach. »Lass uns mit Herrn Dietrich von der Stadtentwässerung sprechen.«

»Nach Ihrem Anruf habe ich sofort einen Plan von Braunschweig herausgesucht. Das hilft besser zu verstehen, wie die Stadtentwässerung aufgebaut ist.«

Der bärtige Mann war voll in seinem Element und Lars befürchtete, einen langen Vortrag über sich ergehen lassen zu müssen.

»Die Oker entspringt, wie wir alle wissen, dem Harz und besonders nach einer Schneeschmelze kommt eine Menge Wasser auf Braunschweig zu.« Henrike bemerkte den gelangweilten Blick von Lars. Das war typisch für ihn, dabei wusste er wahrscheinlich noch nicht mal, wo die Oker ihren Ursprung hatte. Sie riss sich zusammen und konzentrierte sich auf Dietrich.

»In früheren Jahrhunderten wurden um die Stadt herum die sogenannten Umflutgräben gebaut, die wir heute als westlichen und östlichen Umflutgraben kennen. Sie dienten nicht nur dazu, das Wasser um die Stadt zu leiten, sondern fungierten ebenfalls als Wehrgräben.«

Dietrich tippte auf die Mitte des Plans. »Viele der verzweigten natürlichen Okerarme, die mitten durch die Stadt führen, wurden im Laufe der Zeit überbaut. So zum Beispiel der ursprünglich linke Arm der Oker, der nun im Burgmühlengraben fließt.« Dietrich zuckte entschuldigend mit den Schultern. »Das Thema ist mein Steckenpferd. Wenn ich zu weit aushole, sagen Sie es bitte.«

Lars setzte zu einer Bemerkung an, aber Henrike kam ihm zuvor. »Nein, das passt schon. Erzählen Sie ruhig weiter.«

Lars ächzte.

»Der Name Burgmühlengraben entstammt einer Zeit, als das Wasser der Oker für den Antrieb der Burgmühlen genutzt wurde.« Dietrichs Augen begannen zu leuchten. »Wissen Sie, früher hatte die Stadt ein ganz anderes Antlitz. Auf alten Fotos ist zu sehen, wie zum Beispiel eine breite Brücke vor dem Braunschweiger Dom den Burgmühlengraben überspannte. Können Sie sich das heute noch vorstellen? Es hat damals sehr viele Bücken in Braunschweig gegeben, um trockenen Fußes durch die Stadt zu gelangen.« Dietrich bemerkte den finsteren Gesichtsausdruck von Lars.

»Ich vermute, das ist nicht relevant bezüglich Ihrer Ermittlungen.«

»Stimmt.«

»Dann komme ich zum Wesentlichen.«

»Prima.«

»Sie wollten wissen, wo der Tote wieder ans Tageslicht gekommen wäre, wenn der Schuttberg das nicht verhindert hätte? Sehen Sie,« Dietrich tippte erneut mit dem Zeigefinger auf den Plan, »unter der Münzstraße fließen Münzgraben und Burgmühlengraben zusammen und von dort weiter in nördlicher Richtung zum Inselwall.«

Henrike fand die Vorstellung gruselig, dass der Tote quasi unterm Kommissariat an ihnen vorbei geschwommen wäre. Hoffentlich schnappen nicht andere Verbrecher die Idee auf, dachte sie, denn wenn der Bauschutt am *Hutfiltern* erstmal beseitigt war, gäbe es keine Sperre mehr.

Dietrich riss sie aus ihren Gedanken. »Meiner Meinung nach wäre der Mann aber nicht so weit im Kanal mitgetrieben. Zum einen hätte es sehr große aufeinanderfolgende Regenereignisse bedurft, um ihn dorthin zu schwemmen, zum andern«, er zog aus seiner Tasche ein Bündel Fotos, »wäre er vermutlich spätestens an dieser Stelle hängengeblieben.«

Henrike und Lars beugten sich über das erste Foto. Es zeigte ein dickes rotes Rohr, welches in Kniehöhe den Kanal kreuzte. Es war schwer vorstellbar, dass Werling mit seinem massigen Körper das Hindernis so einfach hätte passieren können.

Das Handy von Dietrich piepste. Er prüfte die eingegangene Nachricht, worauf er begann, seine Sachen zusammenzupacken. »Tut mir leid, ich muss los.«

»Vielen Dank für Ihre Unterstützung.« Henrike notierte sich rasch etwas in ihrem Notizbuch.

»Keine Ursache. Schade, dass wir uns unter solchen Umständen kennengelernt haben.« Er lächelte ihr warmherzig zu.

Henrike stutzte, während Lars schmunzelte.

»Wenn Sie weitere Fragen haben oder nur Lust auf einen Kaffee, melden Sie sich einfach. Meine Handynummer haben Sie ja.« Damit verschwand er und ließ die verdutzte Henrike und einen laut losprustenden Lars zurück. »Gratulation, du hast einen Verehrer!«

Henrike lief rot an. »Quatsch, was soll ich mit einem Kerl? Ich muss zwei Kinder großziehen.« Energisch verstaute sie ihr Notizbuch in der Tasche.

»Deine Kinder sind mittlerweile Teenager und werden nicht ewig an deinem Rockzipfel hängen.«

Sie verharrte in der Bewegung und suchte nach Worten.

»Dich sprachlos zu sehen. Ein Vergnügen.« Lars grinste von einem zum anderen Ohr.

»Hör auf mit dem Quatsch! Männer machen nur Ärger«, gab sie zurück, allerdings tauchte ein Lächeln auf ihrem Gesicht auf.

»Wenn du ein paar Jährchen jünger wärst, würde ich mich glatt in dich verlieben!«, setzte Lars einen oben drauf.

»Jetzt reicht es aber!« Sie warf mit einer leeren Plastikflasche nach ihm.

Lars, Henrike und Sylvio saßen unter dem schattenspendenden Baum auf dem *Platz der Deutschen Einheit*. Vor ihnen tobten kleine Kinder durch die Wasserfontänen des im Boden eingelassenen Wasserspiels.

»Wie lange ist dein Onkel noch im Urlaub?«, murrte Lars schlecht gelaunt.

»Er kommt im September wieder. Die Frage stellst du mir beinahe jeden Tag.« Sylvio vertilgte den Rest seines Döners.

»Es gibt auch andere gute Restaurants in Braunschweig. Musst du eben woanders hingehen.« Trotz vollen Mundes war er zu verstehen.

»Kommt nicht in Frage«, erwiderte Lars und packte die Reste seines Mittagessens zusammen. Er liebte die italienische Küche über alles und dass ausgerechnet sein Lieblingsrestaurant geschlossen hatte, weil sein guter Freund Adriano einen ausgiebigen Urlaub in Italien genoss, verstimmte ihn zusehends.

»Ist euch eigentlich aufgefallen, dass es um unsere geliebte Zeitungsreporterin Yvonne Grüner in letzter Zeit verdammt ruhig geworden ist?«, wechselte Henrike das Thema. »Ihre Spitzel sollten mittlerweile berichtet haben, dass es einen ungeklärten Mordfall in Braunschweig gibt. Normalerweise wäre sie uns längst mit ihrer aufdringlichen Art auf die Pelle gerückt.«

»Sie ist im Urlaub«, erwähnte Sylvio.

»Woher weißt du das denn?«

»Von meiner Freundin.« Ein Strahlen breitete sich auf seinem Gesicht aus. »Sie ist wie Yvonne Grüner im selben Fitnessstudio und sie kennen sich.«

»Gratulation zur Freundin«, beglückwünschte Henrike ihm.

»Endlich kannst du deine Freizeit alternativ gestalten und musst nicht immer mit Lars im Fitnessstudio abhängen. Und wir haben eine Spionin, die uns über Yvonne Grüner auf dem Laufenden hält.« Henrike wurde wieder ernst. »Aber im Moment wäre es eh egal. Was haben wir denn bis jetzt über unseren Toten, den Mord und ein mögliches Motiv?«

»Nichts«, resümierte Sylvio.

»Für mich stellt sich die Frage, ob der Mörder wusste, dass Werling niemals wieder ans Tageslicht käme. Wenn dem so ist, muss er sich mit dem Entwässerungssystem der

Stadt auskennen.«

»Damit sind Dietrich und seine Leute verdächtig.«

»Kann nicht schaden, sie zu durchleuchten. Eine Aufgabe für dich«, sagte Lars zu Sylvio. »Wird erledigt.« Ohne weitere Worte stand er auf, warf den Abfall in den Mülleimer und bewegte sich in Richtung des Kommissariats.

»Wenn es aber nur reiner Zufall war, dass Werling in den Schacht geworfen wurde«, fuhr Henrike fort, »ist die Anzahl der Verdächtigen gleich Null.«

»Wir sollten uns die Frage stellen, wer von seinem Ableben profitiert.«

»Gab es bei Werling etwas zu holen? Auf die Tageseinnahmen hatte es der Mörder jedenfalls nicht abgesehen.«

»Ich tippe auf ein Ereignis, welches hier in Braunschweig stattgefunden hat. Vielleicht eine Zufallsbekanntschaft, die ihn ins Verderben gestürzt hat oder eine Beziehungstat.«

Aufgeregt stürmte Sylvio ins Büro. »Das Handy von Werling ist eingeschaltet!«

»Was? Wo?« Henrike erhob sich und griff nach ihrer Tasche.

»Eintracht Stadion.«

»Heute ist Mittwoch. Ist da ein Spiel?« Lars schnallte sich seine Dienstwaffe mit dem Halfter um und zog die Jacke darüber.

»Es ist englische Woche. Das Spiel läuft seit ein paar Minuten.«

»Wir fahren nicht über die Hamburger Straße, die Baustelle könnte uns aufhalten«, rief Lars, als sie zum Wagen rannten.

Sie sprangen in die Sitze, während Lars den Motor startete.

»Ich gebe den Kollegen des Polizeikommissariats Nord

Bescheid. Wir brauchen Unterstützung und vor allem einen Parkplatz.« Henrike suchte bereits in ihrem Smartphone nach der Telefonnummer.

Lars knallte das Blaulicht aufs Dach und fuhr zügig los. Auf der öffentlichen Straße schaltete er die Sirene ein.

»Das Eintracht Stadion wird voll sein. Wie sollen wir da jemanden in der Menge ausfindig machen?« Sylvio saß hinten und machte sich seine Gedanken.

»Das wird nicht einfach werden.« Lars warf einen Blick in den Rückspiegel. »Wie genau ist die Ortung des Handys?«

»Normalerweise befinden sich in einer Stadt der Größe von Braunschweig alle fünfzig bis vierhundert Meter ein Funkmast. Das hängt aber auch vom Anbieter ab, bei dem das Handy gemeldet ist.«

»Wie kannst du dir dann sicher sein, dass das Handy im Stadion ist?«

»Oben auf dem Dach ist ein Mobilfunkmast. Und in genau den Funkmast hat sich das Handy vor kurzem eingebucht. Außerdem sagt mir das mein Bauch, dass es *im* Stadion ist!«

»Da haben Sie sich aber eine Mammutaufgabe vorgenommen«, sagte der Polizist, der mit ihnen den kurzen Weg zum Stadion lief.

»Wie viele Beamte können uns drinnen unterstützen?«, wollte Henrike wissen.

»Wenn es keinen Ärger gibt, können Sie so viele haben, wie Sie wollen.« Sie erreichten den seitlichen Eingang der Rheingoldstraße und passierten rasch die Absperrungen.

»Ich melde mich, sobald wir oben in der Leitstelle sind«, verabschiedete sich Sylvio und eilte mit dem Polizisten in Richtung Haupttribüne davon. Sie wollten das Treiben von oben mithilfe der Kameras der Polizei beobachten.

Henrike blickte sich um. An den Getränke- und Bratwurstbuden war es verhältnismäßig ruhig, nur vereinzelt standen ein paar Fans an, um sich mit Bier und Würstchen zu versorgen. Im Stadion ging auf einmal der Gesang in ein aufgeregtes Brüllen über, das kurz darauf in sich zusammenbrach und dem ein enttäuschtes »Ohhhh« folgte. Der Geräuschpegel war ohrenbetäubend, so dass Lars fast sein Handy nicht hörte.

»Ich bin oben«, verkündete Sylvio.

»Henrike und ich sehen uns um und überlegen, wie wir vorgehen.«

»Okay.«

Zweifelnd blickte Henrike ihn an. »Im Stadion sind weit über zwanzigtausend Menschen. Wir wissen nicht, nach wem wir suchen, geschweige denn in welchem Block.«

»Wir müssten die Person herauslocken.«

»Dann brauchen wir bei jedem Ausgang mindestens zwei Beamte. Die könnten jetzt schon Stellung beziehen«, erfasste Henrike die Situation und rief augenblicklich Sylvio an.

Lars verstand nur wenig von dem Gespräch, denn scheinbar rollte die nächste Angriffswelle der Eintracht und entzündete ein wahres Begeisterungsfeuerwerk der Massen. Ein erwartungsvolles Schreien peitschte durch das Rund, wieder gefolgt von Enttäuschung, dennoch abgerundet durch anerkennenden Beifall.

Eine Menge los, dachte Lars, deshalb musste es unbedingt neben dem Fußballfeld ruhig bleiben. Wenn es Ärger geben sollte, stünden die Beamten ihnen nicht mehr für ihre Aktion zur Verfügung.

Henrike beendete das Telefonat. »Jeder Eingang wird in den nächsten fünf Minuten besetzt sein. Wir bleiben hier in der Südkurve und bekommen gleich Unterstützung. Wir sollen die Aktion mindestens zehn Minuten vor der Halbzeitpause machen, sonst rennen schon zu viele raus zu den Buden oder gehen Pinkeln. Also kommt die Stadiondurchsage um achtzehn Uhr dreißig.«

»Wie?«

»Lass dich überraschen. O-Ton von Sylvio. Er hat eine Idee.«

Zwei Polizisten tauchten auf. Henrike und Lars gingen auf sie zu und wiesen sich aus.

»Ich soll Ihnen ein Funksprechgerät geben, dann sind Sie auf unserem Kanal.«

Lars nahm das Gerät entgegen und steckte sich den Knopf ins Ohr. »Wenn alle Position bezogen haben, einmal durchmelden«, tönte es gut verständlich hervor.

Es verging kaum Zeit, dann meldeten sich die Beamten einer nach dem anderen bereit. »Stadiondurchsage erfolgt in fünf Minuten. Danach alle Personen, die die Blocks verlassen, kontrollieren. Es könnte sein, dass es jemand verdammt eilig hat. Diese Person besonders im Auge behalten. Ab jetzt Funkstille.«

»In fünf Minuten geht es los«, informierte Lars Henrike, die in fragend anblickte.

Die beiden Polizisten positionierten sich rechts und links am Fuße der Treppe, Lars hingegen schritt sie hinauf, gefolgt von Henrike. Oben angelangt, wiesen sie sich beim Sicherheitspersonal aus und sahen sich um.

Das Stadion war rappelvoll, in der Südkurve, wo sie standen, wehte ein blau-gelbes Fahnenmeer, untermalt von den Gesängen auf den Rängen.

»Das wird verdammt schwer werden«, brüllte Henrike Lars ins Ohr.

Die gegnerische Mannschaft griff an, wurde aber frühzeitig gestoppt. Das Spiel lief munter vor sich hin, während die beiden Kommissare gespannt auf das warteten, was gleich geschehen würde. Die Spannung des Spiels übertrug sich auf die beiden und hielt ihre Körper in Alarmbereitschaft.

Dann kam der Signalton der Lautsprecheranlage.

»Eine wichtige Durchsage! Dringend gesucht wird Karl Werling aus Speyer. Herr Werling, bitte melden Sie sich bei der Polizeileitstelle an der Haupttribüne. Sie werden dort dringend erwartet.«

Angespannt blickten Lars und Henrike zu den Zuschauern hinüber und erhofften sich eine Reaktion. Allerdings schien so gut wie niemand der Durchsage Beachtung geschenkt zu haben. Es passierte nichts.

»Das klappt nicht.« Henrike kniff die Augen zu.

Dann geschah ein Foul auf dem grünen Rasen. Die Besucherränge gerieten in Rage und brüllten Beschimpfungen in Richtung des Spielers, der prompt gelb sah.

Henrike und Lars ließen sich von dem Geschehen für einen Moment ablenken, als auf einmal im Block links ein Tumult ausbrach. Fünf bis sechs Zuschauer gingen aufeinander los und begannen sich kräftig zu schupsen. Diese hektischen Bewegungen brachte die umherstehende Menge in Aufruhr und zog die Aufmerksamkeit der Polizei auf sich.

»Einsatzkräfte sofort zusammenziehen und …«, mehr verstand Lars nicht, denn völlig unerwartet bekam er einen kräftigen Schlag gegen die Schulter.

Der Knopf im Ohr flog im hohen Bogen davon, er geriet ins Taumeln und knallte mit seinem Körpergewicht gegen Henrike.

Gefährlich nahe der Treppe gerieten beide ins Straucheln. Henrike verlor das Gleichgewicht und kippte nach hinten. Lars' Hände griffen nach ihr – ins Leere.

Entsetzt verfolgte er, wie sie rückwärts die Treppe hinabstürzte.

Oktober 1873

Die Oker hatte sich tief in die Erde eingegraben. Der lockere Sandboden war daher an einigen Stellen mehrere Meter tief in den Fluss gestürzt.

»Bauer Deyer hat zwei Kälber verloren, weil sie zu dicht am Ufer waren«, sagte Fred und schaute in das aufgewirbelte Wasser.

Jonas stand neben ihm. Der einst kräftig gebaute, junge Mann war nur noch ein Schatten seiner selbst. »Wie grausam, in den Fluten zu ertrinken.«

»Das waren doch nur Viecher.«

»Aber das erinnert mich so an«, er stockte und seine großen Augen blickten den Weggefährten an, »das erinnert mich daran, was wir dem armen Mann angetan haben. Wie grausam das für ihn gewesen sein muss.« Verzweifelt warf er die Arme in die Luft. »Ich kann damit einfach nicht leben.« Kraftlos fielen die Arme an seinem Körper hinab.

Fred erstarrte. Eine Ader an seinem Hals pochte gefährlich, als er einen Schritt näher an die Abbruchkante trat.

»Vorsicht«, warnte Jonas ihn.

Trotzdem verlagerte Fred sein Gewicht weiter nach vorne und spürte bereits den Boden unter sich nachgeben. Nicht mehr lange und sie würden zusammen hinabstürzen. Warum eigentlich nicht, jagte ihm der Gedanke durch den Kopf.

Und das Erdreich tat ihm den Gefallen!

Jonas schrie auf und griff nach Fred, der zusammen mit der Böschung wegrutschte. Jäh setzte Freds Überlebenswille ein und er griff blitzschnell nach der dicken Wurzel, um seinen Fall aufzufangen. Mit der anderen Hand packte er Jonas am Kragen seiner Arbeitsjacke. Der Sand unter ihren Füßen rauschte in die Oker und färbte sie braun.

Jonas klammerte sich an Fred fest und war starr vor

Angst. Freds starke Arme hielten sie beide mühelos über dem Abgrund. Jedoch erstarkte in Fred der Gedanke, seinen Freund hier und jetzt die Ruhe zu schenken, die er sich sehnlichst wünschte!

Und das Schicksal meinte es gut mit ihm, als er die Geräusche von zerreißendem Stoff vernahm. Seine Finger spürten, wie die altersschwache Jacke begann nachzugeben, langsam, Stück für Stück, immer weiter.

Jonas rutschte daraufhin ein Stück tiefer. »Hilf mir!«, flehte er.

Freds Augen flackerten euphorisch, als er Jonas betrachtete. So eine Chance bekam er so schnell nicht wieder! Er musste nur noch etwas abwarten – nichts unternehmen – dann würde alles Weitere ohne sein Zutun vonstattengehen.

Das lauter werdende Geräusch des reißenden Stoffes war wie Musik in seinen Ohren. Endlich gab der Fetzen auf und Jonas fiel schlagartig tiefer, so dass Fred ihn nicht mehr halten konnte – und wollte.

Jonas krachte nach gut fünf Meter tiefem Fall hart mit dem Rücken auf den Sandboden auf. Seine Beine tauchten bereits in das Wasser der Oker ein. Ein Schmerzensschrei erschall.

Fred zog sich mühelos an der Wurzel nach oben und richtete sich auf. Seine Augen blickten den Freund an, der wimmernd dort unten lag. Kein Funken Mitleid durchzog ihn, als er langsam das Bein hob, um anschließend mit ungeheurer Kraft auf die Böschungskante zu treten. Der Boden erzitterte, und einen Augenblick später brach großflächig die Kante ab. Rasch trat er einen Schritt zurück, geriet ins Straucheln und warf sich nach hinten.

Schwer atmend lag er am Boden und starrte in den Himmel. Zufrieden stellte er fest, dass die Schreie verstummt waren, es gab kein Geräusch mehr, das bezeugte, dass Jonas noch lebte.

Fünf

»Ist Henrike immer noch im Krankenhaus?«

Lars brummte eine miesgelaunte Bestätigung.

»Puh, dicke Luft. Na toll.« Sylvio fläzte sich in Henrikes Stuhl.

»Sofort raus da!«

»Okay, okay.« Er wählte den Stuhl in der Ecke – mit viel Abstand zu Lars. »Wenn man dem gestrigen Tag etwas Positives abgewinnen kann, dann das, dass das Handy von Werling aufgetaucht ist«, sagte Sylvio und linste zu Lars hinüber. »Die zehntausend Einzelteile brauchen wir wohl nicht mehr zusammenzusetzen. Mal sehen, ob die Fingerabdrücke etwas hergeben. Die Liste mit den letzten Verbindungen liegt auf meinem Tisch.«

»Schon ausgewertet?«

»Bin unterwegs.« Seufzend erhob sich Sylvio. »Mit dir ist heute nicht gut Kirschenessen.«

»Stimmt. Und nun raus.« Lars sah ihm verstimmt nach. Er ärgerte sich maßlos, nicht über Sylvio, nein, über sich selbst! Wie stümperhaft das gestern gelaufen war! Wie Anfänger hatten sie sich ablenken lassen. Das hätte verdammt ins Auge gehen können.

Wen immer sie mit der Stadiondurchsage aufgescheucht hatten, es war ein kräftiger Mensch gewesen, der ihn angerempelt hatte. Zu seinem Ärger hatte er unglücklich auf einem Bein gestanden. Es war ein leichtes gewesen, ihn zu Fall zu bringen. Am allerschlimmsten war jedoch die Tatsache, dass er Henrike mit sich gerissen hatte!

Das Telefon klingelte. »Was gibt's?« Mit verschlossener Miene lauschte er dem Bericht. Im Grunde hatte er erwartet, dass die Fingerabdrücke auf dem Handy keine verwertbaren Spuren lieferten. Dennoch ließ diese Nachricht seine Laune weiter sinken. Er beendete das Telefonat und dachte nach. Der unrechtmäßige Besitzer des Handys hatte gewusst, dass es Werling gehört hatte. Das war nie und nimmer ein Zufall gewesen, dass genau das vor ihren Füßen zerschellt war. Hatte der Unbekannte Lars und Henrike als Kommissare erkannt und erst als der kleine Tumult ihre Aufmerksamkeit eingefordert hatte, die Flucht ergriffen? Aber warum hatte der Unbekannte das Handy überhaupt an sich genommen? Ein Beweisstück seiner Tat? Oder war er gar nicht der Täter? Vielleicht hatte er das Handy nur zufällig gefunden.

Richtig ätzend befand Lars den Umstand, dass er den Angreifer noch nicht mal beschreiben konnte. Alles war so rasend schnell gegangen.

Missgelaunt stieß er die angestaute Luft aus und sog sie sogleich wieder ein. Ein Geistesblitz durchzuckte ihn. Bekanntermaßen war eine Person, die Werling ebenfalls gekannt hatte, im Stadion zugegen gewesen! Die musste er sich umgehend vorknöpfen!

Auf seinem Bildschirm tauchte eine Kurznachricht von Sylvio auf: *Wir haben einen Namen zu der Frau, die sich mit Werling am Mordabend unterhalten hat. Kommst du mit? Jetzt!*

Das ließ sich Lars nicht zweimal sagen. Endlich gab es einen Ansatz für weitere Ermittlungen!

»Frau Langenberger? Doris Langenberger?«

»Ja.«

»Wir hatten vorhin telefoniert.« Sylvio schüttelte der hochgewachsenen, blonden Frau die Hand. »Das ist Lars Henkel.«

»Richtig, Sie hatten gesagt, Sie kommen vorbei.« Die Mitfünfzigjährige blickte sie freundlich an und führte sie durchs Haus auf die rückwärtige Terrasse.

Sylvio und Lars hatten sich beim Anblick der Frau einen

kurzen, überraschten Blick zugeworfen. Sie hatten zeitgleich dasselbe gedacht und beschlossen, vorerst zu schweigen.

»Schön haben Sie es hier«, leitete Sylvio das Gespräch ein und schaute in den gepflegten Garten. Das schmucke Bauernhaus mit dem Fachwerk hinter ihnen rundete das Bild ab.

»Das war auch eine Menge Arbeit. Der Bauernhof ist schon sehr lange im Familienbesitz und das Haus hat dringend einer Modernisierung bedurft. Das hat viel Zeit gekostet, aber nun ist es endlich geschafft.« Zufrieden erstrahlte ihr Gesicht.

Lars registrierte eine äußerst gelassene Frau, die sich scheinbar keine Gedanken machte, was der Grund ihres Besuches war.

Sie spürte seinen Blick. »Sie sind aber vermutlich nicht wegen meines Gartens hier, oder?«

»Wohl kaum«, bekräftigte Lars.

»Ihr Kollege«, sie blickte Sylvio an, »erwähnte etwas von Karl Werling. Sie hätten Fragen zu ihm.«

»Genau. Wir haben die Anrufliste der letzten Tage von seinem Handy überprüft und genau viermal Ihre Rufnummer entdeckt. Das führt uns zu Ihnen.«

»Telefonieren ist aber nicht strafbar, oder?«, erwiderte sie eine Spur zu schnippisch für Lars' Geschmack.

»Wenn der Anrufer mittlerweile tot ist, gehen wir jeder Spur nach.«

Ihr Gesicht entglitt. »Oh, dass ... äh ... ist ja furchtbar.« Sie schluckte. »Ein Verbrechen?«

»Sonst wären wir nicht hier.« Lars spürte Gereiztheit in sich aufsteigen. »Frau Langenberger, in welchem Verhältnis standen Sie zu Karl Werling?«

»Verhältnis?«

»Sie haben immerhin ein paar Mal miteinander telefoniert!«

»Das begründet kein Verhältnis, oder?«

»Woher kennen Sie sich?«

»Ich kenne ihn gar nicht.«

Lars schlug ungehalten mit der Hand auf den Tisch. Sie zuckte zusammen, während Sylvio es für angebracht hielt, sich rauszuhalten.

Die Langenberger erholte sich rasch von Lars' Ausbruch und startete einen Gegenangriff. »Sie erinnern mich an meinen Ex-Mann. Genauso eine große Klappe.«

Sylvio fiel die Kinnlade herunter.

Lars starrte sie überlegend an und nach einer Pause fuhr er im gemäßigten Ton fort. »Okay. Nochmal von vorn. Wenn Sie sich nicht kannten, weswegen haben Sie mit ihm telefoniert?«

»Er wollte mich gar nicht sprechen, sondern meinen Vater.«

»Weshalb?«

»Mein Vater ist Hobbyheimatpfleger von Veltenhof. Er hat sich viel mit der Geschichte des Ortes beschäftigt und kennt hier beinahe jeden Stein. Werling hat mich gelöchert, einen Termin mit ihm zu machen. Er war am Ende total aufdringlich.«

»Was sprach gegen ein Treffen der beiden?«, warf Sylvio ein.

»Wissen Sie, mein Vater ist nicht mehr ganz auf der Höhe. Er ist dement und lebt in einem Pflegeheim. Er hat gute und schlechte Tage. Es ist nicht immer einfach.« Traurigkeit huschte über ihr Gesicht. »Er soll seinen gewohnten Tagesrhythmus beibehalten und nicht von völlig fremden Menschen belästigt werden.«

»Das ist ja alles schön und gut. Aber was wollte Werling von Ihrem Vater?« Lars verlor endgültig seine Geduld.

»Das kann ich Ihnen nicht sagen. Mir hat er es nicht verraten.«

»Haben Sie Werling persönlich getroffen?«

Sie wandte den Blick ab und sah in die Ferne. »Ja. Nur kurz. Ich wollte, dass er mich und meinen Vater in Ruhe lässt.«

Lars spürte, wie sie vorsichtiger wurde. »Wo war das?«

»Er tauchte hier auf dem Hof auf.«

»Wann?«

»Das war am«, grübelnd legte sich ihre Stirn in Falten, »Freitag muss das gewesen sein. Ich hatte aber keine Zeit für ihn und habe ihn stehen lassen.«

»Und er ist dann einfach wieder abgezogen?«

Sie blickte Lars böse funkelnd an. »Ich hatte keine Zeit, mich um ihn zu kümmern. Ich musste zu meinen Rindern in den Okerauen. Ich war mit unserem Tierarzt verabredet, weil sich vor Kurzem eins im Stacheldraht verfangen hatte. Die Wunde hatte sich entzündet und …«

Abwehrend hob Lars die Hand. »Sie sind dann los und Werling hat den Rückzug angetreten?«

»Als ich zurückkam, war er weg.«

»Haben Sie ihn danach noch mal gesehen?«

Lars bemerkte zufrieden, wie sich bei ihr ein kleiner Schweißtropfen an der Schläfe löste und hinabrann. Entweder sagte sie jetzt die Wahrheit oder sie kam gleich mit aufs Kommissariat, fasste er einen Entschluss.

Sie wischte sich mit dem Handrücken das verräterische Zeichen ab. »Ich gebe zu, dass ich sehr neugierig war, was Werling so nachdrücklich von meinem Vater wissen wollte.«

»Und?«

»Ich war auf dem Kohlmarkt beim Weinfest.«

»Sie haben gerade Ihren Kopf aus der Schlinge gezogen«, stellte Lars mit hartem Ton fest. Aus seiner Jackentasche zog er das Phantombild hervor, das aufgrund Marions Beobachtung erstellt worden war. Er legte ihr das Blatt auf den Tisch.

In Zeitlupe griff ihre Hand nach dem Bild und starrte es mit unbewegtem Gesicht an.

»Sie wurden am Sonntag auf dem Kohlmarkt beobachtet, wie Sie mehrfach intensiv mit Werling gesprochen haben. Diese mysteriöse Sache mit Ihrem Vater rückt Sie in den Kreis der Verdächtigen.«

Wütend starrte sie Lars an. »Ich soll ihn umgebracht haben? Oder was wollen Sie mir damit sagen? Das ist ja eine Frechheit.«

»Dann sagen Sie uns, was Werling von Ihnen oder Ihrem Vater wollte.«

»Ab jetzt sage ich nichts mehr. Nicht ohne meinen Anwalt.«

»Schön, dann sehen wir uns morgen neun Uhr auf dem Kommissariat. Ich muss nicht erwähnen, dass Sie nicht auf die Idee kommen, einen Ausflug zu machen, der sie außerhalb dieser Stadtgrenzen führt.«

Sie schwieg und erwiderte verbissen seinen Blick.

»Wir finden selber raus.« Lars rauschte mit Sylvio im Gefolge aus dem Garten und eiligst verließen sie das Grundstück.

»Die Frau weiß mehr als sie uns sagt«, bemerkte Sylvio als sie zum Auto gingen.

»Das sehe ich auch so. Wir brauchen mehr Information über ihre aktuelle Situation, die Vergangenheit und was wir noch finden. Und wir müssen wissen, in welchem Pflegeheim ihr Vater ist.«

»Ich kümmre mich darum.«

Lars bekam eine SMS aufs Handy. »Bevor wir ins Kommissariat fahren, statten wir der *Wahren Liebe* einen Besuch ab.«

Sie stellten das Auto auf dem Parkplatz ab und liefen die paar Schritte zur *Wahren Liebe*. Das rechteckige Gebäude mit den großen Glasfronten befand sich auf dem Stadionvorplatz. In der Mittagszeit tummelten sich auf der Terrasse vereinzelt Gäste, die etwas aßen oder tranken.

»Da sitzt Henrike!«, rief Sylvio freudestrahlend und nahm Kurs auf ihren Tisch. Am liebsten wäre er ihr um den Hals gefallen, denn ab sofort würde alles besser werden. Und Lars umgänglicher.

»Na ihr zwei! Setzt euch.« Sie saß im Schatten unter einem blauen Sonnenschirm. Die Reste eines Mittagsessens standen vor ihr. »Meine Empfehlung ist der *Wahre Liebe* Double Cheeseburger. Himmlisch.« Ein Lächeln breitete sich auf ihrem Gesicht aus, dass sich wenige Sekunden später schmerzhaft verzog. »Verdammt.«

Lars ließ sich ihr gegenüber in den Stuhl fallen. »Hat dich der Arzt entlassen oder hast du das selber entschieden?«

Sie zuckte gleichgültig mit den Schultern. »Da ich nur eine winzig kleine Gehirnerschütterung habe, mir nicht schlecht oder schwindelig ist, passt das schon.«

»Henrike, was soll der Scheiß! Du gehörst ins Bett.«

»Hör mal, ich bin doch kein Kleinkind.«

»Nee, aber genauso dickköpfig.«

»Leute,« Sylvio hob beschwichtigend die Hand, »wir fahren gleich ins Kommissariat zurück und bringen Henrike vorher zu Hause vorbei.«

Lars und Henrike hoben zur Beschwerde an.

»Ruhe!«, schnitt Sylvio jegliche Diskussion ab.

»Der Junge macht sich langsam«, bemerkte Henrike trocken.

»Für meinen Geschmack zu viel.« Lars bedachte Sylvio dennoch mit einem anerkennenden Blick.

»Dein blaues Auge sieht furchteinflößend aus.« Sylvio

rückte Henrike auf die Pelle und begutachtete den riesigen Bluterguss, der sich langsam begann zu verfärben.

»Ist auch nicht gerade angenehm, einen mit Protektoren geschützten Ellenbogen ins Gesicht zu bekommen.« Henrike nahm einen Schluck von ihrer Cola, die bereits schal und abgestanden schmeckte. Genau diesen Beigeschmack hatte sie jedes Mal, wenn sie daran dachte, wie sie die Treppe hinunterfiel. Sie wusste, es war irrsinnig schnell gegangen, aber das Gefühl der Ohnmacht, nichts unternehmen zu können, hatte sich furchtbar lang hingezogen. Dieses Gefühl steckte ihr tief in den Eingeweiden.

»Wie geht es deinem Retter?« Sylvio riss sie aus ihren Gedanken.

Erleichtert über die Ablenkung, antwortete sie: »Er wird es überleben.« Sie kicherte sogar etwas. »Als ich mich vorhin im Krankenhaus von ihm verabschiedet habe, konnte er bereits Scherze machen. Er ist jung und seine Schutzausrüstung haben ihn und mich vor Schlimmeren bewahrt.«

»Wenn er wieder fit ist, feiern wir eine Party.« Lars versuchte es mit Humor, um sein eigenes Versagen zu überspielen. Wenn Henrike ernsthaft etwas zugestoßen wäre, dann … am besten nicht daran denken, beschwor er sich.

Lars und Sylvio bestellten sich etwas zu essen und berichteten Henrike knapp von dem Gespräch mit der Langenberger.

»Dann bin ich morgen um neun Uhr beim Verhör mit dabei. Die will ich kennenlernen.« Ihr energischer Blick verbot Widerspruch.

»Warum haben wir uns eigentlich hier getroffen? Nur, um etwas zu essen?« Sylvio erwartete bereits sehnsüchtig die bestellte Currywurst mit Pommes.

Henrike entdeckte eine Straßenbahn auswärts Richtung Wenden davonfahren. Sie blickte auf ihre Uhr. »Wir bekommen gleich noch Besuch.«

Neugierig warteten sie gemeinsam auf den angekündigten Besuch. Als die Person auftauchte, erhob sich Lars, um seinen Stuhl für ein spontanes Verhör frei zu machen.

Sechs

Marion bog auf die *Schwedenkanzel* ein und wunderte sich über den Straßennamen. Hatte es Schweden in Veltenhof gegeben? Davon wusste sie gar nichts. Grübelnd zog sich ihre Stirn zusammen, als sie linker Hand auf den Parkplatz des Friedhofs zusteuerte.

Nur wenige Autos standen dort, sowie vereinzelt am Holzzaun angelehnte Fahrräder verrieten, dass sich hier jemand aufhielt.

Marion fühlte sich nicht ganz wohl in ihrer Haut, denn sie war hierhergefahren, ohne Lars und Henrike Bescheid zu geben. Sie wollte sich ja auch nur mal umsehen, diskutierte sie mit sich selbst. Da war im Grunde nichts dabei.

Sie knubbelte mit den Zähnen an der Unterlippe, als sie ausstieg und sich ihre Tasche vom Rücksitz schnappte. Darin befand sich etwas, das sie veranlasst hatte, hierher zu fahren.

Sie durchschritt das Tor und wandte sich nach rechts. Zunächst verschaffte sie sich eine Übersicht und ignorierte die neugierigen Blicke, die ihr folgten. Bis auf einen Mann bemerkte sie nur Frauen, die sich um die Gräber ihrer Verstorbenen kümmerten.

Sie lief den äußeren Weg ab und entdeckte zu rechter Hand die Oker, die etwas tiefer am Friedhof vorbeifloss.

»Vielleicht sollte ich jemand von den älteren Damen fragen«, überlegte sie laut und schreckte damit einen kleinen Vogel auf, der laut protestierend in den nächsten Baum flog. »Ach was, ich sehe mich selbst um.«

Sie schritt nun langsam die Reihen der Gräber ab und las jede Inschrift auf den Grabsteinen. Bei einigen war die Schrift bereits verwittert und es kostete sie einige Mühe, die Buchstaben zu entziffern. Konzentriert arbeitete sie sich voran.

Dabei bemerkte sie nicht, wie ein Augenpaar jede ihrer Bewegungen verfolgte. Dem Beobachter war sofort aufgefallen, dass diese fremde Frau nicht um einen Angehörigen trauerte. Nein, diese Person suchte etwas! Und nach den Ereignissen der zurückliegenden Tage war es nicht schwer zu erraten, was die da zum Schnüffeln antrieb!

Unmut keimte in dem Beobachter auf. Was wollten diese Menschen hier? Warum kümmerten sie sich nicht um ihren Scheiß? Sie drohten alles zu zerstören!

Der Beobachter registrierte, wie die Frau augenscheinlich etwas gefunden hatte und sich zum Grabstein hinab beugte. Dabei schoss ein triumphierendes Lächeln in ihr Gesicht. Anschließend kramte sie in ihrer Tasche und zog ein Handy heraus, schoss ein paar Bilder und bewegte sich danach in Richtung Ausgang.

Er folgte ihr und verringerte den Abstand. Er wusste, die Frau hatte gefunden, wonach sie gesucht hatte. Das durfte sie auf keinen Fall jemandem berichten. Seine Schritte wurden raumgreifender und er holte sie auf wenige Meter ein. Das Springmesser wusste er gut aufgehoben in seiner Arbeitshose. Seine Hand griff danach und geübt ließ er die Klinge herausspringen. Er würde hier und jetzt der Schnüffelei ein Ende setzen.

Er roch bereits ihr Parfüm, sie war vielleicht noch zwei Armlängen entfernt, und er streckte die freie Hand nach ihrer Schulter aus. Das Messer umfasste er hart und plante den ersten Hieb in die Seite der Frau zu setzen. Danach musste alles ganz schnell gehen.

Sein Arm holte aus, um blitzschnell zuzustoßen … als auf einmal zwei Hunde auf die Frau zuschossen.

Kläffend balgten sie miteinander, gefolgt von einem Jugendlichen mit großen Kopfhörer auf den Ohren. »Hierher!«, schnauzte der Junge. Die Hunde ignorierten Herrchen und kamen Marion gefährlich nahe.

Marion beobachtete entsetzt die quirligen Hunde und zitterte innerlich um ihr Leben. Mit Hunden konnte sie nicht besonders gut und hatte höllischen Respekt vor den Tieren. Vor allem vor den Unerzogenen.

»Hieeeeeer«, brüllte der Junge ärgerlich. »Scheißköter«, raunte er danach.

Der Beobachter fluchte innerlich, denn seine Chance, die Frau zu beseitigen, war vermasselt. Wenn sie sich jetzt umdrehen würde, würde sie ihn entdecken und vielleicht zu schreien beginnen. Langsam wendete er sich ab, ließ das Messer zusammenschnappen und in der Hose verschwinden. Wutschnaubend lief er zum Friedhof zurück. Er musste auf seine nächste Chance warten und das zerriss ihn förmlich.

Dessen ungeachtet funkelte Marion den Jugendlichen böse an, der ratlos mit den Schultern zuckte und einen Hund am Halsband packte. Der andere versuchte an Marion hochzuspringen, woraufhin sie sich abwehrend zur Seite drehte.

Aus den Augenwinkeln entdeckte sie die große Gestalt, die zum Friedhof lief, dachte sich allerdings nichts dabei. »Würdest du mir die Hunde vom Hals schaffen«, zischte sie dem pickligen Jungen zu. »Wenn die sich nicht gleich verdünnisieren, trete ich ihnen in den Arsch!« Angriff ist die beste Verteidigung, schoss ihr durch den Kopf und Lars würde ihr absolut beipflichten. Wenn er nur hier wäre, wünschte sie sich.

Der Junge schaffte es endlich, beide Hunde anzuleinen.

»Blöde Schnepfe«, warf er ihr an den Kopf und zog die beiden Kläffer hinter sich her.

»Blöde Schnepfe, ha!« Marion merkte erst jetzt, wie weich

ihre Knie waren. Das Blut rauschte laut in den Ohren und der Schreck über den Überfall der beiden Hunde saß ihr tief in den Knochen. Sie atmete einmal tief durch und stieg in ihren Wagen. »Ist ja alles gut gegangen«, beruhigte sie sich selbst und fuhr in die Stadt zurück.

Der warme Sommerabend lockte die halbe Stadt in die Restaurants und Bars. Wer konnte, suchte sich ein Plätzchen an der Oker, um dem Treiben der Floßfahrer und der Paddler beizuwohnen.

Lars hingegen gewann der ausgelassenen Sommerstimmung wenig ab. Und das lag ausschließlich an dem Fall Werling, der nur zäh bis schleppend vorankam. Selbst das gute Essen und die aussichtsreiche Lage der Terrasse an der Oker stimmte ihn nicht milde.

»He, ihr da unten!« Sylvio stand auf der Brücke der Leonhardstraße und hatte sie von dort aus entdeckt.

Henrike winkte ihm zu und es dauerte nicht lange, bis er sich an ihrem Tisch einfand und sich einen Stuhl heranrückte.

»Dass Henrike hier sitzt, hatte ich schon erwartet. Obwohl wir sie nach dem Stadion zu Hause abgeliefert hatten, damit sie sich ausruht! Da war nicht die Rede von abends um die Häuser ziehen gewesen.« Er zog spöttisch die Augenbrauen in die Höhe.

»Ich hatte Hunger und nichts mehr im Kühlschrank«, konterte sie.

»Quatsch. Du lässt deine beiden Mädels zu Hause doch nicht verhungern. Dir ist nur die Decke auf den Kopf gefallen.« Lachend warf er sich die dunklen Haare aus dem Gesicht.

»Dir kann man aber auch nichts vormachen.«

»Während ihr noch esst, kann ich euch berichten, was es für Neuigkeiten gibt. Also gut«, begann Sylvio und lehnte sich zurück. »Ich habe mit dem Tierarzt gesprochen, mit dem die Langenberger verabredet war, als Werling unange- kündigt auf dem Hof aufgetaucht ist.

Die Geschichte hat der Mann im Großen und Ganzen be- stätigt. Außerdem hatte er nur gute Worte für die Frau über, die die Okerauen mit ihren Rindern wiederbelebt hat. Und alles Bio und unglaublich schick und modern. Bla bla bla. Meiner Meinung steht er auf sie und ist nicht objektiv.«

»Was ist mit der Langenbergers Lebensgeschichte?« Hen- rike zog ihr Notizbüchlein hervor.

»Doris Langenberger ist vierundfünfzig Jahre alt, geboren in Veltenhof, die Mutter verstarb vor acht Jahren an Krebs. Der Vater – Otto Langenberger – führte bis vor drei Jahren den Bauernhof, bis es wegen seiner Demenz nicht mehr ging. Seit gut fünf Jahren ist die Langenberger aktiv auf dem Hof tätig und hat ihn dann komplett übernommen, als ihr Vater ins Pflegeheim ging. Den Hof hat sie weitestgehend auf Bio umgestellt und seit neustem stellt sie eigenen Käse her.«

»Ist da auch Harzer Käse oder eine ähnliche Form dabei?« Henrike klopfte ungeduldig mit dem Stift auf ihr Notizbuch.

Sylvio lief rot an. »Mist, weiß ich nicht. Überprüfe ich.«

»Was ist mit dem Käse von dem Weinstand, der mit auf dem Kohlmarkt war? Steckte der vielleicht dem Werling im Hals?«

Sylvio schüttelte verneinend den Kopf.

»Also keine heiße Spur«, resümierte Henrike und beschäf- tigte sich mit ihrem Cocktail.

»Was gibt es noch zu der Langenberger?«

»Sie ist geschieden, keine Kinder. Der Ex-Mann lebt mitt- lerweile in Österreich. Die beiden haben keinen Kontakt mehr. Sonst gibt es nichts Auffälliges. Der Hof scheint ganz gut zu laufen, finanziell gibt es keine Schwierigkeiten. Ihr

Ruf im Ort ist ganz okay, was mir die Leute so zugetragen haben. Allerdings lebt sie auch eher zurückgezogen. Vielleicht könnt ihr sie morgen beim Verhör aus der Reserve locken.«

»Was haben wir von der Wohnungsdurchsuchung in Speyer? Hatte Werling dort ein Geheimnis versteckt?«

»Der Bericht kam vorhin rein. Beim drüber fliegen ist mir nichts Nennenswertes aufgefallen. Natürlich sehe ich mir das noch im Detail an. Fotos kamen auch mit.«

»Okay, was haben wir noch?«

»Die Truppe der Kanalarbeiter«, entgegnete Sylvio.

»Ist das die offizielle Berufsbeschreibung?«, meinte Henrike ironisch.

Ein Achselzucken. »Wir haben alle befragt, wo sie zum fraglichen Todeszeitpunkt von Werling waren. Jeder hatte ein gutes Alibi. Bestätigt durch Familie, Freunde und Fußballvereine. Bei dem schönen Wetter waren die meisten in geselligen Runden Grillen oder in den Vereinen gewesen. Keiner der Befragten zeigte Unsicherheit oder Nervosität. Mein Riecher sagt mir ebenfalls, dass die damit nichts zu tun haben.«

»Fazit: Wir haben keinen Verdächtigen, kein Tatmotiv, höchstens eine Spur und die lautet Doris Langenberger. Die Frage, die wir morgen im Verhör klären müssen ist, ob sie von Werling herausbekommen hat, was er von ihrem Vater wollte. Wissen wir, in welchem Pflegeheim der Vater ist?«

»Adresse habe ich. Heute wäre es zu spät für einen Besuch, sagte mir die Heimleitung. Scheint, dass die Leute da früh ins Bett gesteckt werden.« Sylvio winkte nach dem Kellner. »Ich habe doch noch Zeit für ein Getränk, oder?«

»Wir warten eh noch auf Marion«, entgegnete Henrike.

»Ach, ihr habt den Bücherwurm wieder für Ermittlungen aktiviert? Was sagt denn der Chef dazu?«

»Er weiß natürlich nichts davon.« Henrike seufzte. »Mir ist auch nicht wohl dabei, aber sie ist die Einzige, die diese altertümliche Schrift lesen kann.«

»Du meinst die Dokumente, die in dem Ledereinband lagen?«

»Genau die. Altdeutsche Schrift kann heutzutage kaum jemand lesen.«

»Und da kommt die Wunderwaffe Marion ins Spiel.«

Lars grunzte.

Henrike überging das und fuhr fort. »Sie hat sich ein paar Fotokopien gemacht, nach dem ersten Überfliegen etwas gemurmelt und war anschließend verschwunden.«

»Aber entschuldigt mal! Wer hat ihr denn die Unterlagen gegeben? Wir waren nicht im Büro.«

»Marion hat zufällig Sven getroffen, die beiden sind ins Gespräch gekommen und so ergab eins das andere.«

Sylvio schüttelte erstaunt den Kopf. »Unser Rechtsmediziner verlässt freiwillig sein unterirdisches Reich und übergibt mir nichts dir nichts Beweismittel an Marion?«

»Es waren nur Fotokopien.«

»Leute, da klink ich mich aus. Dafür müsst ihr den Kopf hinhalten. Ich nicht.« Er nahm sein Bier vom Kellner in Empfang und trank ein paar große Schlucke.

»Was hat denn Marion nun gesagt, was sie rausgefunden hat?«, überspielte Lars die Kommentare von Sylvio.

»Das wollte sie uns persönlich erzählen. Ach, da ist sie ja!«

Wie Sylvio zuvor stand sie auf der Brücke und winkte zu ihnen hinab. »Huhu! Ihr da unten! Hallo! Lars! Henrike! Sylvio!«

»Oh man, was wird das? Will sie die ganze Stadt zusammenschreien«, meinte Lars unwirsch.

»Vorsichtig. Lass deine schlechte Laune nicht an ihr aus.« Warnend blickte Henrike ihren Partner an.

»Ich halte einfach meine Klappe.«

»Gute Idee. Aber sag mal, kommt sie jetzt runter, oder was?«

Marion stand an Ort und Stelle. Unterdessen näherte sich ihr eine große Gruppe Menschen, die lärmend aus dem Magniviertel zog. In der Mehrzahl schienen es junge Männer zu sein. Marion lehnte sich daraufhin gegen das Brückengeländer und ließ die grölende, offenbar angetrunkene Menge an sich vorbeiziehen. Dabei polterte eine Flasche zu Boden und rutschte durch das Geländer in die Oker.

Die Flasche verfehlte nur knapp das Floß, das gerade unter der Brücke durchfuhr und rappelvoll mit Menschen gefüllt war, die an langen Tischen saßen, aßen und tranken.

Die Gruppe auf der Brücke begann denen auf dem Floß zuzurufen.

Lars wurde es allmählich zu bunt und er erhob sich. »Wenn die da oben nicht gleich verschwinden, sorge ich dafür.«

Sylvio schob den Stuhl zurück und bereitete sich davor, Lars zu unterstützen.

Indes wurde Marion von den jungen Männern eingekesselt und angesprochen. »Was machst du denn hier? Komm mit, wir feiern eine Party.«

»Spaßvogel. Haut ab«, hielt Marion dagegen, die sich zusehends bedrängt fühlte.

»Das reicht.« Lars stürmte auf die Treppe zu, die nach oben auf die Brücke führte. Sylvio blieb ihm dicht auf den Fersen.

Henrike beobachte das Geschehen von ihrem Platz aus. Sie war nach ihrem Sturz im Stadion gar nicht in der Lage unterstützend einzugreifen.

Ihre Aufmerksamkeit wurde kurz von einem weiteren Floß abgelenkt, das sich aus dem Schatten der Brücke löste.

Ihr Blick heftete sich erneut an Marion, die begann die aufdringliche Meute von sich wegzuschubsen.

Henrike hoffte inständig, dass Lars und Sylvio gleich auftauchen und ihr beiseitestehen würden.

Endlich tauchte hinter Marion ein großer Schatten auf. Das konnte nur Lars sein. Henrike stöhnte erleichtert, denn er würde das Chaos da oben beenden.

Es kam jedoch anders! Der Pulk um Marion löste sich wider Erwarten nicht auf. Sie wurde unvermindert gegen das Geländer gepresst. Die Situation spitzte sich zu, als sie auf einmal in der Luft zu schweben schien!

Henrike meinte, ihren Augen nicht trauen zu können. Das Gesicht von Marion spiegelte eine ähnliche Gefühlsregung wieder.

Dann flog Marion über das Geländer in die Tiefe.

Ihr spitzer Schrei hallte über die Oker.

Lars und Sylvio tauchten auf, strecken die Hände nach ihr aus und griffen ins Leere.

Der Menge auf der Brücke entrang ein entsetzter Aufschrei.

Henrike gefror das Blut in den Adern, als sie erkannte, dass sich das Floß noch nicht weit genug von der Brücke entfernt hatte.

Mit weit aufgerissenen Augen verfolgte sie, wie Marion genau darauf zustürzte.

Oktober 1874

Es war ein ungewöhnlich warmer Tag. Die Sonne strahlte vom blauen Himmel hinab und ließ die Herzen der Menschen zufrieden schlagen. Das trügerische Gefühl eines Sommertages ließ den Herbst und die nahende, dunkle Zeit vergessen machen.

Fred zog am steifen Kragen seines Sonntagsanzuges. Er mochte es nicht sich herauszuputzen. Viel lieber wäre er mit einer Angelrute in den Okerauen und würde dort sein Glück versuchen. Nur seiner Frau Anna zuliebe verzichtete er darauf und ließ sich sogar von ihr in die Kirche schleifen.

Er liebte diese Frau und sie trug ihr gemeinsames Kind unter dem Herzen. Ohne sie würde all das keinen Sinn machen.

Unbewusst drückte er ihre Hand. Daraufhin wandte sie den Blick zu ihm und lächelte ihn an. Obwohl sie auf dem Friedhof standen, vergaß er alles um sich herum und erwiderte ihr Lächeln voller Zuneigung.

Danach verlor sich ihr Blick und ein trauriger Zug um den Mund stellte sich ein. Ihre Augen glitzerten feucht, als sie auf das Grab zu ihren Füßen hinabblickte. Es war frisch mit Blumen bepflanzt.

»Jonas ist jetzt ein Jahr tot. Ich vermisse ihn immer noch sehr. Wie schlimm das war, als er in die Oker gerutscht ist und ertrank.«

Fred erstarrte. Er hatte für einen Moment vergessen, dass heute der erste Todestag von Jonas war, aufgrund dessen sie hierhergegangen waren. Seine Gefühle schlugen um wie das Wetter bei einem aufziehenden Sturm. Jeden Tag versuchte er zu vergessen, was geschehen war.

Tagsüber fiel es ihm leicht, des Nachts holten ihn die Geister der Vergangenheit wieder ein. Es hatte den Anschein, als ob sich Jonas mit dem Mann verbündet hatte, den sie gemeinsam getötet und vergraben hatten. In Freds schlimmsten Träumen ragten ihre Arme aus dem Grab und versuchten ihn mit hinabzuziehen.

Mehrfach war er schreiend aus seinen Alpträumen erwacht und Anna neben ihn war angst und bang geworden. Häufig hatte er seine Ängste und Sorgen auf die bevorstehende Spargelernte geschoben, oder was ihm noch so eingefallen war. Niemals würde er gestehen, welche Schuld er auf sich geladen hatte. Dennoch war er sich sicher, wäre er noch mal in dieser Lage, er würde genauso handeln!

»Der Knecht hat ein paar Sachen von Jonas in der Ecke des Speichers gefunden.«

Fred zuckte zusammen. »Was hat der Knecht da herumzuwühlen?«

Distanziert blickte Anna ihn an. »Er half mir beim Ausräumen, weil ich dort die Wiege deiner Mutter vermutete.«

Fred schalt sich innerlich wegen seiner heftigen Reaktion.

»Entschuldige, mir geht das mit Jonas immer noch sehr nah.«

»Ich weiß.« Anna seufzte. »Unter den Sachen waren ein paar Dokumente, die Jonas kurz vor seinem Tod geschrieben hat. Was soll ich damit machen?«

»Hast du gelesen, was er geschrieben hat?«

»Natürlich nicht.«

»Ich kümmre mich darum.«

»Natürlich.« Annas Blick blieb auf das Grab gerichtet, wobei sie in Gedanken von ihrem Mann abrückte. Denn an manchen Tagen war er ihr unheimlich. Er verschwieg etwas, und sie spürte, dass sie an dieser Stelle besser nicht nachhaken sollte.

Sieben

»Charlotte Steiger sitzt im Verhörraum eins«, rief der Polizist ihnen durch die geöffnete Tür zu.

»Wer?«, fragte Lars irritiert.

»Lotte«, übersetzte Sylvio. »Sie hat auch einen richtigen Namen. Aber sie wird uns heute wohl kaum mehr erzählen, als gestern in der *Wahren Liebe*.«

»Vermutlich«, erwiderte Henrike und erhob sich schwerfällig. »Einzig interessant wird sein, wenn sie die Langenberger auf dem Flur trifft. Auf die Reaktion bin ich gespannt. Vielleicht kennen sie sich doch!«

Sylvio beobachtete, wie sich Henrike langsam zum Verhörraum schleppte. »Tut wohl noch ganz schön weh. Aber sie will ja nicht zu Hause bleiben.«

»Ich kann dich hören!«, kommentierte sie seine Bemerkung.

»War Absicht.«

Lars folgte schulterzuckend. Sonst selbst ein Mann der lauten Töne, war es hier eindeutig besser, die Klappe zu halten. Er kannte seine Partnerin und ihren Dickkopf.

»Dann verabschiede ich mich und fahre zum Hof von der Langenberger. Wenn sie gleich hier ist, kann ich ungestört rumschnüffeln.«

»Okay«, rief Lars Sylvio hinterher, bevor er in den Verhörraum abbog.

Lotte saß bereits an dem Tisch und wirkte äußerlich entspannt. »Da bin ich aber gespannt, welche Fragen euch nach gestern noch eingefallen sind.« Nur mühsam gelang es ihr, ein Gähnen zu unterdrücken.

»Haben es dir gestern deine Fanclubmitglieder verziehen, dass du wegen uns zu spät zum Treffen gekommen bist?«

»Ach, das sind doch alles Rentner und die haben eh nichts

zu tun.« Sie entblößte grinsend ihre Zahnlücke. »Außerdem saßen sie ja auch in der *Wahren Liebe* und haben gesehen, dass ich verhindert war.«

»Wer kümmert sich eigentlich um die Pension, wenn du beim Fußball bist oder wie jetzt bei uns?« Henrike ließ die Frage beiläufig klingen.

»Ich habe immer ein paar Studenten, die sich gerne ein wenig Geld dazu verdienen. Die springen ein und sind zeitlich flexibel.« Ihre Gelassenheit verschwand etwas. »Dennoch habe ich noch viel zu erledigen, und heute Abend ist wieder ein Eintracht-Spiel. Englische Woche, ihr wisst ja!«

»Auswärts«, erinnerte sich Lars, der sich am frühen Morgen den Spielplan der Zweiten Liga angesehen hatte.

»Richtig. Auswärtsspiele schaue ich mir mit dem Fanclub in der *Wahren Liebe* an. Also, was wollt ihr noch von mir? Ich habe gestern schon gesagt, dass ich am Mittwoch im Stadion gewesen bin. Das ist und war kein Geheimnis. Zu finden war ich wie immer in der Südkurve. Das, was Henrike passiert ist, habt ihr mir erzählt. Ich habe nichts davon mitbekommen.« Schweigend blickte sie die beiden Kommissare an.

Es wirkte herausfordernd, so empfand es jedenfalls Henrike. Deswegen griff sie betont langsam nach dem schmalen Ordner, der auf dem Tisch lag. Sie klappte in Zeitlupe den Deckel auf, entnahm der darin abgehefteten Klarsichtfolie einige Fotos und breitete sie sorgfältig in einer langen Reihe vor ihr aus.

»Was ist das?«

»Bilder aus der Wohnung von Karl Werling in Speyer. Fällt dir irgendetwas auf?«

Lotte ließ sich Zeit, betrachtete jedes einzelne genau, während Lars und Henrike sie beobachteten. Die Pensionsdame zeigte allerdings keinerlei Anzeichen von Nervosität und bekräftigte dies, als sie sich entspannt zurücklehnte. »Tut mir leid, nichts. Hoffentlich habt ihr nicht zu viel von mir erwartet!«

»Hätt' ja sein können.« Henrike blickte in die Ecke des Raumes, in der ein Polizist wartete. Beinahe unmerklich nickte sie ihm zu. »Das war's schon.«

»Echt? Dann kann ich gehen?«

»Ja.« Henrike erhob sich zeitgleich und folgte mit in den Flur. Hinter ihr ging Lars und sah bereits, dass der Polizist mit der Langenberger im Schlepptau auf sie zu kam.

Der Flur wurde zusehends enger, und beide Parteien verlangsamten den Schritt. Die hochgewachsene Langenberger schien die untersetzte Lotte gar nicht wahrzunehmen, sondern visierte Lars und Henrike an. Erst kurz vor ihnen stoppte sie und trat einen Schritt beiseite, um Lotte vorbeizulassen.

»Wenn noch etwas ist, wisst ihr, wo ihr mich findet. Aber wehe, ihr stört mich beim Fußball gucken!«, warf Lotte den beiden über die Schulter zu und verschwand.

Die Langenberger blickte Lars und Henrike erwartungsvoll an. »Sprechen wir hier auf dem Flur?«

»Wollten Sie nicht Ihren Anwalt mitbringen?«

»Ich habe mit ihm gesprochen und es gibt keine Veranlassung dazu. Ich habe ja nichts getan.«

»Dann hören wir uns gerne an, wie Sie zu dieser Vermutung kommen.« Lars passte die Antwort der Frau gar nicht. Das war zu selbstsicher.

Sie kehrten in den Verhörraum zurück, in dem die Fotos immer noch ausgebreitet auf dem Tisch lagen. Henrike gedachte auch nicht, sie zu entfernen.

Die Langenberger nahm Platz, wo zuvor Lotte gesessen hatte, warf einen beiläufigen Blick auf die Bilder und richtete sich im Stuhl auf. »Gleich nachdem der Weinmarkt am

Sonntag geschlossen hatte, hat mich Emma abgeholt. Ich hatte so viel getrunken, dass ich nicht mehr Auto fahren konnte. Danach haben wir auf dem Hof noch einiges für die folgende Woche besprochen und ich bin gegen Mitternacht ins Bett gegangen. Emma war fast genauso lange da, weil sie die Bücher für den Hof gemacht hat. Fragen Sie sie.« Lars knirschte schlecht gelaunt mit den Zähnen. »Das fällt Ihnen erst jetzt ein? Und wer zum Teufel ist Emma?«

Eine dicke Portion Genugtuung zeichnete sich auf ihrem Gesicht ab. »Emma ist meine Aushilfe. Sie arbeitet im Hofladen und macht die Buchführung. Sie studiert an der TU Braunschweig Wirtschaftsingenieurwesen. Außerdem ist sie auf einem Bauernhof in der Nähe aufgewachsen und bringt viele Grundkenntnisse mit, die in der alltäglichen Arbeit eines Hofes absolut dienlich sind.«

Lars verspürte das Bedürfnis die Langenberger anzuschreien. Er zügelte sich, denn vermutlich genau das bezweckte sie mit ihrer geschwollenen Rede. »Und wo finden wir Ihre einzigartige Emma?«

»Sie hat pünktlich um neun Uhr den Hofladen geöffnet.«

»Ich rufe gleich Sylvio an, er ist ja auf den Weg dahin.« Henrike verschwand nach draußen.

»Sie lassen hinter meinem Rücken auf dem Hof herumspionieren?«

Lars grinste selbstgefällig. »Nichts für ungut.«

Die Langenberger fixierte ihn. Die Erkenntnis, auf einen ebenbürtigen Gegenüber getroffen zu haben, setzte sich bei ihr durch und es gefiel ihr sogar. »Wie gesagt, ich habe nichts zu verbergen. Sie können Emma gerne befragen.«

Sie wirkte so verdammt selbstsicher, fluchte Lars innerlich. Das gibt es doch nicht! Sie muss doch wissen, dass sie momentan die Einzige ist, die einen Grund hatte, Werling an den Kragen zu gehen. Und sie war auch eine der Letzten gewesen, die ihn lebend gesehen hatte. »Mich interessiert immer noch, warum Werling Ihren Vater aufsuchen wollte.«

»Wie gesagt, da kann ich Ihnen nicht weiterhelfen. An dem besagten Sonntag habe ich versucht, mit Werling zu sprechen, aber er hatte am Stand so viel zu tun und wollte damit auch nicht rausrücken. Ich bat ihn eindringlich, meinen Vater in Ruhe zu lassen.«

»Wir werden gleich im Anschluss an dieses Gespräch Ihren Vater im Pflegeheim besuchen.«

Sie kniff die Augen zusammen. »Ich sagte doch, ich habe Werling abgewimmelt. Er sollte meinen Vater in Ruhe lassen.«

»Wissen Sie genau, dass Werling nicht bei ihm vorbeigeschaut hat? Mit ein bisschen Fleiß hätte er alle in Frage kommenden Pflegeheime abklappern können. Werling hätte den besorgten Verwandten vorgaukeln können, um so an seine Informationen zu gelangen.«

Die Langenberger starrte Lars an. »So unverschämt wird er nicht gewesen sein.«

»Wenn es Werling so wichtig war, hat er sicherlich einige Hebel in Bewegung gesetzt.«

»Ich will mit.«

»Wohin?«, fragte Henrike, die von ihrem Telefonat zurückkehrte.

»Ins Pflegeheim.«

»Ach so.«

Der selbstbewusste Schutzwall der Langenberger bröckelte ein wenig. Sie schien es zu überspielen, als sie wahllos nach einem Foto auf dem Tisch griff.

»Ach herrje, das erinnert mich an meinen ersten Freund. Der war auch Fußballfan vom 1. FC Kaiserslautern. Spielen die nicht auch mittlerweile in der Zweiten Liga? Aus wessen Wohnung stammen die Fotos?«

Lars warf Henrike einen verkniffenen Blick zu.

»Ich schicke gleich einen Beamten hinterher! Das gibt es doch wohl nicht!« Henrike schnappte sich ihr Handy und verließ den Verhörraum.

»Was ist denn los?«, hakte die Langenberger nach.

Lars sah sich nicht befähigt für eine Antwort und hätte ihr sowieso keine gegeben. Es brodelte in ihm, denn das konnte eine heiße Spur sein!

»Ich habe ein richtig schlechtes Gewissen, dass ich dir die Mappe gezeigt habe.« Sven saß wie ein Häufchen Elend an Marions Krankenbett. »Ich sollte meine Rechtsmedizin besser nicht verlassen. Da bin ich gut aufgehoben und kann keinen Schaden anrichten.« Er runzelte die Stirn. »Marion?«

Eine gut gelaunte Krankenschwester fegte ins Zimmer. »Frau Amft hat einen ordentlichen Schlag auf den Kopf bekommen, und ihre Synapsen sind noch nicht wieder ganz hergestellt. Es kann auch sein, dass sie alles vor und nach ihrem Sturz von der Brücke vergessen hat und sich vielleicht auch nie daran erinnern wird. Kann ein Schutz des Gehirns sein. Da fragen Sie besser den Arzt.« Sie überprüfte die Infusion und legte kurz die Hand auf die Stirn der bleichen Patientin. »Von bleibenden Schäden war jedenfalls keine Rede. Tapferes Mädel.«

Sven reagierte bestürzt auf die Bemerkungen der Krankenschwester. Sein Mund stand offen und er fand keine Worte. Er hatte nicht erwartet, dass der Sturz solche Folgen für Marion haben würde. Wäre sie nur in die Oker gefallen, wäre sie wahrscheinlich bereits auf den Beinen. Aber dieses blöde Floß war ihr in die Quere gekommen.

In Sven begann es zu schäumen, denn er mochte diese Frau. Sie war intelligent, schlagfertig und teilte sein Interesse für wissenschaftliche Vorträge aller Art. Mitunter vermisste er diese Eigenschaften bei seiner Frau, die eindeutig andere Schwerpunkte in ihrem Leben legte, wie zum Beispiel Shoppen und Kaffee trinken mit ihren Freundinnen.

»Sven?«

»Marion!« Er rutsche von seinem Stuhl hinab und ergriff ihre Hand. Sie erwiderte seinen Händedruck nur schwach.

»Du erkennst mich!«

Erstaunen breitete sich auf ihrem Gesicht aus. »Warum denn nicht? Ich bin doch nicht senil!« Ein Funken ihrer selbst drang durch.

»Weißt du, warum du im Krankenhaus liegst?«

»Ich ... nein ... weiß nicht.«

Verschreckte Augen blickten ihn an. Es tat ihm weh, sie so zu sehen. »Du bist von der Brücke gestürzt und mit dem Kopf auf ein Floß aufgeschlagen.«

»Was?« Ihre Augen huschten hin und her, unfähig einen Punkt zu fixieren.

Beruhigend drückte Sven ihre Hand. »Wir sind für dich da und beschützen dich. Gib dir Zeit, dich zu erinnern, was an dem Abend geschehen ist. Lars und Henrike schnappen den, der dich über das Geländer geworfen hat!«

Marion schnappte nach Luft. »Geworfen? Warum sollte das jemand tun?« Ihre Stimme kippte über.

»Das werden wir herausbekommen. Beruhige dich bitte. Ich kann die Schwester bitten, dir ein Beruhigungsmittel zu geben.«

Marions Blick wurde klarer, als sie langsam verneinend den Kopf schüttelte. »Ich muss mich erinnern, da helfen keine Tabletten. Wissen meine Töchter Bescheid?«

Sven atmete innerlich einmal tief durch, denn hier kam die Marion zu Tage, die er kannte und schätzte. »Ja. Sie schauen nachher bei dir vorbei. Die nächsten Tage werden sie bei Freundinnen übernachten, bis du wieder aus dem Krankenhaus raus bist.«

Erleichtert sanken ihre Schultern hinab. »Ich bin müde und möchte etwas schlafen.«

»Okay. Wenn was ist, melde dich bei mir oder Henrike oder Lars.«

»Mach ich.« Sie sank zurück ins Kissen. Im nächsten Moment schlief sie ein.

Sven ließ vorsichtig ihre Hand los und schlich aus dem Zimmer. Vor der Tür verabschiedete er sich von dem dort sitzenden Polizisten und lief zum Fahrstuhl. Hier war Marion erstmal sicher, dachte er, als er den Knopf betätigte. Aber was zur Hölle war an dem Abend passiert? Warum hatte jemand versucht, ihr Schaden zuzufügen?

Er vermochte nicht daran zu denken, dass ihr jemand nach dem Leben trachtete. Hatte es etwas mit den alten Papieren zu tun, die sie von ihm bekommen hatte? Wo war Marion danach hingegangen? Was hatte sie herausgefunden?

Sven bestieg den Fahrstuhl und hieb wutentbrannt auf den Knopf für das Erdgeschoss. Wer auch immer Marion das angetan hatte, sollte nicht ungeschoren davonkommen!

Acht

Das Pflegeheim lag idyllisch an der Oker gelegen. Die hellen Gebäude grenzten den Garten ein, in dem große Sonnenschirme die Tische und Bänke beschatteten. Senioren verweilten dort, manche unterhielten sich angeregt, andere schienen der Welt entrückt und starrten abwesend vor sich hin.

»Bevor ich irgendwann mal in so einem Ding lande, gebe ich mir die Kugel«, meinte Lars, als sie dem jungen Pfleger folgten.

»Man kann nicht alles im Leben planen. Das kann schneller gehen, als man denkt«, gab Henrike zurück und beobachtete, wie der Pfleger soeben einen Mann im Rollstuhl an der Schulter berührte.

Lars hielt Henrike am Arm zurück. »Ich weiß, du bist ein gutes Stück älter als ich, aber Frauen haben eindeutig eine höhere Lebenserwartung! Wenn es so passieren sollte, hol mich hier raus.«

»Ist gebongt.« Henrike grinste schief. »Vorher sollten wir aber diesen Fall lösen.«

Die Langenberger drängelte sich an den Kommissaren vorbei. »Sie haben Probleme!«, warf sie den beiden gereizt zu, bevor sie »Hallo Papa!« dem ergrauten Mann zurief.

»Moment«, setzte Henrike hinterher, »wir gehen zusammen.«

»Wenn Sie Ihre Privatgespräche führen, muss ich wohl kaum darauf Rücksicht nehmen.« Die Langenberger ging in die Hocke und blickte ihren Vater warmherzig an. »Hallo Papa, wie geht es dir heute?«

Henrike und Lars verfolgten gespannt das Schauspiel. Der alte Herr war offensichtlich verwirrt und bedachte sie mit einem distanzierten Blick.

Der junge Pfleger ließ die Hand beruhigend auf seiner Schulter liegen. »Das ist Ihre Tochter und die beiden da sind von der Kriminalpolizei. Ich hatte Ihnen heute Morgen erzählt, dass Sie Besuch bekommen. Erinnern Sie sich?« Es folgte keinerlei Reaktion. Beinahe entschuldigend sah der Pfleger die Kommissare an. »Es gibt Tage, da erinnert er sich an das, was er am selben Tag gehört hat. Heute nicht.«

»Bekommt er Medikamente zur Beruhigung?«

»Nein. Es gibt Demenzkranke, die zur Gewalttätigkeit neigen, das ist bei Herrn Langenberger nicht der Fall.«

»Hatte er in letzter Zeit Besuch, den Sie nicht kannten?«

»Ich sagte Ihnen doch, Werling ist nicht hier gewesen«, zischte die Langenberger dazwischen und sprang auf.

»Sie haben jetzt Sendepause«, erwiderte Lars ungehalten. »Falls Sie sich nicht daran halten, setzen wir das Gespräch ohne Sie fort.«

Verbissen hielt sie seinem Blick stand, ohne eine weitere Bemerkung von sich zu geben.

Der Pfleger wirkte amüsiert, aber der Gesichtsausdruck verschwand, nachdem er den Blick von Lars einfing. »Ich habe nichts bemerkt«, beantwortete er die Frage. »Ich frage meine Ablösung, sie ist schon da und macht sich fertig für ihre Schicht.« Er lief ins Haus zurück.

»Ablösung!« Drohend hob Langenberger Senior seinen knochigen Zeigefinger und wies auf seine Tochter. »Sie hat mich ablösen lassen!« Aus seinem Mundwinkel lief Speichel. »Das falsche Biest!«

Die Langenberger zeigte sich geschockt. »Papa, was sagst du da?«

Lars und Henrike drängten sich näher heran, um nichts zu verpassen. Das war wiederum der Langenberger nicht recht.

»Hören Sie auf, meinen Vater zu bedrängen. Er weiß gar nicht, wo er ist und wie ihm geschieht!«

»Lassen Sie gefälligst meine Frau in Ruhe!«, brüllte auf einmal Langenberger Senior und drohte sich zu erheben. »Finger weg von ihr! Sie … Sie … Sie …!« Die Worte formten sich nicht aus seinem Mund heraus. Hilfesuchend blickte er sich um und entdeckte den jungen Pfleger, der zurückgerannt kam.

»Ganz ruhig, Herr Langenberger«, beschwichtigte er ihn sogleich. »Gleich gibt es Mittag und dann ist Zeit für ein Schläfchen.«

Augenblicklich sackte Langenberger Senior in sich zusammen und ein kleines Lächeln erschien auf seinem Gesicht.

»Heute ist wirklich kein guter Tag«, meinte der Pfleger entschuldigend. »Die andere Schicht hat übrigens auch keinen ungewöhnlichen Besuch bemerkt. Aber wir haben die Senioren nicht rund um die Uhr im Auge. Möglich ist alles.« Er löste die Bremse des Rollstuhls. »Ich bringe ihn jetzt besser rein.«

Die Langenberger schaute die Kommissare triumphierend an. »Ich sagte Ihnen doch, mein Vater ist verwirrt und nicht zurechnungsfähig. Sie glauben doch kaum, dass Werling von ihm irgendetwas – was auch immer – erfahren hat?«

Lars ersparte sich die Antwort. Dennoch war der Besuch interessant gewesen und hatte die Frage aufgeworfen, warum Langenberger Senior seine Tochter als falsches Biest bezeichnet hatte. Auch wenn der Mann demenzkrank war, musste nicht automatisch alles wirr sein, was er von sich gab.

Die neun Jugendlichen saßen wie ein Häufchen Elend im Verhörraum und hoben nur selten den Kopf. Beinahe reumütig hatte jeder von ihnen zugegeben, die Frau auf der Brücke bedrängt und sie aufgezogen zu haben. Nachdem der Rausch verflogen und die Polizei vor der Tür gestanden hatte, inklusive eindringlicher Ansprachen an die Eltern, schämten sie sich in Grund und Boden.

»Also, was könnt ihr uns zu dem Mann sagen, der die Frau über die Brücke geworfen hat?«

Allgemeines Achselzucken, nur ein blonder Jugendlicher hob zaghaft die Hand. »Wir hatten alle ganz schön einen im Kahn und das ging dann so schnell. Der Typ war krass dunkel, die Kapuze hatte er tief ins Gesicht gezogen. Als dann die Frau hinunterklatschte, habe ich ihr hinterhergesehen und nicht mehr auf den Typen geachtet.«

»Verdammt«, entfuhr es Henrike. »Hat jemand von euch mehr gesehen?« Sie blickte die Gruppe ab, von der niemand das Wort ergriff.

»Das kann doch nicht sein!«, ereiferte sich Lars und lief vor ihnen auf und ab. »Wie kann man nur so besoffen sein, dass man gar nichts mehr mitbekommt!«

Betretenes Schweigen.

Ein hoch gewachsener Junge wippte nervös mit dem Fuß.

»Eins ist mir aufgefallen.« Den Blick wagte er nicht zu heben.

»Was denn?«

»Der Typ roch nach Käsefüßen.«

Ein Glucksen ging durch die Gruppe.

Lars verharrte in der Bewegung. »Wie meinst du das?«

»Der roch so wie meine Socken nach einer Woche nicht waschen. Nur süßlicher, oder so. Mann, weiß ich nicht genau zu beschreiben.«

»Ist okay, das hilft uns schon weiter«, lenkte Henrike ein.

»Ehrlich?«

»Ja. Wenn euch noch etwas einfallen sollte, meldet euch bei uns. Und«, Henrike wartete, bis sie von jedem die Aufmerksamkeit besaß, »lasst in Zukunft so einen Quatsch sein.«

Ein Polizist rettete die Jungen vor weiteren Belehrungen, indem er an der Tür klopfte und eintrat. Er reichte Henrike eine kurze Notiz, woraufhin sie die Jugendlichen nach draußen scheuchte.

»Was ist los?«, fragte Lars.

»Du wirst es nicht glauben!« Henrike hob die Augenbrauen. »Lotte ist verschwunden!«

»WAS!«

»Sie war kurz in der Pension gewesen, hat dort ihrer Aushilfskraft mitgeteilt, dass sie die komplette Nachtschicht übernehmen muss und war danach weg.«

»Wohin?«

»Hat sie nicht gesagt.«

»Verflucht.« Lars schlug sich mit der Faust in die offene Hand. »Die Fotos aus Werlings Wohnung haben sie aufgescheucht.«

»Sie hat uns angelogen, als sie behauptete, Werling hat mit Fußball nichts am Hut,« resümierte Henrike ernüchtert. »Und da der 1. FC Kaiserslautern in der Zweiten Liga spielt, sind beide Vereine zwangsläufig aufeinandergetroffen. Zudem sorgt ihre Blau-gelbe Pension für reichlich Gesprächsstoff, auch für die dort untergekommenen Gäste. Die beiden haben sich hundertprozentig über Fußball unterhalten. Vielleicht auch gestritten?«

»Das werden wir herausbekommen.«

»Wir brauchen eine Fahndung nach ihr.« Sie zückte ihr Handy, das ihr allerdings zuvorkam und klingelte. »Warum habe ich das Gefühl, dass das keine guten Nachrichten sind?«

Lars verfolgte gespannt ihren Gesichtsausdruck, als sie den Worten des Anrufers lauschte. Es ließ sich allerdings nichts von ihrer Gemütsfassung ablesen und ungeduldig wartete er, dass sie das Telefonat beendete.

»Wir sollen zum Kohlmarkt kommen. Sie haben zwei verdächtige Gegenstände im Brunnen gefunden.«

Der Brunnen war abgeschaltet und zwei Männer in grüner Arbeitskleidung, sowie ein Polizeibeamter blickten den Kommissaren entgegen.

»Was habt ihr gefunden?«, fragte Henrike nach einer knappen Begrüßung.

Der Polizeibeamte wies auf zwei lange, gebogene Rundstähle hin, die auf der untersten Umrandung des Brunnens lagen.

»Was ist das?«

»Das sind zwei Kanalhaken, die zum Herausheben eines Gullydeckels benutzt werden können.«

»Warum wurden die erst jetzt gefunden?«, wunderte sich Lars.

»Der Brunnen sollte heute gereinigt werden, dafür wurde das Wasser abgestellt.«

Lars übersprang die Feststellung, dass man den Brunnen nach dem Fund der Leiche ohnehin hätte durchsuchen sollen.

»Haben Sie die Kanalhaken angefasst?«

»Nur mit Handschuhen«, versicherte ihm einer der beiden Arbeiter.

»Okay, dann lassen wir die Dinger auf Fingerabdrücke untersuchen. Waren eigentlich Fingerabdrücke auf dem Gullydeckel gewesen?«

Die Frage galt Henrike, die kurzerhand auf die erste Umrandung des Brunnens gestiegen war, um einen Blick in die wasserleere, große Auffangschale zu werfen. Sie stellte sich auf Zehenspitzen, entdeckte allerdings keine weiteren Gegenstände, außer hineingefallenes Laub. Ein außen an der Schale angebrachter Löwenkopf schien sie schelmisch anzugrinsen.

Sie stieg hinab und ihr Blick blieb kurz an einer der Brunnenfiguren hängen, die einen Knaben mit einem Füllhorn in den Händen zeigte. Kurioserweise hatte der Knabe keine Beine, sondern der untere Körper mündete in einem Fischschwanz.

»Von so nah habe ich mir den Brunnen noch nie angesehen«, murmelte sie Gedanken verloren und dachte betrübt an Marion. Sie hätte ihr sicherlich einiges über dieses Bauwerk erzählen können, aber sie lag im Krankenhaus! Ein schwerer Stein legte sich in ihren Magen, als sie an den Moment dachte, in dem Marion von der Brücke fiel. Immer und immer wieder spürte sie beinahe körperlich diesen Moment. Diese Ohnmacht!

»Henrike?«

Langsam kehrte sie zurück. »Ich war gerade woanders.«

»Das habe ich gemerkt.« Lars bedachte sie mit einem fragenden Blick, den sie ignorierte.

»Vielen Dank«, verabschiedete sich Henrike überraschend schnell, worauf Lars Schwierigkeiten hatte, zu ihr aufzuschließen. Sie verließen den Kohlmarkt und liefen über die Poststraße auf das Gewandhaus zu.

Die Sonne strahlte die Fassade an und ließ das goldene Schwert in der Hand der oben aufstehenden Figur aufblitzen. Neben zahlreichen weiteren Figuren prangte unverkennbar in der Giebelfront das Wappen der Stadt Braunschweig: Ein roter Löwe.

Abrupt blieb Henrike stehen.

Lars blickte erstaunt zu ihr hinüber. »Was ist los?«

»Ich muss an Marion denken. Sie würde uns jetzt etwas über das Gewandhaus oder wie vorhin über den Brunnen erzählen können. Stattdessen«, sie schluckte hart, »liegt sie im Krankenhaus, weil wir sie in den Fall mit reingezogen haben.« Ihre Stirn zerfurchte sich. »Und der Sturz hätte für sie tödlich enden können!« Sie hatte die Stimme erhoben und einige Passanten drehten sich zu ihr um.

Henrikes Gefühlsausbruch kam für Lars überraschend, dennoch reagierte er gelassen. »Sie lebt aber und wird uns, nee mir, vermutlich bald wieder mit ihren Vorträgen auf den Geist gehen.« Er bemerkte das weiterhin angespannte Gesicht seiner Partnerin. »Ich mache mir doch auch Sorgen«, milderte er seine Bemerkung ab, »gerade deshalb sollten wir jetzt zusehen, dass wir im Fall weiterkommen. Solange Marion im Krankenhaus liegt, mit dem Beamten vor der Tür, ist sie in Sicherheit.« Er griff Henrike am Arm und zog sie mit sich. »Richtig Sorgen mache ich mir, wenn sie wieder auf den Beinen ist und anfängt, auf eigene Faust zu ermitteln.« Sie bewegten sich weiter. »Wohin gehen wir eigentlich?«

»Ich versuche den Zusammenhang zwischen dem Einstiegsschacht in der Friedrich-Wilhelm-Straße, dem Kohlmarkt und dem Altstadtmarkt zu finden. Hier in der Ecke war das Handy von Werling das letzte Mal in einem Funkmast eingebucht gewesen.«

Sie überquerten die Brabandtstraße und blieben auf dem Altstadtmarkt stehen. Henrike drehte sich um die eigene Achse und überlegte, warum Werling oder vielleicht auch nur sein Handy beziehungsweise der Mörder sich hier aufgehalten hatten. »Vielleicht ist Werling nochmals in Lottes Pension gelaufen«, überlegte sie laut.

»Er hat um einundzwanzig Uhr seinen Stand dicht gemacht, ist zur Pension zurück, um dann wieder Richtung Kohlmarkt zu laufen?«

»Ich weiß, hört sich nicht sehr logisch an. Vielleicht wollte er dort was holen, zum Beispiel die alten Papiere, die sich Marion angesehen hat.«

»Wissen wir endlich, was darin steht?«

»Keiner im Kommissariat kann diese altdeutsche Schrift lesen – mich eingeschlossen. Sven wollte sich umhören, wer das noch kann. Er kennt etliche Leute von Veranstaltungen und Vorträgen.«

»Scheint mir wichtig zu sein, da Klarheit zu schaffen.« Lars schnaufte entnervt.

»Wo steckt eigentlich Sylvio? Was hat er den ganzen Tag gemacht und welche Neuigkeiten hat er für uns? Wäre gut, wenn eine neue Spur dabei wäre.«

Über ihnen schwebte ein gelber Hubschrauber ein und wirbelte trockenes Laub auf. Das ohrenbetäubende Geräusch ließ ihr Gespräch verstummen. Nur langsam wurde der Krach leiser, während Krankenhausbedienstete die Rettungskette für den Patienten anlaufen ließen. »Also noch mal, was hat diese Emma gesagt?«, verschaffte sich Lars Gehör bei seinen beiden Kollegen.

»Sie hat die Aussagen der Langenberger bestätigt. Am Tatabend hat sie die Langenberger vom Kohlmarkt abholt und auf den Hof gefahren. Da hat sie ihr einen starken Kaffee gebrüht und sie haben im Garten gesessen. Als Frau Langenberger halbwegs wieder klar im Kopf war, haben sie Geschäftliches besprochen, sowie bis gegen Mitternacht die Bücher gemacht. Die Langenberger soll sogar dabei weggenickt sein, ehe sie sich entschied ins Bett zu gehen. Emma hat noch etwas weitergearbeitet und ist dann nach Hause. Sie war sich sehr sicher, dass die Langenberger nirgendwo mehr hin ist.«

»Wie glaubwürdig hältst du diese Emma?«, vergewisserte sich Henrike.

»Zu neunundneunzig Prozent. Zur Sicherheit habe ich sie vorhin noch über den Computer gejagt und der hat nichts ausgespuckt. Nettes Mädel.« Er grinste schief.

Henrike lehnte sich auf der harten Sitzbank zurück. Sie hatten bewusst eine Ecke fernab der Krankenhausgebäude gewählt, um ungestört zu sein. »Was ist mit …«, weiter kam sie nicht, als ein Mann in einem gestreiften Bademantel hinter der Hecke auftauchte und das Gespräch störte.

Seine rechte Hand samt Arm war dick eingegipst. »Was machen Sie hier? Das ist meine Raucherecke. Suchen Sie sich gefälligst eine eigene!« Zornesröte stieg in seinem Gesicht auf.

Henrike und Sylvio starrten den Mann verdattert an, während Lars sich drohend erhob. »Wenn Sie nicht gleich Land gewinnen, dann bleibt Ihnen noch nicht mal die andere Hand, um eine Kippe zu halten!«

Lars' Stimme war trotz Hubschrauber sicherlich bis zum Krankenhaus zu hören, so dass sich Henrike nun Sorgen machte, dass jemand nach dem Rechten schauen würde.

Der Gemaßregelte blickte verunsichert die drei an, ehe er sich entschloss, den Rückzug anzutreten. »Verfluchtes Nichtraucherpack, überall machen sie sich breit.« Leise meckernd verschwand der Mann.

Lars ließ sich zurück auf die Bank gleiten. »Was wolltest du wissen?«, richtete er seine Frage an Henrike. Dabei griente er sichtlich zufrieden darüber, endlich mal Dampf abgelassen zu haben.

»Was ist mit der Käserei der Langenberger?«

Sylvio zog sein Smartphone hervor und zeigte den beiden ein Foto. »Sieht ganz schick aus, oder? Emma hat mich vorhin rumgeführt. Seit zwei Jahren stellen sie Käse her. Angefangen haben sie mit vier Käsesorten, nun sind es schon elf. Die Langenberger wirbt damit, dass die Viecher auf den saftigen Wiesen in den Okerauen grasen und dass das dem Käse den besonderen Geschmack verleiht.«

»Stellen sie etwas her, das wir als Harzer Käse kennen, oder ähnlich dem ist, was Werling im Hals steckte?«

»Fehlanzeige.«

»Mist.« Lars fuhr sich durch seine kurzen Haare. »Also offensichtlich keine Verbindung zu dem Käse, an dem Werling erstickt ist. Zeitlich kann es die Langenberger nach der Aussage von Emma auch nicht gewesen sein.«

»Gibt es weitere Hilfskräfte auf dem Hof? Vielleicht hat die Langenberger jemanden angestiftet«, überlegte Henrike laut.

»Zurzeit ist auf dem Hof wenig los. Das Vieh lebt im Sommer selbstständig draußen und die eigentliche Haupteinnahmequelle ist der Spargel. Damit wird der größte Teil des Gewinns erwirtschaftet, der Rest ist Zubrot.«

»Die Spargelsaison ist seit zwei Monaten vorbei«, ergänzte Henrike. »Vermutlich waren Erntehelfer auf dem Hof.« Sie rieb sich grübelnd die Nase. »Mal ganz ehrlich, wir haben nichts in der Hand gegen die Langenberger und die vorliegenden Fakten lassen keinen Verdacht aufkommen. Wir müssen uns komplett umorientieren und alles neu bedenken.«

»Der Mann auf der Brücke, der nach Käse gerochen hat. Den müssten wir finden.«

»Genau. Und Lotte. Gibt es Neuigkeiten, wo sie steckt?«

»Nee.«

Lars stand auf. »Wann ist Sven hier?«

»In ein paar Minuten.«

»Dann lasst uns jetzt zu Marion gehen.«

März 1910

Der Frühling ließ die Natur erblühen und machte Hoffnung auf ein gutes Erntejahr. Seit sie damals den Spargelanbau in Veltenhof vorangetrieben hatten, war überall geschäftige Betriebsamkeit ausgebrochen. Jeder, der ein Stück geeignetes Land besaß, baute Spargel an und profitierte im hohen Maße davon.

Dies zog Kaufleute nach sich und ersparte den langen Weg in die Stadt. Als Folge von den verbesserten Lebensbedingungen ließen sich weitere Menschen im Dorf nieder.

Fred hatte die Entwicklung seines Dorfes mit Wohlwollen verfolgt. Nahezu begeistert hatte er sich allerdings vom Bau der Veltenhöfer Mühle an der Oker gezeigt. Diese sogenannte Holländermühle stand auf einer Anhöhe und es war ihm eine Freude zu sehen, wie sich die bespannten Flügel im Wind drehten.

Einziger Wermutstropfen des Dorfes war dennoch seit jeher keine eigene Kirche zu haben. Immerhin hatte die Schule vor einem Jahr eine Glocke erhalten, so dass die Veltenhöfer statt in die Braunschweiger Bartholomäuskirche nun in den Gottesdienst in der eigenen Schule gehen konnten.

Das alles sollte ihn zufrieden und glücklich stellen, dennoch verspürte er eine gewisse Lebensmüdigkeit. Er befand sich in seinem fünfundsechzigsten Lebensjahr und spürte, wie ihm die Zeit zusetzte.

Den Hof hatte er mittlerweile an seine Söhne übergeben, die ihre Sache gut machten. Die Arbeit war nicht mehr ganz so mühselig wie früher, da die Traktoren ihnen das Schwerste abnahmen.

Fred rutsche tiefer in das weiche Kissen des Sofas, das seinen kaputten Rücken stützte. Die Arbeit in den Kanalgräben war hart gewesen, ebenso die ersten Jahre auf dem Hof. Seine eigen Hände Kraft hatten den Grundstein für den Wohlstand für sich und seine Familie gelegt.

Zufrieden realisierte er, welch gemütliches Heim seine Frau Anna geschaffen hatte. Und die nächste Generation – seine Enkelkinder – würden noch mehr davon profitieren können.

Leider hatten er und Anna sich im Laufe der Zeit ein wenig voneinander entfernt. Sie war zwar immer noch aufmerksam zu ihm, aber er spürte seit Jahren eine gewisse Distanz.

Wann hatte das begonnen? Fred überlegte. Ihm wurde bewusst, dass es keine Jahre waren, sondern Jahrzehnte!

Ein Gedanke jagte ihm durch den Kopf, der sein Blut in Wallung brachte. Sein Körper zuckte zusammen und ein bohrender Schmerz durchfuhr seinen Rücken.

Er erinnerte sich schlagartig an den Tag im Oktober des Jahres 1874 zurück. Wie er mit Anna am Grab von Jonas gestanden hatte. Anna hatte etwas von Jonas' Papieren erwähnt, die sie im Schuppen gefunden hatte. Sie hatte behauptet, die Briefe nicht gelesen zu haben!

Und wenn doch? War sie etwa nicht fügsam gewesen? Wusste sie etwas?

Fred verspürte einen großen Schmerz – diesmal nicht im Rücken, sondern im linken Arm.

»Argh!«, keuchte er, als der Schmerz nicht nachließ. Das war nicht normal. Er versuchte zu schreien, aber seiner Kehle entrangen nur röchelnde Geräusche. Seine Finger fühlten sich auf einmal sehr kalt und taub an, bittend flehte er die geschlossene Tür an, sie möge sich öffnen und Hilfe käme ihm zuteil.

Wie ein Wunder wurde seine Bitte erhört und sie ging langsam auf. Gleich würde Anna in der Tür stehen!

Fred riss überrascht die Augen auf und vergaß für einen Moment seine Schmerzen. In der Tür stand nicht Anna! Das, was er sah, ließ ihn erschaudern. Er meinte, seinen Augen nicht zu trauen, als er die Geister der Vergangenheit erblickte.

Jonas stand neben dem Mann, den sie gemeinsam getötet hatten. Beide starrten ihn aus tiefen Augenhöhlen an, während die skelettierten Gliedmaßen schwankend das Gleichgewicht hielten.

Fred packte eiskaltes Grauen, denn er wusste, sie waren hier, um ihn in abzuholen und in das dunkle Grab hinabzuziehen. Panik erfüllte ihn und sein unbändiger Lebensgeist zwang ihn laut zu brüllen: »HILFE!«

Unbeirrt schwebten die Geister auf ihn zu und streckten die knochigen Finger nach ihm aus.

Neun

Marion lag ausgestreckt in ihrem Bett und blickte an die weiße Decke. Im Zimmer war es mucksmäuschenstill.

»Nun hört schon auf mich anzustarren«, strafte sie die drei Besucher ab. »Ich lebe noch und ihr braucht mich nicht mit Samthandschuhen anzufassen.«

»Zähe Bibliothekarin«, schmunzelte Sylvio sie an.

»Wissenschaftliche Bibliothekarin«, korrigierte Henrike erleichtert und ließ sich auf der Bettkante nieder. »Kannst du dich an uns erinnern?«

»Machst du Witze?«

»Ich dachte, du hast einen Blackout.«

»Ja, aber nur bezüglich des Sturzes und etwas davor und danach. An euch kann ich mich gut erinnern. An alles, was mal gewesen ist.« Marions Lippen umspielte ein angedeutetes Lächeln, woraufhin Henrike erleichtert ihre Hand drückte.

»Ich habe mir echt Vorwürfe und Sorgen gemacht.«

Marion winkte schwach ab. Vielleicht wollte sie nicht vor allen zugeben, wie ihr gerade zu Mute war, dachte Henrike. Allerdings hatte Marion schon früher bewiesen, dass sie hart im Nehmen war.

»Weißt du, wo du gewesen bist, bevor du zu uns kamst?« Lars konnte sich kaum beherrschen, denn augenscheinlich war Marion der Schlüssel zum weiteren Fortschritt ihrer Ermittlungen.

»Tut mir leid, da fehlt mit jede Erinnerung.« Ihre Augen begannen verdächtig zu glitzern. »Ich habe mir das Gehirn zermartert, aber nichts! Schwarzes Loch. Filmriss.« Sie gab einen tiefen Stoßseufzer von sich. »Der Arzt hat gesagt, ich soll mich nicht unter Druck setzen, das kommt zurück, oder eben nicht. Toll.« Ein gehörige Portion Frust schwang in ihrer Stimme mit.

»Sven bringt gleich die Unterlagen mit, von denen du dir etwas kopiert hattest. Vielleicht frischt das deine Erinnerung auf. Wo sind die Kopien eigentlich geblieben?« Lars' Frage ging an Sylvio.

»Sie waren in Marions Tasche. Die ist in der Oker baden gegangen.«

»Meine Tasche ist weg?«

»Sie wurde wieder rausgefischt. War ganz schön schlammig da unten.«

»Sylvio«, warnte ihn Henrike.

»Ist schon gut. Sind ja nur Gegenstände, die ich ersetzen kann,« entgegnete Marion schwach.

»Die Fotokopien haben es jedenfalls nicht überlebt. Schlechte Qualität.«

Henrike beschloss, die Männer zu ignorieren und beugte sich dichter zu Marion hinunter. »Vielleicht magst du erzählen, was du gestern gemacht hast, bevor die Lücke anfängt.«

Marion blinzelte verständig mit den Augenlidern. »Tagsüber war ich wie immer in der Bibliothek arbeiten. Ganz spannende Sachen habe ich an diesem Tag erfahren. Damit will ich euch aber nicht langweilen, sonst verzieht Lars gleich das Gesicht.« Marion versuchte den Kopf etwas anzuheben, ließ es aber schmerzverzerrt auf sich beruhen.

»Ich bin dir zu Dank verpflichtet«, meinte Lars aus dem Hintergrund.

»Dachte ich mir.« Marion schloss kurz die Augen. »Ich habe dann pünktlich Feierabend gemacht und bin nach Braunschweig gefahren.«

»Warum?«, fragte Henrike behutsam nach.

»Das ist es ja, ich weiß es nicht!« Ihre Stimme klang verzweifelt. »Ich kann mich an allerlei Dinge erinnern, aber warum um Himmelswillen wollte ich da hin?« Ihre linke

Hand mit der Kanüle im Handrücken knetete aufgebracht das Bettlaken.

Henrike griff nach der Hand. »Ganz langsam. Die beiden Herren im Hintergrund sind jetzt mal ruhig und du erzählst mir, was dir im Kopf herumschwirrt. Vielleicht öffnet das eine Tür zu den Erlebnissen, die dein Gehirn unter Verschluss hält.«

»Vielleicht sollte Lars lieber rausgehen.«

»Weshalb?«

»Weil ich mich in meiner Mittagspause über Veltenhof schlau gelesen habe. Ihn interessiert ja Geschichte nicht.« Es klang ein wenig spöttisch.

»Das wird er schon überleben.«

Lars lag der Widerspruch auf den Lippen, aber der ermahnende Blick von Henrike ließ ihn stumm wie ein Fisch bleiben.

»Du kannst anfangen«, meinte Henrike.

»Okay. Ich fasse mich auch kurz.«

Schnauben im Hintergrund.

»Ich kann mich sehr gut daran erinnern, dass ich über Veltenhof herumgestöbert habe. Veltenhof kann nämlich auf eine sehr lange Geschichte zurückblicken. Das Dorf wurde urkundlich das erste Mal im Jahre 1007 in einer Stiftungsurkunde von Kaiser Heinrich II. erwähnt. Da hieß das Dorf allerdings noch Theletunnum. Bis ins achtzehnte Jahrhundert gab es dort gerade mal ein paar Bauernhöfe. Dann initiierte Herzog Karl I. die Ansiedlung von zwölf Pfälzer Auswanderfamilien.«

»Ach, da haben wir sie ja wieder – die Pfälzer.« Nachdenklich legte Henrike den Zeigefinger an die Lippen. »Mich hat schon gewundert, warum du dich für Veltenhof interessiert hast.«

»Wegen der Langenberger und des Pfälzer Weinmarktes.

Außerdem hatte meine Tochter eine Schulfreundin in Veltenhof, die in der Pfälzerstraße wohnte. In Veltenhof gibt es mehrere Straßennamen, wie die Mannheimstraße oder die Heidelbergstraße, die eindeutig auf Städte in der Pfalz zurückschließen lassen. Das fand ich alles in allem interessant und habe darüber im Internet nachgelesen.«

»Werling kam auch aus der Pfalz«, warf Sylvio ein.

»Warum merkt sich unser Bücherwurm den ganzen unwichtigen Kram, aber das wirklich Wichtige vergisst sie«, grummelte Lars leise in der Ecke.

»Weil Marion blöderweise einen ordentlichen Bums auf den Kopf bekommen hat«, grantelte Marion zurück.

»Gute Ohren hast du.«

»Und du mal wieder keine Manieren.«

»Leute, ruhig bleiben.« Sylvio hob beschwichtigend die Hand.

»Lars ist echt ungenießbar, seitdem das Lokal von meinem Onkel Betriebsferien hat. Nicht auszuhalten.«

»Faule Ausrede«, konterte Marion schwach, »aber ich verzeihe ihm.« Sie grinste schräg, denn es fühlte sich ein wenig nach Normalität an, mit Lars einen Schlagabtausch zu führen.

»Bitte erzähl weiter, was du herausgefunden hast«, bat Henrike.

Marion ließ sich nicht zweimal bitten. Ihre Augen strahlten, als sie fortfuhr. »Karl I. holte die Pfälzer, weil er das Land stärker bevölkern wollte und sich damit mehr Steuereinnahmen versprach. Zunächst pflanzten sie Tabak und Wein an. Das lief halbwegs gut.«

»Bis sie sich auf den Spargelanbau spezialisierten«, vermutete Henrike. »Die Gegend ist bekannt dafür.«

»Genau. Das brachte den richtig großen Aufschwung für das Dorf.« Dann schwieg Marion, bemüht, sich an mehr zu erinnern.

In der Situation klopfte es an der Tür, und Sven rauschte mit einem gut gelaunten »Hallöchen« rein.

Vier Augenpaare starrten ihn überrascht an, so dass Sven auf der Stelle verharrte. »Alter Schwede, was ist denn mit euch los!«

Auf einmal brabbelten alle durcheinander, während Marion still im Bett lag und ein Erinnerungsfunke sie schlagartig hellwach sein ließ. »Schwedenkanzel«, flüsterte sie leise. Die anderen sprachen immer noch durcheinander, der Lärm drang bis auf den Flur und rief die Krankenschwester auf den Plan, die ins Zimmer platzte.

»Was ist denn hier los!«, rief sie in den allgemeinen Tumult, »ist das eine Party, oder was?« Ihre Augen huschten über alle Anwesenden hinweg. »Sofort Ruhe!«, zischte sie mit gepresster Stimme und verschaffte sich endlich Gehör.

In die Stille hinein wiederholte Marion leise: »Schwedenkanzel«. Damit gewann sie die Aufmerksamkeit zurück.

Zeitgleich fing das Handy von Lars an zu klingeln. »Was gibt's?«, begrüßte er den Anrufer schroff. Es kam eine knappe Durchsage, dann wurde am Ende aufgelegt.

Hin- und hergerissen starrten sie von Lars zu Marion, die immer noch *Schwedenkanzel* vor sich hin brabbelte, dann zurück zu Lars, der sich erhob.

»Der Chef will uns sehen. Sofort.«

»Der ist noch im Büro? Ganz schön spät für ihn«, bemerkte Henrike. »Außerdem habe ich ihn gar nicht brüllen gehört. Ist er krank?«

»Er hat seit zwei Tagen neue Blutdrucktabletten«, erklärte Sylvio grinsend.

»Woher weißt du das denn?«

»Flur Funk.«

»Genug gequatscht, wir sollten und jetzt aufteilen, damit

wir vorankommen.« Lars zog sich bereits die Jacke über. »Sven und Sylvio bleiben bei Marion und versuchen dem Bücherwurm ihre Geheimnisse zu entlocken. Henrike und ich fahren ins Kommissariat.«

Die Krankenschwester notierte wohlwollend, dass endlich zwei der Besucher verschwanden. »Ich gebe Ihnen jetzt noch eine halbe Stunde, dann lassen Sie die Patientin in Ruhe. Sie muss sich ausruhen. Klar?«

Brav nickten Sylvio und Sven und warteten ab, bis sie die Tür hinter sich schloss.

Sylvio zückte sein Handy, öffnete eine Internetseite und tippte *Schwedenkanzel* in die Suchmaschine ein. »Bezogen auf Braunschweig findet sich unter der Schwedenkanzel ein Naturdenkmal.« Er wischte auf dem Display herum und las anschließend die Textstelle laut vor: »Verordnung zur Sicherstellung von Naturdenkmalen in der Stadt Braunschweig, vom 31. März 1959. Feldmark Veltenhof an dem Nordufer der Oker südwestlich an der Straße Schwedenkanzel gesamte Uferterrasse einschließlich des städtischen Friedhofes und des davorliegenden Ackerstückes bis zur Straße Schwedenkanzel, Baumbestand des Friedhofes und des Ufersteilhanges an der Oker; zugelassene Nutzung: Nutzung des Friedhofes und landwirtschaftliche Nutzung der Ackerfläche.« Fragend blickte Sylvio zu Marion hinüber, zwischenzeitlich hatte sich Sven an den kleinen Tisch gesetzt und beobachtete sie ebenfalls.

»Die Schwedenkanzel ist mir im Gedächtnis geblieben. Ich habe mich gefragt, ob es mal Schweden in Veltenhof gegeben hat. Vermutlich hat es mich aber zum Friedhof gezogen, dass wäre das naheliegende.«

»Dann müssen wir nur herausfinden, aus welchem Grund du dort hingefahren bist.« Sven legte die in Leder eingebundenen Blätter vor sich auf den Tisch. »Das Blöde ist nur, dass ich die altdeutsche Schrift nicht wirklich gut lesen kann. Zudem ist das Ganze handschriftlich und das zu entziffern, erschwert die Sache ungemein.«

»Ich helfe euch bei den ersten Sätzen, den Rest müsst ihr alleine machen. Mehr schaffe ich heute nicht«, gab Marion unumwunden zu.

»Kein Problem, wir schieben heute eine Nachtschicht ein.«

Zehn

Modriger Geruch stieg ihr in die Nase, als sie die Stahltritte in den dunklen Schacht hinabstieg. Unten angekommen, knipste sie ihre Stirnlampe an, aber das Licht vermochte das trübe Wasser zu ihren Füßen nicht zu durchdringen.

»Igitt, hier gibt es bestimmt Maden.«

»Ja, gibt es. Tagsüber sieht man sie meist oben nahe des Einstiegs unterm Schachtdeckel.« Dietrich, der Mann von der Stadtentwässerung, war hinter Henrike getreten und grinste amüsiert. »Das ist aber das kleinere Übel, vor Ratten solltest du dich mehr in Acht nehmen.«

»Ratten! Igittigitt.« Langsam bewegte sich Henrike voran und schob mit jedem Schritt eine kleine Welle der stinkenden Brühe vor sich her. Sie versuchte, möglichst nicht das zu betrachten, was dort alles herumschwamm. Sie vertrug viel, aber das war eindeutig nicht ihr Fall. Einzig der Gedanke trieb sie an, an den Ort zu gelangen, an dem Werling gefunden worden war. Sie mussten dort etwas übersehen haben, etwas Wichtiges, was ihnen weiterhalf.

Gespenstisch tanzten die Lichtkegel der Stirnlampen an den Rundbögen des Kanals. Manchmal stiegen sie über den Tunnel kreuzende Rohre oder wichen weiter oben angebrachten Einlässen aus, die ihre Fracht in die breite Rinne ergossen.

Der allgegenwärtige Geruch vernebelte Henrike zunehmend den Kopf, während sie wortlos durch das Wasser stapfte. An einer Kreuzung, von der zwei Kanäle in unterschiedliche Richtungen abgingen, stoppte sie. »Wo lang?« Als sie keine Antwort erhielt, drehte sie sich nach Dietrich um.

Kleine Nadeln der Furcht durchbohrten ihren Körper: Er war verschwunden!

Ein Anflug von Panik stieg in ihr auf. »Ruhig Blut«, sprach

sie mit sich selbst, »wo soll er denn hin sein?« Sie versuchte, den Tunnel auszuleuchten, aber der Strahl endete nach ein paar Metern. Eine unheimliche Stille umfing sie, weit entfernt war schwach das wiederholende Geräusch von fallenden Tropfen zu hören.

Die Stille bereitete ihre große Sorge und sie spürte, wie sich ihr Körper auf Flucht vorbereitete.

»Dietrich?«, rief sie in die Dunkelheit hinein, die sie mit Schweigen strafte. »Was ist denn hier los?«, fragte sie sich selbst und erschrak über ihre Stimme, die seltsam hohl klang.

Kurz entschlossen zog sie ihr Handy aus der Hosentasche und suchte mit nervösen Finger die Telefonnummer von Lars. Ein Geräusch hinter ihr ließ sie herumfahren. Das Licht der Stirnlampe zitterte, als sie etwas Lebendiges entdeckte, das auf sie zukam.

Henrike quiekte auf und ließ vor Schreck das Handy fallen, dass augenblicklich in den braunen Fluten versank.

Sie erschauerte, denn das *Etwas* wuchs heran zu einem Ungeheuer, das immense Dimensionen annahm.

»Moment, was ist hier los?« Henrike blinzelte ein paar Mal, um das Ungeheuer scharf zu stellen. »Jetzt reicht es!«, zischte sie. »Henrike, wach endlich auf! Du träumst!«

Erschrocken fuhr sie aus dem Schlaf und starrte in die Finsternis. Die Dunkelheit verängstigte sie für einen Moment, bis sie die Uhrzeit auf ihrem Radiowecker entzifferte. Es war kurz nach acht Uhr. »Puh«, sie sank ins Kopfkissen zurück, »was für ein Alptraum.« Sie atmete ein paar Mal tief durch.

Ihre Fenstervorhänge schirmten das Tageslicht ab, und sie beschloss, noch etwas zu schlafen. Nachdem sie sich eine bequeme Kuhle ins Kissen geschlagen hatte, fielen ihr die Augen zu.

Das Klingeln des Diensthandys beendete abrupt den Einschlafversuch. Sie fingerte auf dem Nachtisch herum und nahm das Gespräch an.

»Schläfst du noch?«

»Jetzt nicht mehr.«

»Gut, denn ich soll dir von Lars ausrichten, dass ihr euch in einer halben Stunde bei Lotte trefft. Die ist nämlich wieder da.« Sylvio schien bestens gelaunt zu sein.

»Mist, also kein freies Wochenende.« Sie gähnte herzhaft und streckte sich. »Und was machst du?«

»Ich verbringe einen schönen Tag mit meiner Freundin.«

»Es sei dir gegönnt. Aber was ist mit den Unterlagen, die mit der altdeutschen Schrift?«

»Aus der Nummer bin ich vorerst raus, da Sven ein schlechtes Gewissen hat, weil er die Papiere Marion gegeben hat. Er bemüht sich heute nach Kräften, das Gekritzel zu entziffern. Falls er es nicht schafft, ist sein Notfallplan, in einer Seniorenresidenz jemanden ausfindig zu machen, der ihm hilft.«

»Der kommt auf Ideen!«

»Reine Verzweiflung. Später fährt er zu Marion ins Krankenhaus. Er ist über sein Handy zu erreichen. Ich melde mich für heute ab.«

»Alles klar. Viel Spaß.« Henrike legte das Handy beiseite, stand auf und zog die Vorhänge zurück. Das ruhige Sommerwetter hatte sich verzogen und dunkle Wolken tauchten am Horizont auf. Grübelnd kniff sie die Augen zusammen.

Ihr Alptraum so kurz vor dem Aufwachen war ihr unglaublich real vorgekommen. Das Schlimmste daran war, dass er ihr damit tief im Gedächtnis haften blieb – den ganzen Tag und länger! Sie bekam eine Gänsehaut.

Normalerweise war sie nicht leicht einzuschüchtern, allerdings schien es ihr diesmal, als ob es ein Vorbote auf das war, was noch kommen würde.

»Da bist du ja endlich!«, begrüßte Lars seine Kollegin. »Alles klar bei dir? Siehst ganz schön müde aus.«

»Ach, geht schon.« Sie hatte nicht vor, ihm zu erzählen, was sie aus dem Schlaf gerissen hatte. »Lotte ist drinnen?«

»Ja, und damit sie nicht nochmal abhaut, steht sie unter Aufsicht.« Lars meinte damit den Polizisten, der neben den Eingang zur Pension postiert war.

»Dann lass uns reingehen und hören, wo sie sich rumgetrieben hat.«

Lars lief vorweg und Henrike folgte ihm. Im Inneren der Pension war es schummrig, dennoch entdeckten sie Lotte sofort, die vom Empfangstresen aus ihnen schlecht gelaunt entgegensah.

»Ich werde hier wie ein Schwerverbrecher behandelt«, grummelte sie die beiden an.

Lars spürte eine Aufwallung von Verdruss in sich, zügelte sich allerdings – noch. »Wir waren ein wenig erstaunt, dass du gleich, nach dem du das Kommissariat verlassen hattest, wie vom Erdboden verschluckt warst.«

»Wieso? Stehe ich unter Verdacht? Habt ihr mir eine Bemerkung zuteil kommen lassen, dass ich mich zu eurer Verfügung halten soll?« Fragend zog sie die Augenbrauen in die Höhe.

Henrike schob sich in den Vordergrund, denn Lars drohte bald zu explodieren. »Wo warst du?«

»Ein Freund hatte sich gemeldet und mir eine Karte für das Spiel der Eintracht angeboten.«

»Das war aber kein Heimspiel.«

»Nein. In Hamburg, gegen St. Pauli.«

»Welche Uhrzeit?«

»Achtzehn Uhr dreißig.«

»Wie ist das Spiel ausgegangen?«

111

»Eins zu eins unentschieden.«

»Mit wem warst du da?«

»Ecki.«

»Ecki und wie weiter?«

»Ecki Staller.«

»Wie erreichen wir ihn?«

Lotte notierte die Telefonnummer und Adresse auf einem Zettel und reichte ihn Lars, der fordernd die Hand danach ausgestreckt hatte.

»Wart ihr nur zu zweit?«, bohrte Henrike weiter.

»Hmmm, ja.«

»Sicher?«

Ein Kopfnicken von Lotte, das eine Spur zu zaghaft auf Henrike wirkte. Sie beschloss, dass ab sofort Lotte keinen Schritt mehr ohne Begleitung machen würde, damit sie die Chance hatten, ihre Angaben zu prüfen.

»Wann war das Spiel zu Ende?«

»Ein Fußball Spiel dauert neunzig Minuten plus viertel Stunde Pause.«

»Willst du mich verarschen!«, platzte Lars dazwischen.

Lotte hielt seinem Blick stand. »Warum ist er denn so gereizt?«

Henrike schob mit aller Kraft gegen Lars, der sich nach vorne drängte. »Also«, setzte sie die Befragung fort, »war das Spiel zirka zwanzig Uhr fünfzehn zu Ende. Was war danach? Nach Hause bist du nicht direkt gekommen.«

»Ihr habt meine Pension überwachen lassen!«

»Wo warst du?«

»Wir haben uns mit Fans eines befreundeten Fußballclubs auf der Reeperbahn getroffen und haben ein bisschen gefeiert.«

Das fiel Henrike erstmal schwer zu glauben, einzig die dunklen Augenringe der älteren Frau schienen die Wahrheit zu sprechen. »Selbes Spiel wie mit diesem Ecki: Wir brauchen von jedem Einzelnen die Adresse.«

Lotte schluckte. »Von einigen habe ich nur eine E-Mail-Adresse. Aber jetzt sagt mir endlich, warum ihr mich so ins Kreuzfeuer nehmt.«

Lars zwängte sich an Henrike vorbei, die tief seufzte und dem Ausbruch machtlos entgegensah.

»Sag mal Lotte, willst du uns verkackeiern? Ich kann mich noch sehr genau an deine Worte erinnern, als du sagtest, dass der Werling mit Fußball nichts am Hut hatte!«

Lotte lief rot an.

»In der Wohnung von Werling hingen Plakate und Schals von seinem Verein 1. FCK! Und wir haben dir die Fotos gezeigt! Du willst doch nicht behaupten, dass ihr nicht über Fußball gesprochen habt, oder?«

Lars' Stimme wurde so laut, dass der Polizist von draußen hereinschaute. Henrike beruhigte ihn mit einer knappen Handbewegung.

»Beide Mannschaften spielen in der Zweiten Liga, deine Pension nennt sich *Blau-gelbe Heimat*, und du willst mir erzählen, ihr habt NICHT ÜBER FUSSBALL GESPROCHEN!«

Lotte blickte ihn verstimmt an, während sie ein paar Sekunden verstreichen ließ. »Wir haben uns gestritten, der Karl und ich. Er hat ein paar Sprüche gemacht, die mir gar nicht gefallen haben.«

»Wann habt ihr euch gestritten?«

»Samstag beim Frühstück.«

»Worum ging es?«

»Ach, worüber Fans so streiten. Entscheidungen von Schiedsrichtern, Fehler von Trainern, Niederlagen der eigenen Mannschaft gegen den anderen Verein, nichts Weltbewegendes. Ich hatte es Samstagabend schon vergessen. Fußball ist pure Emotion, und da gehen schon mal die Pferde mit mir durch.« Lotte suchte nach Verständnis in den Augen der Kommissare, wurde jedoch enttäuscht.

»Warum hast du verschwiegen, dass es Streit zwischen euch gegeben hat?«

Sie zuckte mit den Achseln. »Nachdem ihr sagtet, Werling sei verschwunden, purzelten mir ohne nachzudenken die Worte aus dem Mund.«

»Das reicht mir nicht als Erklärung«, erwiderte Lars.

Lotte kniff den Mund zusammen und schien zu überlegen.

»Ich muss mal aufs Klo.«

»Henrike begleitet dich. Alle Telefone bleiben hier.«

»Das ist ja lächerlich!«

»Wir schützen dich davor, weitere Dummheiten zu begehen.«

Henrike folgte der erbost vor sich hin murmelnden Lotte in den Flur. Lars blieb zurück. Er konnte sich beim besten Willen nicht vorstellen, dass Lotte den Werling um die Ecke gebracht hatte. Von ihrer Körperstatur und aufgrund der Arthrose, die ihrem Körper zusetzte, völlig unmöglich. Und als Motiv Fußball? Noch abwegiger. Dennoch hatte sie gelogen und scheinbar verschwieg sie den eigentlichen Grund. Und das würde er noch herausbekommen, so leicht kam sie nicht davon!

Lars wählte die Privatnummer von Sylvio. Er dauerte eine geraume Zeit, bis er abhob. »Was willst du?«, begrüßte Sylvio ihn abwehrend. Im Hintergrund sprach leise eine Frauenstimme.

»Ich weiß, es ist dein freies Wochenende, aber es gibt zu tun.«

»Scheiße, das muss echt nicht sein.«

»Heute Abend bist du zum Kuscheln zurück. Fahr ins Kommissariat, dort bringen wir Lotte in der nächsten halben

Stunde vorbei. Wir brauchen ein paar Recherchen, wo sie sich in Hamburg mit welchen Leuten rumgetrieben hat.«

»Ich mache mich gleich auf den Weg.« Der Lautsprecher wurde zugehalten, dennoch war Sylvio zu verstehen. »Ja, Schatz, ich finde das auch ätzend.«

»So weit kommt das noch, dass du mich Schatz nennst.«

»Mann, Lars, du warst doch nicht gemeint.«

»Ich weiß. Mach dich auf den Weg.« Im Hintergrund schwoll die Stimme der jungen Frau an, während Lars feixend auflegte.

»Wir können los«, rief Henrike ihm zu, die mit Lotte im Schlepptau zurückkehrte.

»Was ist mit einer Vertretung?«

»Keine Gäste da«, antwortete Lotte, die eingeschnappt wirkte. »Ich schließe nur ab und falls jemand kommt, Pech gehabt.«

Im selben Moment ging die Eingangstür auf und ein junger Mann kam herein. Sein Äußeres wurde bestimmt durch komplett schwarze Kleidung, ausgenommen neonorangen Turnschuhen. Überrascht blickte er sich um.

»Wir haben geschlossen«, reagierte Lotte flink.

Fasziniert beobachtete Lars, wie Lotte sich versteifte, wobei sie den Blick der Kommissare mied.

»Ach so«, entgegnete der Mann knapp und drehte sich bereits ab.

»Einen Moment mal«, rief Lars, »wer sind Sie? Weisen Sie sich mal aus.«

Der Mann erstarrte.

Zeitgleich trat der Polizist von draußen ein. Auf seinem Gesicht lag etwas schwer zu deutendes, vielleicht der Ausdruck des Erkennens.

Bevor der Polizist sich zu Wort melden konnte, holte der unbekannte Mann aus und schlug ihn mit der Faust in den

Magen.

Der Polizist klappte stöhnend zusammen.

Daraufhin stürmte der Mann auf Henrike und Lars zu.

»Floh! Nein!«, schrie auf einmal Lotte.

»STOPP!«, brüllte Lars ihm entgegen.

Kurz vor den Kommissaren schlug er einen Haken und rannte rechter Hand den Flur entlang. Lars schaltete als Erster und spurtete ihm hinterher. Henrike schloss sich ihm an, als sie sah, wie sich der Polizist mühevoll hochrappelte und zu verstehen gab, dass er in Ordnung sei.

Henrike folgte den lauten Schritten und knallenden Türen. Sie holte sogar etwas auf, als sie die letzte Tür aufstieß und registrierte, wie Floh auf einen VW Golf zustürzte, hineinsprang und den Motor startete.

Lars hechtete hinterher und zog kräftig am Türgriff, aber die Tür war von innen verriegelt. Der Mann ließ den Motor aufheulen, streckte Lars den Mittelfinger entgegen und knallte den Rückwärtsgang ein.

Stinkesauer schlug Lars mit der Faust auf die Motorhaube und hinterließ eine sichtbare Delle.

Dem Mann stockte für einen Moment der Atem, setzte dann aber mit einem Affenzahn zurück und bretterte vom Hof auf die Straße. Lautes Hupen erschall, dann quietschen die Reifen und er raste auf und davon.

»Scheiße!«, rief Lars enttäuscht und wütend zugleich hinterher.

Henrike hatte bereits das Handy am Ohr. »Zur Fahndung ausgeschrieben wird ein roter Golf GTI, amtliches Kennzeichen BS-DM 1967. Der Mann ist zirka einen Meter achtzig groß, schlank, kurze braune Haare, komplett schwarz gekleidet, mit neonorangen Turnschuhen. Alter zirka fünfundzwanzig. Es besteht der dringende Verdacht, dass er etwas mit dem Mordfall Werling zu tun hat. Er ist gerade von der

Pension *Blau-gelbe Heimat* geflüchtet. Der Flüchtige befindet sich im Moment im Bereich Eiermarkt oder Altstadtmarkt.« Sie lauschte einen Moment. »Alles klar, gebt Bescheid, wenn ihr etwas habt.«

Lars brodelte. »Lotte kann etwas erleben. Nach Strich und Faden hat sie uns verarscht.« Bebend stapfte er zurück.

Dort fand er eine sichtlich aufgelöste Lotte vor, nebst dem gekrümmt dastehenden Polizisten.

»Die kriegt sich nicht mehr ein«, entgegnete der Polizist flachatmend. »Hysterischer Anfall oder so was.«

»Sie kommt mit aufs Kommissariat.«

»Vielleicht wäre ein Arzt besser?«, schlug der Polizist vor und bugsierte Lotte vorsichtig zu einem Stuhl.

»Der kann auch aufs Kommissariat kommen.«

»Quatsch.« Henrike mischte sich ein. »Ich rufe den Notarzt an. Wir lassen sie durchchecken. Nicht, dass uns hinterher ein Strick aus ihrem Gesundheitszustand gedreht wird.« Sie duldete keinen Widerspruch und wählte bereits die Nummer.

»Der Flüchtige kommt mir bekannt vor«, erwähnte der Polizist.

»Woher?«

»Vom Fußball.«

Lars blickte ihn auffordernd an.

»Als ich bei der Bereitschaftspolizei war, gehörten Einsätze bei den Fußballspielen mit dazu. Dabei habe ich nur zu gut die gewaltbereiten sogenannten Fans kennengelernt.«

»Der Flüchtige gehört zu denen?«

»Zu neunundneunzig Prozent bin ich mir sicher. Höchst wahrscheinlich hat er Stadionverbot.«

»Dann fahren Sie mit ins Kommissariat und finden genau das raus. Der Name des Mannes dürfte nicht schwer zu ermitteln sein, wenn er bereits aktenkundig ist.« Lars drehte sich zu Henrike und Lotte um. »Es sei denn, Lotte verrät uns seinen vollen Namen hier und jetzt.«

»Das wird nichts, die ist weggetreten.«

Lotte saß zusammengesunken auf dem Stuhl, während ihre Schultern bebten. »Mein armer Floh«, wiederholte sie in einer wiederkehrenden Litanei.

Sie ließ sich auch nicht unterbrechen, als das Handy von Henrike klingelte. Die Polizeizentrale gab einen knappen Bericht ab. »Der Gesuchte rast mit hoher Geschwindigkeit auf der Wolfenbüttler Straße Richtung Süden. Ein Streifenwagen folgt ihm bereits, weitere Unterstützung ist angefordert. Das Nummernschild ist gefälscht.«

»Danke. Wir folgen ebenfalls. Halten Sie uns weiter auf dem Laufenden.« Henrike steckte das Handy weg. »Wir müssen los. Augenblicklich.«

»Ich warte auf den Notarzt«, rief der Polizist hinter ihnen her, als sie bereits nach draußen rannten.

Die Verfolgungsjagd begann.

Floh durfte ihnen nicht entwischen!

Elf

»Wer hat dich denn aus dem Bett geholt?« Ein Kollege stand in der Tür und grinste dümmlich.

»Witzig. Lars und Henrike sind auf Verfolgungsjagd, und ich habe so einen mega uncoolen Job.« Wie zur Bestätigung hämmerte Sylvio auf der Tastatur herum.

»Du wirst es überleben.« Das Grinsen wurde eine Spur breiter. »Ich habe in der Telefonleitung so einen durchgeknallten Typen, der unsere Kommissare sprechen will.«

»Die sind doch unterwegs.«

»Der lässt sich nicht abwimmeln. Kannst du dich um den kümmern?«

»Ich bin doch kein Seelenklempner!«

Lachend verschwand der Kollege und nur wenig später kam das Telefonat herein.

Seufzend hob Sylvio ab. »Sie wünschen?«

»Wer sind Sie?«, blaffte eine Stimme zurück.

»Und Sie?«

»Ich will Kommissar Henkel oder Kommissarin Noske sprechen.«

»Die sind nicht da. Ich bin die Vertretung.«

»Ich will Henkel oder Noske sprechen«, nölte die Stimme weiter.

»Entweder ich oder keiner!«

Kurzes Schweigen am anderen Ende. Die brüchige Stimme eines offensichtlich älteren Mannes wurde klarer. »Sie gefallen mir. So war ich auch früher. Nicht so ein Weichei.«

Sylvio sendete ein Stoßgebet gen Himmel. Warum hatte er den Spinner in der Leitung? »Ja, sehr schön. Jetzt sagen Sie mir endlich, was Sie wollen.«

Die Stimme schnaubte aufgebracht. »Man hat mich beraubt! Schamlos, und meine kurzweilige Unpässlichkeit ausgenutzt!«

»Ich leg auf.«

»Nein, warten Sie!«

»Dann sagen Sie mir endlich etwas Interessantes, das mich vom Hocker haut.«

»Ich … he … was soll das?«

Sylvio vernahm Geräusche, die er als Kampf um den Telefonhörer deutete. Neben der sich zur Wehr setzenden Stimme des alten Mannes, erklang die tadelnde Stimme einer Frau.

»Sie sollen doch nicht das Telefon im Büro benutzen. Das habe ich Ihnen schon so oft gesagt. Wen haben Sie diesmal angerufen?« Es krispelte laut. »Hallo, wer ist dran?«

»Kommissariat Braunschweig. Wer sind Sie?«

»Achje. So was. Ich bin Frau Zachrow. Stellvertretende Leitung *Seniorenresidenz an der blauen Oker*.« Der Telefonhörer wurde zugehalten, dennoch vernahm Sylvio die beschwichtigen Worte der Frau. Dann wurde ihre Stimme wieder deutlicher. »Entschuldigen Sie bitte. Der Mann ist dement.«

»Kein Problem. Aber woher kennt er die Telefonnummer und die Namen meiner Kollegen?«

»Hier liegt eine Visitenkarte auf dem Tisch.«

»Dann ist Langenberger Senior bei Ihnen.«

»Treffer.«

»Und was will er? Geben Sie ihn mir noch mal.«

Das Telefon wechselte den Besitzer. »Na endlich hören Sie mir zu«, krächzte die Stimme.

»Dann mal los.«

»Meine Tochter hat mich beraubt.«

»Inwiefern?«

»Mein Geld ist weg.«

»Wie viel?«

»Fünfzigtausend D-Mark!«

»Sie meinen Euro.«

»Hören Sie mir nicht zu junger Mann?«

»Geben Sie mir Frau Zachrow zurück.«

Die Frau hatte dicht am Telefon gelauscht und erneut entbrannte ein kurzer Kampf ums Telefon.

»Da bin ich wieder.« Sie war ein wenig außer Atem und im Hintergrund beschwerte sich Langenberger Senior lauthals.

»Stimmt das, das mit dem Geld?«

»Das kann ich Ihnen nicht genau sagen. Außer, dass Herr Langenberger auf Grund seiner Demenz nicht mehr geschäftsfähig ist.«

»Ich bin nicht dement!«, protestierte er.

Sylvio ignorierte den Einwand. »Vielen Dank erst mal. Falls ich weitere Informationen benötige, melde ich mich bei Ihnen.«

»Gerne.«

Sylvio überlegte. Auch wenn Langenberger Senior dement war, konnte das eben ein lichter Moment gewesen sein. Was konnte man mit Fünfzigtausend anfangen? Eine Menge!

Er sprang auf. Das war ein interessanter Ansatz, um in Richtung der Langenberger weiter zu forschen. Vielleicht hütete sie ein dunkles Geheimnis. Ganz einwandfrei war die Frau doch nicht!

Durch den Flur zog Essensgeruch, während es auf den Zimmern geschäftig zuging.

Sven hatte vergessen auf die Uhr zu schauen, nun schlug er genau zur Mittagszeit bei Marion auf. Ärgerlich. Zudem behagte ihm die Atmosphäre eines Krankenhauses nicht. Es kam ihm gar nicht in den Sinn, dass sein Arbeitsplatz, die Rechtsmedizin, für nahezu alle anderen Menschen weitaus schlimmer war.

Sven blieb kurz an dem Glashäuschen der Station stehen. Weit und breit keine Schwester oder ein Pfleger, geschweige denn ein Arzt in Sicht. Jetzt am Wochenende war es vermutlich sowieso ruhiger, dachte er, und er beschloss, ohne sich anzumelden, zu Marion zu gehen.

Aus dem Augenwinkel vernahm er plötzlich eine Bewegung, und eine große, in weiß gekleidete Person verschwand rasch in einem Zimmer. Einen Moment überlegte er, sich bei dem Pfleger zu melden, folgte dann aber dem Flur die Ecke herum und entdeckte zu seiner Erleichterung gleich den Polizeibeamten, der vor der Zimmertür postiert war.

Der ältere Polizist nickte ihm zu. »Hallo Sven, hast du dich verirrt? Hier ist nicht die Rechtsmedizin.«

Die beiden kannten sich von zurückliegenden Fällen und zogen einander gerne auf. »Ach, jetzt wo du es sagst … ich habe mich schon gewundert, warum es hier so hell ist.« Sven zwinkerte ihm freundlich zu. »Und du schiebst hier eine ruhige Kugel?«

»Ich bin auch nicht mehr der Jüngste. Aber dich führt wohl kaum ein Schnack zu mir.«

»Ich will Marion Amft besuchen.«

»Ich soll niemanden reinlassen. Aber dich kenne ich ja und mache eine Ausnahme.«

»Das ist wirklich nett von dir.« Sven verdrehte die Augen nach oben. »Hat denn sonst jemand versucht, zu ihr zu gelangen?«

»Nein. Nur die Schwestern und der Arzt.«

Sven räusperte sich kurz, denn die nächste Frage war ihm etwas unangenehm. »Weißt du, ob sie schon etwas besser beisammen ist? Also ich meine, sind die Gedächtnislücken weg?«

»Das musst du schon selber rausfinden.«

Sven tippte sich zum Gruß an seinen nicht vorhandenen Hut und klopfte zaghaft an Marions Tür. Keine Reaktion. Er wiederholte sein Eintrittsbegehren lauter und erntete dafür ein deutliches »Herein«. Gott sei Dank, sie ist wach, erkannte er und wappnete sich dem, was nun folgen würde.

Er fand Marion aufrecht sitzend in ihrem Bett vor. Sie lächelte ihm entgegen. »Endlich mal ein netter Besuch, nicht diese weißgetünchten Leute vom Krankenhaus.« Erleichtert atmete Sven aus. Unbewusst hatte er die Luft angehalten. Er zog sich einen Stuhl heran und stellte eine große Tasche auf dem Boden ab. »Ich bin froh, dich halbwegs beieinander zu finden«, begann er das Gespräch und lächelte sie warmherzig an.

»Ich habe eben einen ziemlich dicken Schädel. Manche behaupten auch, ich wäre ein Dickschädel.« Sie lachte und Sven stimmte gerne mit ein. Nach einem Moment zuckte sie zusammen und fasste sich an den Kopf. »Fast zwanzig Stiche waren notwendig, um die Platzwunde zu nähen. Aber sie liegt unterm Haaransatz, man wird also nichts sehen. Nur leider brummt mir schnell der Kopf und der Arm ist doch angeknackst.«

Wie zur Bestätigung hob sie ein Stück den geschienten Arm.

»Der Arzt sagt aber, das wird schon wieder. Netter Mann.« Sie schmunzelte. »Am liebsten würde er mich ans Bett ketten, weil er denkt, ich würde mich auf die Suche nach dem bösen Unbekannten machen.«

»Der Mann hat dich durchschaut.«

Marion schwieg und ihr Gesicht wurde ernst.

Sven blickte verlegen nach unten und wühlte anschließend in der großen Tasche. »Ich soll dir ganz liebe Grüße von meiner Frau ausrichten«, sagte er und zauberte eine Tupper Schüssel hervor. »Selbst gebackene Muffins mit den besten

Genesungswünschen.«

»Oh, danke.« Marions Gesicht gewann an Farbe.

»Und von mir und meiner Frau gibt es obendrauf Karten für die Oper *Carmina Burana* von Carl Orff auf dem Burgplatz. In zwei Wochen ist die Aufführung. Bis dahin bist du wieder fit und nimmst mit, wen du willst.«

Misstrauisch beäugte Marion die Karten. »Da wolltest du doch mit deiner Frau hin, oder?«

Sven schwieg verlegen.

»Kommt gar nicht in Frage«, wiegelte sie ab. »Die Karten nehme ich nicht an, die Muffins ja. Ende der Diskussion.«

Svens Schultern sackten hinab. »Meine Frau hat mich gewarnt, dass du so regieren würdest.«

»Hör das nächste Mal gleich auf sie.« Sie bedachte ihn mit einem belehrenden Blick. Dennoch fand sie die Idee von ihm süß. »Du brauchst dir keine Vorwürfe zu machen, nur weil du mir die Unterlagen zum Lesen gegeben hast. Letztendlich habe ich mich mit meiner Neugier selber reingeritten. Ich hätte Lars oder Henrike Bescheid geben können, was ich vorhatte.«

»Kannst du dich mittlerweile erinnern, was du an dem Tag vorhattest?«

Ihr Gesichtszug wurde traurig. »Leider nein. Es ist ein großes dunkles Loch und je mehr ich mir das Gehirn zermartere, desto wütender und enttäuschter werde ich.«

»Dann sollte der Polizeischutz vor deiner Tür besser bestehen bleiben. Wir wissen nicht, mit wem wir es zu tun haben.«

»Das beruhigt ehrlich gesagt etwas meine Nerven.« Sie schüttelte unwirsch den Kopf und verdrängte die ängstlichen Gedanken mit wissbegierigen Fragen. »Bist du weitergekommen? Was hast du herausgefunden?«

Nun war es an Sven, ein niedergeschlagenes Gesicht zu

ziehen. »Ich gebe mir echt viel Mühe, aber ich komme nur sehr schleppend voran. Die altdeutsche Schrift liegt mir nicht, außerdem hat sich Sylvio gestern schnell verpieselt, er wollte zu seiner Freundin. Die sind ja noch frisch verliebt. Also ist alles an mir hängen geblieben …«

»Weißt du was, mir geht es heute schon viel besser. Über die Schmerzmittel würde sich jeder Drogenabhängige freuen.« Sie kicherte verhalten über ihren Witz. »Ich nehme mal an, du hast die Unterlagen dabei? Dann schauen wir gemeinsam drauf.«

»Du bist meine letzte Rettung.« Er holte sie aus der Tasche heraus und legte sie ihr aufs Bett.

»Das könnte meinem Gehirn den richtigen Schwung geben. Kannst du bitte vorher noch mal die Karaffe mit Wasser füllen? Der Wasserspender ist links auf dem Flur.«

»Bin gleich wieder da.« Er schnappte sich die Karaffe und trippelte aus dem Zimmer. Der Stuhl des Polizisten war überraschend leer. Vielleicht hatte er seinen Besuch genutzt und war kurz auf die Toilette verschwunden, schlussfolgerte Sven.

Einige Meter entfernt entdeckte er den Wasserspender und während er beobachtete, wie das Wasser sprudelnd hineinfloss, quietschten Schritte auf dem Flur.

Sein Kopf folgte dem Geräusch und er erwartete, den Polizisten auf seinen Platz zurückzukehren zu sehen. Umso überraschter war der Anblick einer großen, weiß gekleideten Gestalt, die gerade dabei war, die Tür zu Marions Zimmer zu öffnen.

Beinahe hätte Sven sich abgewendet, aber auf einmal stach ihm ins Auge, was an dem Bild nicht passte: Die Schuhe! Stinknormale Straßenschuhe!

»Moment mal, was machen Sie da?«, rief er der Person zu.

Das Wasser lief achtlos weiter, schwappte über den Rand

und sammelte sich in einer Pfütze zu seinen Füßen.

Sven zögerte einen Augenblick, dann beschloss er, der Sache auf den Grund zu gehen.

Er machte einen Schritt nach vorne und geriet ins Schlingern. »Argh«, entfuhr es ihm, und er griff haltsuchend an das Geländer an der Wand.

Mit Mühe gewann er das Gleichgewicht zurück. Er nahm wahr, wie der Unbekannte abdrehte und schnurstracks die Flucht ergriff. Sven setzte zur Verfolgung an. Er sauste mit Affenzahn um die nächste Ecke herum.

»Verflixt und zugenäht!« Nüchtern erkannte er, dass er mit seinen kurzen Beinen den beinahe doppelt so großen Mann nicht einholen würde.

Im nächsten Moment verschwand dieser im Treppenhaus. Da hatte er überhaupt keine Chance. Frustriert hielt er an. Er verfluchte selten seine Körpergröße, aber heute war so ein Tag.

Eine entgegenkommende Schwester blickte ihn neugierig an.

»Kann ich Ihnen weiterhelfen?«

»Kennen Sie den Mann, der eben an ihnen vorbeigelaufen ist?«

»Nein, zum Krankenhauspersonal gehört er nicht. Sind Sie sicher, dass das ein Mann war? Vom Gesicht her würde ich sagen, es war eine Frau. Obwohl die Statur schon sehr kräftig war.«

»Haben Sie sich das Gesicht einprägen können?« Sven spürte, dass das wichtig sein könnte. Er selbst hatte leider so gut wie nichts erkennen können.

»Ich denke schon.«

»Wann ist Ihr Dienstschluss?«

»In gut einer Stunde.«

»Würden Sie dann aufs Kommissariat in der Münzstraße

fahren und am Computer eine Phantomskizze anfertigen lassen?«

»Das hört sich aufregend an. Sehr gerne.«

»Ich rufe eben dort durch und gebe Bescheid, dass Sie kommen.« Sven zog sein Handy aus der Hosentasche und wählte die Nummer von Lars und Henrikes Büro. Der Anruf wurde auf ein Handy umgeleitet.

»Sven, was geht?«, begrüßte ihn Sylvio.

»Wo treiben sich denn die werten Kommissare herum?«

»Die sind auf Verbrecherverfolgungsjagd und ich mache die uncoolen Recherchejobs.«

»Wo genau jagen sie denn und wen?«

»Das kann ich dir nicht genau sagen. Sie wollten Lotte zum Verhör schicken, aber der Arzt hat sie mit einer Beruhigungsspritze mundtot gemacht.

Vorher ist irgendetwas in der Pension vorgefallen, und ab da weiß ich nur, dass Henrike und Lars einen Verdächtigen jagen. Das ist voll ätzend, dass ich nicht dabei bin.«

»Du bist noch so jung. In deiner Laufbahn wirst du noch mehr Verbrecher jagen, als dir lieb ist.«

»Klugscheißer«, grummelte Sylvio verhalten.

Sven beschloss, die Sache auf sich beruhen zu lassen, denn normalerweise war Sylvio nicht so schnell eingeschnappt. »Wo bist du jetzt?«

»Bei der Langenberger auf dem Hof. Ich wollte ihr noch ein paar Fragen stellen, nachdem mich Langenberger Senior angerufen hatte.«

»Ist sie denn da?« Sven fragte sich gerade, ob nicht die Person, die er im Flur gesehen hatte, die Langenberger gewesen sein könnte. Sie ist doch auch groß!

»Ich klingle.« Wie zur Bestätigung schellte es im Hintergrund. Nur wenig später wurde geöffnet. »Sie ist da«, erklärte Sylvio, »ich lege jetzt auf«.

»Warte!« Zu spät. Die Verbindung war weg, dabei wollte Sven ihm noch sagen, dass die Krankenschwester wegen des Phantombildes vorbeikommen wollte. »Dann schicke ich Sylvio eben eine SMS«, sprach er mit sich selbst.

»Was ist denn das für eine Sauerei? Wer hat das Wasser laufen lassen?«

Seufzend verschob Sven sein Vorhaben für ein paar Minuten und kümmerte sich um das Malheur, das er angerichtet hatte. Danach konnte er die SMS schicken, zurück zu Marion gehen, irgendwann Lars und Henrike anfunken und zu guter Letzt den Polizisten zusammenfalten, warum er seinen Posten verlassen hatte!

Sie kämpften sich durch den dichten Verkehr auf der A395. Seitdem die Sonne die Wolken vertrieben hatte, wälzte sich der Tross der Ausflügler gen Harz. Trotz Blaulicht kamen sie nicht so schnell voran, wie es erforderlich war.

Plötzlich zog ihnen ein silberner Mercedes vor die Schnauze.

»Scheiße!«, fluchte Lars und trat auf die Bremse. »Du Vogel, mach, dass du wegkommst.«

Er fuhr dem Vordermann dicht auf, so dass Henrike instinktiv die Füße in den Boden stemmte. Endlich bemerkte der Mann, wer ihm dicht auf dem Heck hing und gab überstürzt die Spur frei. Das Fahrzeug geriet ins Schlingern und der Fahrer schaffte es mit Müh und Not, den Wagen unter Kontrolle zu bringen.

»Anfänger! Versucht der jetzt noch den Elchtest!«, grunzte Lars und trat aufs Gaspedal.

Sie passierten die Anhöhe bei Vienenburg und voraus zeichnete sich der Brocken mit seinen Gebäuden und dem hohen Sendemast am Horizont ab.

Der Polizeifunk sprang an. »Der Flüchtige fährt mit hoher

Geschwindigkeit Richtung Bad Harzburg weiter. Verstärkung kommt gleich aus Goslar dazu. Wir müssen bald auf die B6 abbiegen. Das ist die erste Abfahrt nach rechts, nach links geht es in den Ostharz. Also nicht verpassen.«

Henrike blickte sich um und vergewisserte sich, dass die zwei Polizeiwagen, die ihnen seit Wolfenbüttel dranhingen, mithalten konnten. »Wie sollen wir das Fluchtauto stoppen? Bei dem schönen Wetter wird der Harz von Ausflüglern und Motorradfahrern überflutet sein.«

Wie zur Bestätigung tauchte auf einmal vor ihnen ein Trupp von über dreißig Motorradfahrern auf, die die komplette linke Spur belegten.

Lars raste auf sie zu und verringerte erst knapp am hintersten Motorrad die Geschwindigkeit.

»Die Abfahrt zur B6 kommt bald«, warf Henrike ein, die die sturen Motorradfahrer am liebsten weggebeamt hätte. »Verdammt, zur Seite!«, rief sie genervt.

»Ich schups die gleich weg«, brummte Lars verstimmt, als endlich auch der Letzte von ihnen einsah, beiseite zu fahren. Lars sauste an ihnen vorbei und erntete den ein oder anderen Stinkefinger, den er gerne verbal kommentiert hätte.

Jetzt sah er zu, dass er bei über hundertfünfzig Sachen wirklich die Abfahrt Richtung Westharz bekam. Er überholte schnell einen Kleintransporter und zog den Wagen hart nach rechts. Der dicht hinter ihnen fahrende Polizeiwagen bekam gerade so die Kurve, der andere verpasste die Abfahrt und fuhr geradeaus weiter. »Ich drehe und folge euch«, teilte der Polizist mit.

Lars nahm nur wenig Gas weg, als sie die Kurve durchfuhren und beschleunigte nach der Auffahrt erneut. »Wir sind zu langsam, den holen wir niemals ein. Wir brauchen Verstärkung.«

»Einsatzwagen drei und fünf aus Goslar sind zu Ihrer Unterstützung da. Wir stoßen gleich zu Ihnen.«

»Dein Wunsch wurde erhört«, stellte Henrike fest.

Die Verstärkung aus Goslar meldete sich erneut. »Ein Polizeimotorrad ist an dem Flüchtigen dran. Wir können bestätigen, dass er gerade durch Bad Harzburg rast. Verstärkung ist aus Clausthal-Zellerfeld und Braunlage unterwegs. Wenn das Timing passt, treffen wir oben auf dem Torfhaus zusammen. Von zwei Seiten aus.«

»Wir wollen aber keine Leben riskieren, bei dem Wetter sind zu viele Leute unterwegs«, warf Henrike dazwischen.

»Geht klar, wir spielen nicht Wild West.« Im selben Moment fuhren zwei grün-weiße Polizeiwagen auf die Auffahrt und schlossen sich ihnen an.

»Ich wusste gar nicht, dass er noch grün-weiße Wagen gibt«, murmelte Henrike verhalten. So spannend sich die Hatz auch gestaltete, und Lars sicher das Auto beherrschte, so machte sie sich Sorgen über mögliche Folgen, die ihr Einsatz haben könnte.

Eine Gefährdung von Menschen war inakzeptabel! Zudem wussten sie gar nicht, ob der Aufwand berechtigt war und der Flüchtige wirklich etwas auf dem Kerbholz hatte. Nach einem kurzen Augenblick schüttelte sie innerlich den Kopf. Wer so vor der Polizei floh, konnte nur etwas verbergen. Der Name Floh, mit dem ihn Lotte angesprochen hatte, sprach offensichtlich Bände.

Sie pesten auf Bad Harzburg zu, und die Verengung der Straße in wenigen hundert Metern kündigte sich an. Wie Perlen an einer Kette gereiht, heizten sie an den langsam werdenden Autos vorbei.

Da kam sie, die Zusammenführung auf eine Spur und die Reduzierung auf sechzig Stundenkilometer. Wenig später blitzte das Radargerät einmal, die hinter ihnen fahrenden Polizeiwagen kamen ungeschoren davon.

»Der Verdächtige sollte auch abgelichtet sein«, meinte Henrike geistesabwesend.

Innerhalb der Ortschaft drosselte Lars ein wenig das Tempo. Die eingeschalteten Sirenen, das Blaulicht und die Polizeikarawane ließen die Menschen erstaunt hinterherblicken. Zum Glück kreuzte niemand die Straße.

Als sie unter der Brücke durchfuhren, die zum Baumwipfelpfad führte, dachte Henrike nur einen Bruchteil einer Sekunde daran, wie schön der gemeinsame Ausflug mit ihren Töchtern dorthin gewesen war.

Nun galt es diesen Floh zu fassen. Wie Henrike wusste, kam bereits nach Bad Harzburg der erste Anstieg zum Torfhaus, allerdings gab es immer noch die ein oder andere Möglichkeit zum Abbiegen für den Flüchtenden. Denn so blöd konnte der nicht sein, nach oben zu fahren. Dort gab es kein Entkommen! Aber wer konnte schon in seinen Kopf gucken!

»Pass auf!«, rief Henrike.

Ein LKW bog ohne Rücksicht auf das Blaulicht vom Steinbruch auf die Straße.

Lars wich dem schweren LKW aus und geriet leicht ins Schlingern. »Scheiße, seit wann arbeiten die denn samstags?«

Die anderen Polizeiwagen hatten weniger Probleme, dem Hindernis auszuweichen, und sie gaben ordentlich Gas, um auf der kommenden Steigung keine Geschwindigkeit zu verlieren. Sie flitzten an den anderen Autos vorbei und gewannen rasch an Höhe.

»Alle möglichen Abfahrten von der B4 sind gesperrt«, ging aus der nächsten Funkdurchsage hervor. »Kurz vor dem Torfhaus wartet eine Überraschung. Mist. Was zum Teufel. Aufhalten!« Dann war die Stimme weg.

»Was um Himmels Willen ist da passiert?«

Gespannt erklommen sie die letzte Steigung und Lars

musste erneut in die Eisen steigen.

Voraus standen zwei große LKWs eines Getränkehandels und blockierten die Straße. Einzige Möglichkeit auszuweichen war linksseitig die Auffahrt zu dem großen Parkplatz. Die Schranke war geöffnet und ein Polizist winkte ihnen hektisch zu, dort einzufahren.

Lars folgte dem Wink und wenige Meter weiter stand der GTI mit geöffneter Fahrertür. Von Floh fehlte jede Spur.

Ihr Wagen kam zum Stehen und Lars und Henrike stiegen aus.

Ein beleibter Polizist beendete gerade sein Telefonat und sprach sie an. »Sie sind die Kollegen aus Braunschweig? Leider habe ich keine guten Nachrichten. Der Flüchtige ist entkommen. Meine Leute sind hinterher, aber er ist ihnen entwischt. Er war zu schnell.«

»Verflucht«, entfuhr es Lars. »Können wir den Mann nicht selbst verfolgen?«

»Da sehe ich wenig Erfolgsaussichten, er könnte jetzt überall sein.«

Hinter den Leitplanken des Parkplatzes kraxelten zwei Polizisten die letzten Meter empor. Mühselig kletterten sie über die Begrenzung hinweg und japsten nach Luft.

»Ach, da sind ja meine Leute.«

Lars entgleiste das Gesicht, als er feststellte, dass die beiden Männer genauso übergewichtig waren, wie der Polizist vor ihnen.

Henrike spürte, wie die Stimmung drohte zu kippen und ergriff das Wort. »Die Idee mit den LKWs war echt gut«, setzte sie an, wurde allerdings vom Polizisten unterbrochen.

»Es hat genauso funktioniert, wie wir das geplant hatten.« Betrübt verdunkelte sich sein Gesicht. »Leider sind wir nicht mehr die Jüngsten. Die schnellen Kollegen haben heute keinen Dienst. So ist er uns entwischt. Verdammter Mist.« Er kickte verärgert ein Steinchen beiseite.

»Na ja, lässt sich ja nun nicht mehr ändern.« Henrike schluckte die Worte hinunter, die in ihr drohten aufzusteigen.

»Was machen wir jetzt? Wir können doch nicht hier stehen und akzeptieren, dass er weg ist.«

Lars hinter ihr schnappte bereits Luft für eine Bemerkung.

»Das ist ja wohl …«

»Nicht gut gelaufen«, ergänzte Henrike eilig. »Wie müssen den Mann weiterverfolgen.«

»Natürlich. Zunächst einmal habe ich die Kollegen im angrenzenden Sachsen-Anhalt informiert, dass ein Flüchtiger vielleicht zu ihnen unterwegs ist. Sie haben ein paar Leute losgeschickt, aber das Gebiet rund um den Brocken ist riesig.«

»Hoffentlich sind die Männer ein bisschen fitter als Ihre«, mistete Lars den Polizisten an.

Der schluckte und lief rot an. »Das hier ist eine beschauliche Gegend und die einzigen Probleme sind im Sommer die vielen Motorradfahrer und die schwarzen Schafe darunter. Wir laufen halt kaum zu Fuß jemandem hinterher.«

»Schwamm drüber.« Henrike verzog ärgerlich das Gesicht.

»Ha!« Mit erhobenen Zeigefinger strahlte auf einmal das Gesicht des Polizisten. Er zückte sein Handy und suchte eine Telefonnummer, wenige Momente später tutete das Freizeichen.

»Hier ist Andrea«, meldete sich eine weibliche Stimme, der Henrike und Lars ebenfalls lauschen konnten, da der Polizist auf Lautsprecher gestellt hatte.

»Hallo Andrea, hier ist Manfred.«

»Bin ich zu schnell gefahren?« Sie kicherte.

»Ach was, du doch nicht. Es geht um etwas anderes. Das ist jetzt auch echt dringend. Das letzte Mal als wir uns sahen, hast du erzählt, dass du deinen Hund zum Spurensucher ausbilden wolltest.«

»Ja, richtig. Er macht sich ganz gut.«

»Wie schnell kannst du hier sein?«

»Ich habe nachher eine Führung.«

»Es wäre schon eilig, wir suchen einen Flüchtigen und können keine Zeit verlieren.«

»Oh, das hört sich nach Abenteuer an. Ich telefoniere kurz und versuche die Führung abzugeben.« Sie legte auf.

»Andrea führt ehrenamtlich Schulklassen oder Gruppen durch den Nationalpark Harz«, erläuterte Manfred.

»Zivilisten sollen uns helfen?« Lars war nicht gerade begeistert.

»Leider haben wir nicht so viele ausgebildete Suchhunde in der Nähe. Sie sagten, es muss schnell gehen.«

»Wie lange dauert das, bis sie hier ist?«

Das Handy läutete erneut. Er lauschte kurz, ohne die Kommissare mithören zu lassen. »Klasse. Wir sind am Torfhaus am Ende des großen Parkplatzes.« Die Stimme antwortete. »Das ist ja prima, dann bis gleich. Ich sage meinen Leuten, sie sollen dich durchlassen.«

»Wie lange dauert das?«

»Sie ist in einer Minute hier.«

»Wie das?«

»Andrea hat oben an der Rangerstation vorbeigeschaut und wird gleich hier sein. Klasse, oder?«

Ein Funken Hoffnung bestand, dass die Spur heiß blieb.

Juli 1912

Behutsam öffnete Anna die Tür zur guten Stube. Sie hatten das Bett vor einigen Monaten hier hineingeschoben, damit Fred nicht so alleine im Schlafzimmer lag und etwas vom Familienleben mitbekam.

»Und Sie sind sich sicher, dass er von Gott einberufen wird?« Der junge Geistliche schlich auf Zehenspitzen hinter ihr ins Zimmer. Er fühlte sich unbehaglich in seiner Haut, denn in seiner jungen Laufbahn war er bislang selten ans Sterbebett geholt worden. Es fiel ihm noch schwer, stets die richtigen Worte zu finden.

Anna schloss die Tür lautlos. »Sehen Sie selbst. Seit Tagen isst und trinkt er nicht mehr. Er bereitet sich vor.« Sie seufzte zurückhaltend und blickte betrübt auf den Mann hinab, der ihr immer wie eine starke Eiche vorgekommen war. Unbeugsam und allen Winden trotzend.

Der Schlaganfall vor über zwei Jahren hatte alles geändert. Aus ihm war ein dünner, zerbrechlicher Mann geworden. Zum Glück waren ihre Söhne stark und klug genug, den Hof alleine zu führen.

Der Geistliche zog sich einen Stuhl vom Esstisch heran, nahm Platz und sprach schweigend ein Gebet.

Anna ließ ihn gewähren, wobei ihr Blick auf Fred ruhte. Sie waren beinahe vierzig Jahre miteinander verheiratet. Die Ehe war gut verlaufen, dennoch hatte sie nie ein absolutes Vertrauen ihm gegenüber verspürt. Richtig zu deuten hatte sie es nie gewusst, es war eher ein Gefühl gewesen.

Sie hegte den Verdacht, dass es mit Jonas und Freds Vergangenheit zu tun hatte. Darüber hatten sich beide beharrlich ausgeschwiegen, auch darüber, welche Überraschung in Veltenhof geherrscht hatte, als statt Heinrich Langenberger, seine zwei Neffen den Hof weiterführten. Heinrich Langenberger war damals spurlos verschwunden und Fred und Jonas hatten mit schriftlichen Dokumenten bekunden können, dass der Hof von nun ab ihnen gehörte.

Allerdings war man sich im Dorf auch einig gewesen, dem Heinrich Langenberger keine Träne nachzuweinen. Der Hof lief mehr recht als schlecht, ausgelöst durch den Tod seiner Frau Monate zuvor.

Hinter vorgehaltener Hand kursierte außerdem das Gerücht, dass er dem Alkohol verfallen sei und sein Geld in Braunschweig in bestimmten Etablissements unter die Leute brachte.

Am Ende hieß es, dass sich Heinrich Langenberger beim Saufen mit den Falschen angelegt hätte. Was das bedeutete, malte sich jeder selbst in seiner Fantasie aus.

Der Dorfklatsch hatte Anna damals die Geschichte zugetragen. Sie hatte mit großem Erstaunen gelauscht und vorsorglich dazu geschwiegen.

Einmal hatte sie Fred und Jonas danach gefragt und keine zufriedenstellende Antwort erhalten. Die beiden hatten verärgert gewirkt, so dass Anna die Geschichte auf sich hat beruhen lassen.

Seltsam erschien ihr im Nachhinein immer noch die heftige Reaktion von Fred, als sie ihm erzählt hatte, im Schuppen Papiere vom verstorbenen Jonas gefunden zu haben.

Erst viel später, seit dem Fred nicht mehr Herr seiner Kräfte war, hatte sie die Unterlagen aus dem Sekretär genommen und gelesen. In der Folge hatte sie sich geärgert, nicht viel früher einen Blick hineingeworfen zu haben. Außer belanglosem Zeug über den Hof, die Viehhaltung und den Anbau von Spargel, gab es keinen Einblick in das Seelenleben von Jonas oder gar Fred. Ebenfalls hatte sie kein Geheimnis entdecken können, weshalb sich Fred hätte ärgerlich zeigen müssen.

In Gedanken versunken überhörte sie die Worte des Geistlichen. »Entschuldigung?«

»Bitte lassen Sie mich für die Beichte mit Ihrem Mann alleine.«

»Natürlich«, wisperte sie. Sie spürte Eiseskälte, als sie bemerkte, wie Fred sie unverhohlen anglotzte. In seinen Augen lag ein gefährlicher Ausdruck, als ob er ihre Gedanken gelesen hätte. Sie wurde rot und trat den Rückzug an. »Ich warte draußen.« Eilig verließ sie die Stube.

Der Geistliche rutschte mit dem Stuhl näher an Fred heran.

Eine überraschend starke Hand packte ihm am Arm. »Sie darf nicht hören, was wir sprechen.«

»Natürlich nicht. Alles bleibt bei mir und meinem Herrn.«

Der Geistliche faltete die Hände im Schoß zusammen und senkte den Kopf. Er würde nie jemanden erzählen, was er nun zu hören bekam. Allerdings hatte er es sich zur Gewohnheit gemacht, das Wichtige vom Tage in einem Tagebuch festzuhalten. Es half ihm, das Erlebte zu verarbeiten.

Und was machte das schon!

Es war doch nur für seine Augen bestimmt!

Zwölf

Die Dokumente lagen in mehreren Häufchen auf dem Bett verteilt. »Nach Datum geordnet, umfassen sie zirka ein Jahr«, gab Marion eine Zusammenfassung ab. »Die ersten fünf Monate haben wir durch.« Sie pustete geräuschvoll die Luft aus. »Dieser Jonas beschreibt detailliert das Leben auf dem Hof. Wie er und Fred angefangen haben, die Ställe wieder- aufzubauen, die ersten Erfolge in der Viehzucht zu feiern und wie sie mit dem Spargelanbau beginnen. Nach einigen Rückschlägen scheinen sie auf einem guten Weg zu sein.«

»Das ist nicht gerade spannend oder die Grundlage für ei- nen Kriminalfall«, meinte Sven daraufhin. »Ich kann mir nur schwer vorstellen, weshalb dich das veranlasst haben sollte, nach Veltenhof zu fahren.«

»Tja, wenn ich das wüsste.« Marion blickte aus dem Fens- ter. »Wenn ich logisch an die Sache herangehe, dann hat mich der Fall Werling und die Langenberger auf die Idee gebracht. Der Spargelanbau ist ebenfalls typisch für diese Ecke von Braunschweig. Ich habe mir die *Schwedenkanzel* gemerkt. Nach der Recherche von Sylvio liegt zum Beispiel der Friedhof dort. Das wäre doch interessant, sich dort um- zuschauen.«

»Kommt gar nicht in Frage, du bleibst schön hier.«

»Alleine gehst du aber auch nicht hin«, schwor Marion ihn ein. »Mach nicht denselben Fehler wie ich. Nimm Henrike oder Lars mit, am besten beide. Mit Waffe. Da läuft ein Durchgeknallter rum. Der muss mich beobachtet und ver- folgt haben.«

»Ich und ein Alleingang? Ich bin ja nicht lebensmüde.« Er zwinkerte ihr zu. »Weißt du, die Langenberger wohnt doch auch nicht weit vom Friedhof entfernt, und ich habe das Gefühl, dass sie irgendwelche Aktien in dem Fall hat.«

»Wollte Sylvio die Dame nicht ausquetschen?«

»Gehört habe ich nichts von ihm. Außerdem sollte das Phantombild nach der Beschreibung der Krankenschwester erstellt werden. Ich werde am besten zurück ins Kommissariat fahren.«

»Du kannst mich ruhig alleine lassen. Ich stelle nichts an. Ich bleibe artig im Bett und der Polizist meldet sich jetzt jedes Mal ab, wenn er mal auf Toilette muss. Dann guckt solange ein Pfleger nach mir.«

Sven gluckste amüsiert. »Wenn dir noch etwas einfällt, melde dich.« Er winkte ihr an der Tür zum Abschied zu.

Marion lächelte geistesabwesend die geschlossene Tür an. Eigentlich war sie gerade in einer echt blöden Lage. Sie lag verletzt im Krankenhaus, zudem trachtete ein Irrer ihr nach dem Leben.

Dennoch fühlte sie sich so lebendig! Ihr Leben war nicht mehr trist, sich hinter Büchern versteckend. Sie hatte Freunde gefunden, die ihr ans Herz gewachsen waren. Dazu zählten Sven, Henrike und Lars. Es machte Freude mit ihnen die Zeit zu verbringen, am liebsten bei guter Laune, wie bei ihrem vierzigsten Geburtstag.

Ihre Gedanken wanderten schlagartig zu dem Unbekannten, der sie die Brücke hinuntergeworfen hatte. Ein kalter Schauer jagte über ihren Rücken.

Was wollte er? Was hatte sie so Schlimmes in Erfahrung gebracht, dass er sie töten wollte?

Sie rutschte unter die Bettdecke und zog sie sich bis zum Kinn empor.

Der kalte Schauer verschwand allmählich, denn eins nahm sie sich felsenfest vor. Niemals wieder sollte er es schaffen, ihr etwas anzutun.

Der Riesenschnauzer hielt die Nase dicht über den Boden

und folgte der Spur. Ungeachtet der schnaufenden Menschen hinter sich rannte er den Hang hinab und wedelte aufgeregt mit der langen Rute. Sein Frauchen, straff auf Zug mit der Leine, versuchte mit beruhigenden Worten sein Tempo zu drosseln. Ohne Erfolg.

»Immerhin scheint er eine Witterung zu haben, hoffentlich nicht nur die eines Kaninchens.« Selbst Henrike hatte einige Mühe die Geschwindigkeit mitzugehen.

Der steile Weg wurde flacher und sie näherten sich einem Holzpfahl mit Hinweisschildern. Der Riesenschnauzer stürmte darauf zu und umrundete den Pfahl. Er hob den Kopf, blickte sein Frauchen an und schnüffelte erneut.

»Was ist?«, fragte Lars, der nicht verstand, warum der Hund nun im Kreis lief.

»Such weiter« forderte Andrea ihren Vierbeiner auf, sich mehr anzustrengen.

Der Hund lief mit gesenktem Kopf um den Pfahl herum, erweiterte seinen Kreis und sah erneut Frauchen an. Dabei legte er den Kopf schief.

»Der kann sich doch nicht in Luft aufgelöst haben«, kommentierte Henrike den ratlosen Blick des Hundes.

»Seht mal, da sind Spuren von einem Fahrrad.« Lars ging in die Hocke. »Da hat jemand mit großer Geschwindigkeit gebremst oder ist mit durchdrehenden Reifen losgefahren.« Er sah zu Andrea auf. »Verliert der Hund die Spur, wenn der Flüchtige aufs Rad gestiegen ist?«

»Ja, denn der Mann kommt nicht mehr mit dem Boden in Kontakt. Vielleicht könnte ein geübter Hund die Spur in der Luft trotzdem erschnüffeln, aber meiner ist ja noch frisch in der Ausbildung.«

Sie hoben zusammen die Köpfe, als die Geräusche eines herannahenden Hubschraubers erklangen. Einige Momente später knatterte er über ihnen hinweg. Der Hund sprang in die Luft und bellte laut.

Unter dem Getöse ging das Klingeln von Henrikes Handy fast unter. Derweil sie versuchte gegen den Krach ein Gespräch zu führen, lief Andrea mit ihrem Hund im weiten Bogen umher.

Lars blieb an Ort und Stelle und richtete seinen Blick auf die am Pfahl angebrachten Wegweiser. Ein Hinweisschild wies in Richtung Bad Harzburg über Salzstieg und nach Altenau zum Okerstausee. Zusätzlich war schematisch ein Mountainbiker dargestellt. In die andere Richtung ging es zum Brocken und nach Ilsenburg, sowie nach Bad Harzburg über den Kaiserweg – auch wieder eine Mountainbike Strecke.

Verfluchter Mist! Floh war ihnen bestimmt entwischt!

Endlich drehte der Hubschrauber ab und erlaubte es den dreien, sich in normaler Lautstärke zu unterhalten.

»Die Hubschraubercrew weiß Bescheid. Sie überprüfen die Wege in der Nähe, ob sich ein einzelner Mountainbiker dort befindet. Wenn sie jemanden entdecken, bekommen wir Bescheid.«

»Tut mir echt leid, dass wir die Spur so früh verloren haben. Ist ja nicht gerade weit vom Torfhaus entfernt.« Andrea knirschte hörbar mit den Zähnen.

Henrike kraulte dem Hund den Kopf, der sich freudig gegen sie lehnte und sie dabei fast umwarf.

»War ein Versuch wert«, entgegnete sie und blickte Lars an. »Wir können hier nicht viel ausrichten. Wir sollten zurückgehen. Vielleicht haben die Kollegen am Parkplatz neue Hinweise erhalten.«

Lars übersprang Henrikes letzte Bemerkung, weil er seine Gedankengänge mitteilen wollte. »Warum sollte an dem Pfahl ein Fahrrad gestanden haben?« Er kniff die Augen zusammen. »Entweder hat Floh einen Komplizen angerufen, der ihm ein Fahrrad genau dorthin gestellt hat, oder er hat es jemandem abgeknöpft.«

»Dann sollten wir denjenigen finden, der ihm geholfen hat oder der bestohlen wurde. Also erstmal ab nach oben.«

Henrike setzte sich in Bewegung und gemeinsam erklommen sie den Hang neben dem Rodellift. »Ich tippe auf Letzteres«, ging sie auf Lars' Gedanken ein. »Es war doch nur Zufall, dass wir Floh heute bei Lotte erwischt haben. So lange im Voraus war das nicht planbar. Aber wenn wir seinen richtigen Namen kennen, werden wir natürlich die Telefonverbindungen prüfen und sehen, ob er einen Hilferuf abgesetzt hat.«

Nach wenigen Minuten erreichten sie den Aussichtspunkt am Torfhaus, von dem aus die beste Sicht zum Brocken hinüber bestand. Neugierige Blicke musterten die Kommissare samt der Hundeführerin. Rasch schritten sie voran in den ausflugsüblichen Trubel an diesem Hotspot im Harz.

Die Polizei hatte die Sperrung der Straße aufgehoben, und wie gewohnt knatterten die Motorradgruppen über die Kuppe des Torfhauses hinweg. Die Außensitzanlagen der Brockenstube, der Bavaria Alm und der Speckhütte waren ausnahmslos gut besetzt. Ein unüberschaubarer Ort für eine Polizeiaktion.

»Hoffentlich ist unser Flüchtiger nicht gefährlich. Der wird auf Tritt und Schritt auf viele Menschen treffen. Nicht, dass er ausrastet und jemand zu Schaden kommt«, raunte Henrike Lars zu, während sie zum Ausgangspunkt ihrer Spurenverfolgung zurückliefen.

Kurz vor ihrem Ziel mussten sie einem vollbesetzten Bus Vorfahrt lassen, der wenig später eine Gruppe niederländischer Senioren ausspuckte. Der Harz war auch für Urlauber aus Holland sehr beliebt, wusste Henrike, die ab und an zu Wanderungen in den Nationalpark Harz aufbrach.

Aber das war im Moment uninteressant, denn im allgemeinen Gewusel entdeckte sie die Polizisten, die von einer Schar Radfahrer umringt wurden.

Die Radfahrer hielten ihre Mountainbikes in der Hand, nur einer besaß offenbar keines und fuchtelte aufgebracht mit den Armen herum.

Lars hatte die Gruppe ebenfalls entdeckt. »Also kein Komplize«, schlussfolgerte er und gemeinsam bewegten sie sich auf die Menge zu.

Lars bahnte sich einen Weg durch die verschwitzte Gruppe.

»Und nun mal Ruhe hier!«, fuhr er dazwischen. Die aufgeregte Schar verstummte und blickte ihm erwartungsvoll entgegen.

»Wir sind auf der Suche nach einem flüchtigen Mann.«

Erneut brach ein wildes Durcheinander los. Jeder wollte zu Wort kommen und der Erste sein, der berichten durfte.

Lars Augäpfel traten hervor. »RUHE! Verdammt.«

Henrike trat einen Schritt vor. »Sie da«, sie wies auf den hageren Mann mit den sehnigen Armen, der kein Fahrrad zur Hand hatte. »Mitkommen. Alle anderen treten beiseite und verhalten sich ruhig.«

Lars, Henrike und der Mann traten zur Seite, während die anderen abermals zu diskutieren begannen und Andrea mit ins Gespräch einbezogen. Der Hund hüpfte aufgeregt um die Gruppe herum und bellte freudig.

Das Dreiergrüppchen gesellte sich zu dem Autoanhänger, auf dem eine mannshohe Flasche für einen ortsnahen Kräuter-Halb-Bitter warb.

»So wie es aussieht, haben Sie Ihr Fahrrad verloren«, begann Lars das Gespräch.

»Das war ein sehr teures Rad. Der Typ hat mir eine verpasst«, er zeigte auf sein Kinn, »dann ist mir kurz schwindelig geworden, anschließend hat er mich umgestoßen und ist mit meinem Rad auf und davon. Das habe ich erst vor ein paar Wochen gekauft.« Beinahe vorwurfsvoll sah er die Kommissare an.

»Das tut mir leid«, meinte Henrike und tätschelte ihm den Arm. »Aber wenn Sie doch gefahren sind, wie konnte er Sie so einfach vom Rad holen?«

»Ich habe gestanden und meine Kumpels gefilmt, wie sie vorbeigefahren sind. Auf einmal raschelte es hinter mir im Gebüsch und als ich mich umdrehte, rums, bekam ich den Schlag ab. Es ging so schnell.« Er zuckte mit den Schultern.

Lars kam eine Idee. »Können wir uns den Film einmal anschauen? Vielleicht ist etwas vom Täter zu sehen.«

»Na klar.« Er zog aus der Rückentasche seines Trikots das Handy hervor. »Hier geht es los.«

Zu Beginn zeigte die Aufnahme die gesamte Truppe, wobei einer nach dem anderen lächelnd und winkend an ihm vorbeifuhr. Auf einmal begann das Bild zu wackeln und verschwamm, während die Kamera um hundertachtzig Grad gedreht wurde. Das Mikrofon zeichnete nur noch rauschende Geräusche auf, als plötzlich das Gesicht eines Mannes das Display komplett ausfüllte. Der Mann sagte etwas, dabei zog er eine äußerst grimmige Miene, kurz darauf fiel das Handy zu Boden und zeigte nur noch grüne Grasbüschel, die sich im Wind bewegten. Im Hintergrund ergriff schemenhaft zu erkennen der Täter die Flucht auf dem Fahrrad. Wenig später tauchten Reifen und Füße auf, dann war die Aufnahme zu Ende.

Lars hatte genug gesehen. »Ich habe mir vorhin die Wegweiser genauestens angesehen. Nach den Reifenspuren zu urteilen, vermute ich, dass er nach Ilsenburg oder nach Bad Harzburg auf und davon ist. Da ging es zwar auch zum Brocken, aber so dumm ist niemand, dort hoch zu fahren. Da

144

würden wir ihn sofort kriegen.«

Henrike lauschte seinen Worten und nahm anschließend das Handy aus der Tasche. »Ich gebe das gleich der Hubschraubercrew durch.«

»Können Sie das Video einem Kollegen in Braunschweig schicken?«, fragte Lars den Radfahrer.

»Klar, wenn es hilft, mein Rad wieder zu bekommen!«

»Das erhöht auf jeden Fall die Chancen.« Lars wählte Sylvios Handynummer aus seinen Kontakten aus. Wenn einer etwas rausbekam, dann er, dachte Lars zuversichtlich. Es wurde allmählich ruhiger. Besonders das Getöse von Motorrädern hallte nur noch vereinzelt durch die Wälder und die Menschenmassen reduzierten sich auf ein angenehmes Maß.

Henrike und Lars saßen an einem Tisch der Bavaria Alm. Die verlockende Sicht auf den Brocken ignorierten sie, denn vor ihnen lag Henrikes Smartphone, mit dessen Hilfe sie mit Sylvio skypten.

»Lass hören, was hast du rausgefunden?« Henrike hatte sich dichter zu dem Handy hinabgebeugt, damit die Umgebung das Gespräch nicht mitbekam.

»Zunächst einmal haben uns die Kollegen aus Hamburg super unterstützt. Sie haben das Alibi von Lotte überprüft. Sie haben einige von den Freunden ausfindig machen können, mit denen sie sich das Spiel auf St. Pauli angesehen hat. Tatsächlich sind sie nach dem Spiel um die Häuser gezogen. Das hätte ich ihr gar nicht zu getraut.« Sylvio gluckste amüsiert.

»Woher wissen wir, dass die Geschichte stimmt?«, bohrte Henrike nach.

»Die Kumpels von Lotte waren sehr gesprächig. Das lag wohl daran, dass der ein oder andere bereits Bekanntschaft mit der Polizei gemacht hatte. Die hatten keinen Bock auf Stress.« Seine weißen Zähne blitzten feixend auf. »So haben sie einen genauen Ablauf des Abends zu Protokoll gegeben. Anhand ihrer Zeitangaben konnte es in den Läden auf der Reeperbahn überprüft werden. Die meisten haben nämlich Videoüberwachung und bestätigten die Zeitangaben. Ihr werdet es nicht glauben, aber die sind bis halb vier unterwegs gewesen! Genächtigt haben dann Lotte und ihr Kumpel in einer kleinen Pension. Selbst die sind videoüberwacht und die Uhrzeit stimmt überein. Abgereist sind sie nach dem Frühstück.«

»Wenigstens stimmt Lottes Geschichte«, kommentierte Henrike die Zusammenfassung. Sie war darüber erleichtert, denn sie hegte Sympathie für die Frau, auch wenn sie sich bislang nicht kooperativ gezeigt hatte. »Wie geht es ihr eigentlich?«

»Der Arzt hat sie aus dem Verkehr gezogen, aber morgen könnt ihr mit ihr sprechen. Und ja, sie steht unter Bewachung, kein Telefon in der Nähe oder sonstiges.«

»Guter Junge.« Lars hob den Daumen.

Derweil brachte die Bedienung ein frisches Bier.

»Sagt mal, wo seid ihr eigentlich?« Sylvio rückte näher an die Kamera, so dass seine Nase groß im Bild erschien. »Trinkst du Bier?«

»Das geht dich gar nichts an«, grunzte Lars.

»Du kannst ja auch gleich Feierabend machen«, mischte sich Henrike ein. »Checkst du bitte noch mal, ob der Typ, den du auf dem Video vom Fahrradklau hast, nicht vielleicht doch in Hamburg mit dabei gewesen ist?«

»Geht klar. Das ist aber das Letzte, was ich heute mache. Ich habe auch noch ein Privatleben.«

»Ist klar. Allerdings verrate uns zuletzt, was du bei der Langenberger herausgefunden hast.«

Sylvio seufzte ergeben. »Das Gespräch war zäh und sie war echt bockig, mir freiwillig Infos zu geben. Aber, ihr kennt mich ja, ich habe nicht lockergelassen. Ich habe sie mit Langenberger Seniors Vorwürfen bombardiert, dass er entmündigt und beraubt worden sei. Für einen Moment dachte ich, sie würde einknicken. Stattdessen erzählte sie mir eine lange Geschichte, wie es geistig mit ihrem Vater bergab ging, er vergesslich wurde und der Hof drohte in den Ruin zu schlittern. Also hat sie die Zügel an sich gerissen. Das bedeutete, ihren Vater entmündigen zu lassen. Das gab einen riesen Aufruhr im Ort, denn den Senior kennen eine Menge Leute.« Er holte kurz Luft. »Ich denke, das ist ein echt wunder Punkt bei ihr.«

»Könnte Werling das nicht auch rausbekommen haben?« Grübelnd starrte Henrike in die Ferne. »Die beiden haben sich unterhalten, das wissen wir. Was ist, wenn Werling an der richtigen Stelle ihr zugesetzt hat und die Langenberger um ihren guten Ruf bangte?«

»Reicht das aus, um jemanden umzubringen?«, zweifelte Lars.

»In einer Großstadt kratzt die Leute das vielleicht nicht, aber in einem kleineren Ort kann das schon Rufvernichtend sein.«

Lars' Zweifel waren nicht vollständig beiseite gefegt. »Mir scheint das Motiv zu schwach. Das lag doch jetzt Jahre zurück, warum sollte sie darauf eingehen? Vielleicht hat Werling noch etwas ausgegraben?«

»Wobei die Langenberger laut Alibi von Emma zur Tatzeit zu Haus gewesen sein soll.«

»Einen Mord kann man in Auftrag geben.«

»Was zu beweisen gilt«, schloss Henrike die Diskussion ab. »Die Langenberger brauchen wir morgen ebenfalls auf dem Kommissariat.«

»Geht klar. Den Anruf mache ich noch und schicke eine Info, wenn ich weiß, ob der Flüchtige in Hamburg dabei gewesen ist.«

»Danke dir.«

Auf einmal hieb sich Sylvio gegen die Stirn. Es klatschte laut.

»Jetzt habe ich das Wichtigste vergessen!« Er schüttelte den Kopf über seine Schusseligkeit. »Der Polizist, der von Floh eins in den Magen bekommen hat, konnte niemand aus der Kartei mit den Stadionverboten identifizieren. Dabei war er sich so verdammt sicher gewesen.«

»Wenn dem so ist, könnte dort jemand manipuliert haben?«

»Wir gehen der Sache nach. Melde mich ab.«

Das Kamerabild schwenkte und überraschend tauchte Svens Gesicht auf. »Hallo Leute.«

»Die Rechtsmedizin arbeitet aber spät«, unkte Lars zur Begrüßung.

»Sehr witzig. Im Übrigen darfst du mich einfach Sven nennen.« Er verzog dennoch gut gelaunt die Lippen. »Da ihr euch im Harz rumtreibt, habe ich ein paar Aufgaben für euch erledigt.« Er schien sichtlich amüsiert und bekam seine Gesichtszüge kaum unter Kontrolle.

»Dann lass mal hören.«

»Die Krankenschwester war hier und mit ihren Angaben gibt es ein Phantombild von der Person, die bei Marion ins Krankenzimmer wollte.«

»Zeig her.«

Sven nahm das Bild vom Schreibtisch, rutschte mit seinem Stuhl etwas zurück und hielt es in die Kamera des Laptops. Es zeigte einen Mann um die Mitte dreißig. Sein ovales Gesicht war weich gezeichnet, wobei kleine, blaue Augen den Betrachter durchdringend ansahen. »Die Krankenschwester hatte spontan den Zweifel geäußert, ob es wirklich ein Mann gewesen sei. Während der Zeichner das Bild anfertigte, hat sie ihre Meinung wieder revidiert. Von der Statur her, die ich leider nur von hinten gesehen habe, tendiere ich zu fast einhundert Prozent zu einem Mann. Auffällig sind auch die sehr dünnen, blonden Haare.«

»Kennt jemand den Mann im Krankenhaus?«

»Nein. Für mich hatte er sich durch seine Schuhe verraten, die so gar nicht ins Krankenhaus gehören. Niemals arbeitet der dort.«

»Bemerkenswert ist, dass er als groß beschrieben wird«, äußerte Henrike. »Wir gehen davon aus, dass der Mörder von Werling ebenfalls groß und kräftig gewesen sein muss, beziehungsweise sie zu zweit waren.«

»Wir lassen den Mann zur Fahndung ausschreiben«, schlug Lars vor. »Sven, könntest du das schon mal in die Wege leiten? Du gehörst ab nun offiziell zum Team.«

»So ein bisschen Abwechslung kann nicht schaden.«

»Was macht unser Bücherwurm?«

»Marion befindet sich wohl behütet im Krankenhaus. Es geht ihr schon viel besser. Ich fürchte nur, dass sie nach dem Wochenende nach Hause will. Darüber mache ich mir große Sorgen.«

»Dann sollten wir zusehen, dass wir in den Ermittlungen weiterkommen. Zwei Amateure im Auge zu behalten, wird schwer werden«, meinte Henrike zu Lars.

»He, wen bezeichnest du denn als Amateur?«, protestierte Sven im Hintergrund.

»Alle, die sich nicht mit der Bezeichnung Kommissar betiteln dürfen. Nichts für ungut.«

»Also, so was!«

Lars' Handy bimmelte und beendete die Diskussion. »Wir sehen uns morgen. Wäre schön, wenn du unser Team verstärkst«, sagte Lars abschließend und nahm das Telefonat an.

Während er den Worten des Anrufers lauschte, beendete

Henrike den Videoanruf, ohne zu vergessen, Sven vorher zum Abschied zuzuwinken.

Sie fragte sich, ob Sven den nächsten Tag wirklich ins Kommissariat kommen würde. Seine Frau würde ihm wahrscheinlich Dampf unter dem Hintern machen, denn sonntags arbeitete er nur, wenn es absolut sein musste. Und normalerweise lag dann eine Leiche auf seinem Tisch.

Überraschend erhob sich Lars, winkte bereits nach der Bedienung und steckte das Handy in die Jacke.

»Was ist?«

»Eine Polizeistreife hat bei ihrer Kontrollfahrt durch die Friedrich-Wilhelm-Straße jemanden aufgeschreckt, der sich am Gullydeckel zu schaffen gemacht hat.«

»An DEM Gullydeckel?«

»Genau. Die warten, bis wir da sind.«

»Verdammt. Kein Feierabend weit und breit in Sicht.«

Marion blätterte durch die Seiten und kämpfte mit der Müdigkeit. Das Lesen bereitete ihr zunehmend Kopfschmerzen, zudem empfand sie eine tiefe Verdrossenheit, da sie beim besten Willen nichts Interessantes aus den Seiten herauslesen konnte.

Gegen ihren Willen kippte ihr Kopf zur Seite, die Blätter rutschten ihr aus der Hand und flatterten zu Boden. Im Einschlafen begriffen, seufzte sie tief und ließ es geschehen.

Es dauerte nicht lange und sie durchlebte zum wiederholten Male den Moment, in dem sie in der Luft schwebte und über das Brückengeländer geworfen wurde. Nur diesmal schreckte ihr Körper nicht zusammen, sondern akzeptierte den Fall in die Tiefe, als suche er dort endlich Erkenntnis.

Ihr Fall endete überraschend sanft in einem Schwebezustand, der sie innerlich gelassen stimmte. Beinahe wie selbstverständlich fand sie sich auf dem Friedhof wieder – dem

Schlüssel zu ihrer Erinnerung.

Die zwei großen Grabsteine vor ihr erstrahlten in einer kühlen, beruhigenden Beschaulichkeit. Folgerichtig fand sie sich an der letzten Ruhestätte von Fred und Jonas wieder.

Sie kniete nieder und berührte die trockene Erde mit der Hand. Was erwartete sie hier zu finden? Welches Geheimnis verbargen sie? Sie starrte die raue Oberfläche der Steine in der Hoffnung an, sie würden mit ihr sprechen. Beharrlich schwiegen sie sich aus.

Ihre Augen ruhten auf den Inschriften, die der Steinmetz vor langer Zeit mühevoll in den Stein geschlagen hatte. Sie bewunderte beinahe die Arbeit und streckte die Hand danach aus, hielt dann aber inne und ließ die Hand sinken.

Es war, als ob ihr jemand leise ins Ohr flüsterte.

Erleichterung breitete sich in ihr aus, denn nun endlich wusste sie, was sie hier gefunden hatte!

Im Schlaf seufzte sie zufrieden einmal tief durch und schlief den Rest der Nacht durch, ohne einmal wach zu werden.

Dreizehn

Der große Mann stieg aus dem Wagen aus. Im Schutze der Dunkelheit warf er die Krankenhauskleidung, die Schuhe und das Haarteil mit dem schütteren, blonden Haar in die große Mülltonne eines Schnellrestaurants an der Hansestraße. Anschließend entledigte er sich des Haarnetzes, die seine braunen Haare klitschnass an den Kopf geklebt hatten. Die blauen Kontaktlinsen entfernte er ebenfalls, danach rieb er sich die Augen.

Währenddessen traten aus dem Seitenausgang des Schnellrestaurants zwei Angestellte, um eine Zigarette zu rauchen. Eilig zog er sich tiefer in die Dunkelheit zurück. Sie hatten ihn zum Glück nicht bemerkt.

In ihm brodelte es. Nichts lief so, wie er sich das vorgestellt hatte. Erst die misslungene Aktion im Krankenhaus, wo der dämliche Zwerg ihn gestört hatte! Dabei wäre es so einfach gewesen, ins Krankenzimmer zu gelangen, denn der Bulle davor trieb es dank seiner schwachen Blase häufig auf Toilette. Die paar Minuten hätten gereicht, vor allem weil der Bulle nach dem Pissen immer ein Schwätzchen mit der Schwester hielt.

Er wäre ins Zimmer hineingegangen, hätte sich ein Kissen geschnappt und dieser neugierigen Frau aufs Gesicht gedrückt. Ihre Gegenwehr wäre nur schwach gewesen, denn er erinnerte sich gut an ihr geringes Gewicht, als er sie über den Kopf in die Höhe gehalten hatte. Leicht wie eine Feder.

Dagegen war Werling schon ein ganz anderes Kaliber gewesen! Stark wie ein Bär hatte er sich in seinem Griff gewunden, aber der Überraschungsangriff war auf seiner Seite gewesen. Als Werling wütend nach Luft schnappte, hatte er ihm blitzschnell das runde Stück Käse in den Rachen geschoben!

Bei dem Gedanken grinste er irrsinnig. Eigentlich hatte er Werling den Käse als Erinnerung an seine Heimat mitgebracht, und dann war er daran elendig verreckt! Das war ihm recht geschehen. Nach diesem Erlebnis schien ein Damm in ihm gebrochen zu sein. Es war gar nicht so schwer gewesen zu töten. Danach war der Plan, diese neugierige Kuh umzubringen, wie von selbst entstanden. So ein Pech, dass sie überlebt hatte!

Aber das würde er noch ändern, denn sie würde nicht ewig im Krankenhaus unter Polizeischutz stehen.

Der Polizist blendete ihm mit der Taschenlampe ins Gesicht.

»Verflucht«, raunzte Lars ihn an.

»Entschuldigung.«

»Erzählen Sie mal!«

»Vor gut fünfundvierzig Minuten haben wir einen Mann beobachtet, der sich am Gullydeckel zu schaffen gemacht hat.«

»Wo ist der jetzt?«

»Als er uns sah, ist er davongerannt. Er schlug den Weg zum Kohlmarkt ein. Wir sind mit dem Dienstwagen soweit wie möglich hinterher, aber der Kohlmarkt ist bei dem Wetter übervoll mit Menschen, so dass wir abbrechen mussten.«

»Beschreiben Sie den Mann«, richtete Henrike ihre Frage an den Polizisten.

»Normale Größe, so um die eins fünfundsiebzig, schwarz gekleidet, die Kapuze verdeckte sein Gesicht. Besonders auffällig waren die neonfarbenen Turnschuhe.«

»In orange?«

»Genau.«

»Das wird doch nicht etwa Floh sein, oder?« Henrike blickte Lars überrascht an.

»Wenn, dann hat er es verdammt eilig gehabt, nach

153

Braunschweig zurückzukommen.«

»Den, den Sie bis in den Harz verfolgt haben?«, staunte der Polizist nicht schlecht. »Wir haben alles über Funk mitverfolgt.«

Lars' Gesicht verfinsterte sich. »Genau der.« Die Falte zwischen seinen Augenbrauen wurde steiler. »Wir müssen da runter.« Lars wies auf den Gullydeckel. »Offenbar gibt es dort noch etwas Interessantes zu finden.«

»Bist du verrückt!« Henrike wurde flau im Magen, denn sie dachte an ihren Alptraum zurück, in dem sie da unten auf ein Ungeheuer gestoßen war. »Der Dietrich von der Stadtentwässerung hat uns ausdrücklich mitgeteilt, dass wir nicht alleine runter sollen. Lebensgefahr durch Gasentwicklung.« Die Gedanken an Monster in Form von Ratten oder ähnlichem Getier verschwieg sie lieber.

Lars blickte auf die Uhr. »Okay, ist auch schon ziemlich spät. Wäre schwierig, alles heute noch zu organisieren. Dann versiegeln wir den Gullydeckel und stellen einen Mann zur Bewachung ab.«

Der Polizist reagierte nach der Anordnung hin nicht begeistert. »Die ganze Nacht bewachen?« Den Rest ließ er unausgesprochen.

»Machen Sie es einfach«, ging Henrike dazwischen, um erst gar keine Diskussion aufkommen zu lassen. »Ich hänge mich gleich ans Telefon und versuche den Dietrich zu motivieren, auf einem Sonntag hier anzutanzen.«

Die Anwesenden bemerkten nicht, dass Floh in einiger Entfernung das Geschehen beobachtete. Er fühlte sich nach diesem anstrengenden Tag ausgelaugt und verspürte Enttäuschung. Er hatte unbedingt nachschauen wollen, ob der *Schatz* noch unten in der Kanalisation lag.

Es war Sonntagmorgen, die Kaffeemaschine in der Ecke

gurgelte vor sich hin, während Henrike, Lars und Sven am Tisch über ihren Unterlagen zusammensaßen.

»Ich versuche mal zusammenzufassen, was wir wissen«, ergriff Henrike das Wort. »Wir haben zunächst den ermordeten Werling. Er hat Kontakt zu der Langenberger gesucht, die von ihm ziemlich genervt war. Aber eigentlich wollte Werling Langenberger Senior sprechen, der aber dement ist. Bei Werling wurden besagte Papiere gefunden, die ein Jonas vor einiger Zeit geschrieben hat. Es geht darin um alltägliche Dinge auf dem Bauernhof. Dass Fred Langenberger ein Vorfahr von der Langenberger gewesen ist, ist naheliegend.« Henrike strich sich eine widerspenstige Locke aus dem Gesicht. »Ich finde da keinen Ansatz für ein Motiv.«

»Es fehlt uns ein Mosaiksteinchen«, ergänzte Sven. »Irgendetwas, was wir noch nicht kennen oder einfach übersehen haben.«

»Für mich hört sich das nach versuchter Erpressung der Langenberger an«, meinte Lars.

»Wie begründest du das?«

Er zuckte mit den Achseln. »Ist eine Ahnung. Beweise habe ich nicht.«

»Wie passen dann Lotte und Floh in die Geschichte hinein?« Henrike sah fragend in die Runde.

»Gute Frage. Uns fehlen mehr Informationen über Floh«, resümierte Lars. »Wenn sich der Verdacht bestätigt, dass Floh Stadionverbot hatte oder ähnliche Delikte vorlagen, dann ist die Verbindung Floh und Lotte zu Werling über Fußball zu suchen. Bei dem Sport können die Emotionen hochkochen, wie wir alle wissen.«

Nachdenklich schwiegen sie, als die Tür aufgerissen wurde und Sylvio hineinplatzte. »Moin«, rief er ihnen gut gelaunt zu und ließ sich auf einem Stuhl nieder. »Was ist denn das für eine schlechte Stimmung?«, fragte er augenzwinkernd.

»Sehr witzig. Aber du kannst unsere Laune aufhellen, wenn du uns ein paar brauchbare Informationen lieferst.« Lars war nicht zum Spaßen aufgelegt, vor allem nicht zu der frühen Morgenstunde und schon gar nicht auf einem Sonntag!

»Okay, verstehe, dicke Luft.« Dennoch blieb Sylvios Laune erstaunlich gut.

Gespannt beugte sich Henrike nach vorne. »Was gibt's? Raus mit der Sprache!«

»Es gibt in der Tat eine spannende Neuigkeit.« Sylvio streckte sich selbstgefällig. »Ich habe eine E-Mail vom LKA aus Hannover bekommen. Die hatten mir aber nur eine vom LKA Rheinland-Pfalz weitergeleitet.« Sylvio schwieg voller Erwartung auf die Reaktion der Kollegen.

»Der Inhalt der Mail hat mit unserem Fall zu tun?«

»Ihr werdet es nicht glauben, aber das LKA Rheinland-Pfalz hatte Werling mit dem Verdacht der Hehlerei und Beihilfe zur Erpressung auf dem Kieker. Seit acht Monaten waren sie hinter ihm her. Sogar Bundesland übergreifend!«

Die Worte hallten ihnen in den Ohren nach und brauchten einige Zeit, um im Gehirn verarbeitet zu werden. Derweil sprach Sylvio weiter. »Die Mail vom LKA Rheinland-Pfalz ist in Hannover etwas hängengeblieben, weil dort die Sommergrippe grassiert. Wenn ihr mich fragt: Peinlicher Fehler. Aber egal. Der gute Werling war also höchstwahrscheinlich kein unbescholtener Bürger. Kurz zusammengefasst, gab es mehrere Verdachtsfälle gegen Werling, bei denen aber Zeugen scheinbar mundtot gemacht worden sind.«

»Jetzt mal langsam«, fuhr Lars dazwischen. »Hehlerei? Also kein harmloser Weinhändler, sondern er hat gestohlene Ware vertickt? Hat er das gewerbsmäßig getan?«

»Das ist das Problem. Man war ihm auf der Spur, aber man konnte ihm nichts nachweisen.«

»Von welchen Gegenständen soll da die Rede sein?«, hakte Henrike ungläubig nach. »Da muss es doch mehr Details geben?«

»Leider nicht. Es hat einen Zeugen in Speyer gegeben, der leider vor zwei Monaten spurlos verschwunden ist.«

»Das ließe den Schluss zu, dass Werling ihn bestochen hat und er daraufhin untergetaucht ist. Oder im schlimmsten Fall, der Zeuge von Werling beseitigt wurde.«

»Dann hätten wir bei Werling ein ganz anderes Kaliber«, beteiligte sich Sven an der Diskussion. »Wer weiß, welche seiner Kumpane noch in Braunschweig sind. Die schrecken wahrscheinlich nicht vor einem Mord zurück, wie an Werling letztendlich selbst.« Sven stockte. »Dann ist Marion knapp einem Mordanschlag entgangenen.« Er wurde kalkweiß im Gesicht.

Henrike wedelte ihm mit einem Blatt Papier Luft zu. »Keine Panik, wir spekulieren doch nur. Nicht jeder, der mit geklauten Sachen hehlt, ist ein Mörder. Wir können nicht ausschließen, dass Werling vielleicht doch einer Beziehungstat zum Opfer gefallen ist.«

Sven schnappte hörbar nach Luft und gewann seine natürliche Gesichtsfarbe zurück.

»Und es hilft nicht, wenn wir den Kopf in den Sand stecken.«

»Genau!«, ertönte eine helle Stimme.

Ihre Köpfe fuhren herum. »Marion!«

»Ihr habt mich erkannt.«

»Was machst du denn hier?«, rief Henrike entgeistert und schob ihr rasch einen Stuhl hin, um sie umgehend darauf zu bugsieren. Leicht stöhnend sank Marion hinab.

»Ich habe mich heute selbst aus dem Krankenhaus entlassen. Das nützt doch nichts, da nur rumzuliegen. Bevor ihr fragt – meinen Polizeischutz habe ich mitgenommen. Er steht vor der Tür. Ich will mir doch nicht euer Gemecker anhören.«

Henrike drückte sanft ihre Hand. »Schön, dass du wieder da bist. Aber immer vorsichtig und keine Alleingänge, versprochen?«

»Versprochen.«

»Da unser Ermittlungsteam nun vollzählig ist, sollst du auch die große Neuigkeit wissen. Werling wurde der Hehlerei und der Erpressung verdächtigt. Das LKA Rheinland-Pfalz und Niedersachsen hatten sich diesbezüglich bereits ausgetauscht«, setzte Henrike sie davon in Kenntnis. »Damit ist unser Bücherwurm auf dem Laufenden und kann nun beruhigt nach Hause fahren. Sie soll sich da erholen«, teilte Lars entschieden mit.

»Der Bücherwurm ist aber ziemlich zäh und nicht so leicht kaputt zu kriegen«, konterte Marion.

»Nenn mir einen Grund, weshalb wir dich im Spiel lassen sollten.«

»Ich weiß wieder, was mir auf dem Friedhof aufgefallen ist.«

»Okay. Damit bist du wieder drin.«

Marion grinste Lars breit an. »So leicht wirst du mich nicht los.«

»Hatte ich auch nicht anders erwartet.« Er stöhnte ergeben.

»Also was hast du gesehen?«

»Zunächst einen Schritt zurück. Ich hatte die Aufzeichnungen von Jonas gelesen und darin beschrieb er sehr detailliert, wie sich das Leben auf dem Hof gestaltete, was sie angepflanzt haben und so weiter. Dabei erwähnte er ständig seinen guten Freund Fred. Er sprach in hohen Tönen von ihm, sie schienen durch dick und dünn zu gehen. Am Ende der Aufzeichnungen änderte sich der Ton gegenüber Fred.

Eine gewisse Distanziertheit war zu spüren, als ob sich die beiden verkracht hätten oder etwas vorgefallen wäre.«

»Das ist mir gar nicht aufgefallen«, bemerkte Sven.

»Du bist ein Mann, dir fehlt ein wenig Fingerspitzengefühl.«

Lars lachte und klopfte dem Gescholtenen auf die Schulter.

»Pech mein Kumpel.«

»Ich bin dann auf blauen Dunst hin nach Veltenhof gefahren und habe nach den Grabstellen der beiden gesucht.«

»Und offensichtlich gefunden!«

Marion nickte bestätigend mit dem Kopf. »Die letzten Aufzeichnungen von Jonas endeten im Oktober Achtzehnhundertdreiundsiebzig. Die Ernte war eingefahren und die Vorbereitungen auf den nahenden Winter liefen. So wie sich die Natur auf die Ruhezeit vorbereitete, schien Jonas in düstere Gedanken verfallen zu sein. Es lag ihm etwas schwer auf der Seele. Seine letzten Worte in der Aufzeichnung lauteten, dass Fred für ihn wie ein Fremder geworden sei. Er würde ihn manchmal ängstigen.« Marion zuckte mit den Schultern. »Das mag nur meine Interpretation sein, aber als ich mir auf dem Friedhof das Grab angesehen habe, wurde ich stutzig.« Ihre Augen richteten sich in die Ferne. »Ist doch seltsam, dass Jonas auch im Oktober Achtzehnhundertdreiundsiebzig gestorben ist.«

»Was willst du damit andeuten?«

»Ihr seid doch die Kommissare!«

Nachdem Marion nur Fragezeichen in den Gesichtern entdeckte, fuhr sie fort. »Was wäre, wenn die beiden sich zerstritten hätten? Oder wenn sie ein dunkles Geheimnis hüteten und Jonas damit nicht mehr leben konnte? Er schien mir durchaus sensibel zu sein. Und Fred konnte das nicht akzeptieren und hat ihn beseitigt.«

»Vielleicht war dieser Jonas auch nur depressiv veranlagt und hat sich das Leben genommen«, mutmaßte Sven.

»Sicherlich auch eine Möglichkeit. Aber wenn es stimmen sollte, dass Fred etwas mit dem Ableben von Jonas zu tun hatte, dann ist das ein schlimmer Schandfleck in der Familiengeschichte von der Langenberger. Damit wäre sie erpressbar.« Henrike erhob sich. »Ich finde, wir sollten der Sache nachgehen.«

»Wir teilen uns auf«, schlug Lars vor. »Ich fahre mit Marion und Sylvio zum Friedhof. Ich möchte mir das mit eigenen Augen ansehen. Danach konfrontieren wir die Langenberger mit den Vorwürfen und anschließend bringen wir Marion sofort nach Hause.«

Marion hob zum Protest an, den Lars unwirsch mit einer Handbewegung unterband. »Henrike und Sven kümmern sich um den Einstiegsschacht und überprüfen, warum der offenbar so interessant für Floh ist. Um zehn Uhr ist der Mann der Stadtentwässerung vor Ort.«

Henrike wäre lieber mit nach Veltenhof gefahren, denn das miese Gefühl im Magen kehrte jedes Mal zurück, wenn sie an die dunkle Kanalisation dachte.

Marion führte Lars und Sylvio zielsicher zu den Grabstellen von Jonas und Fred, die nebeneinanderlagen. Freds Frau Anna war ebenfalls Jahre später mit im Familiengrab bestattet worden, sowie zwei früh verstorbene Kinder.

Die Atmosphäre auf dem Friedhof hatte nichts Bedrohliches an sich, dennoch hatte Lars Sylvio eingeschärft, unbedingt ein wachsames Auge auf die Gegend zu haben. Denn der Unbekannte, der Marion nach dem Leben trachtete, lief weiterhin unbehelligt in der Gegend herum.

»Nanu!«, rief Marion perplex aus. »Was ist denn hier passiert?«

Lars gesellte sich an ihre Seite. »Hier hat jemand etwas gesucht«, stellte er fest und ging in die Hocke. Rund um die Grabsteine war die Erde gut dreißig bis vierzig Zentimeter tief durchwühlt worden.

»Wer soll da etwas gesucht haben? Die Leute sind im neunzehnten Jahrhundert verstorben und haben bestimmt nicht ihr Gold oder so etwas versteckt«, meinte Sylvio.

Lars richtete sich auf. »Fraglich, ob es Sinn macht, die Spurensicherung deswegen anzuklingeln. Wenn ich mich hier umschaue, gibt es massenweise Fußabtritte, die nicht zwangsläufig zu dem Verursacher gehören müssen.«

Marion tippte Lars von der Seite an. »Hast du eigentlich bemerkt, dass der Jonas keinen Nachnamen hatte? Man hat ihn nur mit seinem Vornamen beerdigt. Ist doch seltsam. Wenn er und Fred so gute Freunde waren, dann hätte Fred ihm als letzte Ehre mit dem vollen Namen bestatten müssen.«

»Das würde die Theorie stützen, dass es zwischen Fred und Jonas ein Zerwürfnis gegeben hatte. Da der Nachname nicht auf dem Grabstein steht, kann man keine Rückschlüsse auf seine Vergangenheit ziehen.«

Eine Stimme schreckte sie auf. »Was machen Sie da!«

Die drei zuckten zusammen, da sie die ältere Frau hatten nicht kommen sehen.

»Hallo, ich habe Sie etwas gefragt!« Sie unterstrich ihre Aufforderung mit einem energischen Gesichtsausdruck.

Der Ton gefiel Lars gar nicht, dennoch zügelte er sich und holte stattdessen seinen Ausweis hervor. »Lars Henkel von der Kripo«, stellte er sich vor.

Die Frau kniff die Augen zusammen und schüttelte dann den Kopf. »Ich kann im Moment nicht richtig gucken. Ich habe auf beiden Augen den grauen Star und bislang nur auf der rechten Seite eine neue Linse bekommen. Ich sage

Ihnen, alt werden ist nichts. Bis ich eine neue Brille angepasst bekomme, dauert es noch Wochen. Ich kann meine geliebten Kreuzworträtsel nicht machen, Fernsehen macht auch keinen Spaß. Furchtbar, sage ich Ihnen!«

Lars wollte sich bereits abwenden, als die Frau wieder interessant wurde.

»Das ist ja eine Schweinerei! Gestern war hier alles noch in Ordnung. Wer macht denn sowas? Jugendliche oder Wildschweine?«

»Wildschweine können es nicht gewesen sein, denn dann wäre alles ringsherum umgegraben«, antwortete Lars. »Treiben sich Jugendliche auf Friedhöfen herum?«

Sylvio fühlte sich aufgrund seines Alters dazu genötigt eine Antwort zu geben. »Aus meinem Freundeskreis hätte nie jemand so etwas gemacht. Aber wenn ich an meinen Onkel aus Gifhorn denke, der hat mir Geschichten erzählt von früher, dreißig Jahre her oder so. Er war damals Gothic Fan und viel auf Konzerten und so unterwegs. Einige Leute aus der Szene haben nachts mal ein Grab geöffnet und einen Schädel mitgenommen. Den haben sie sich zu Hause in die Fensterbank gestellt. Mein Onkel fand das gar nicht lustig und ist auf Abstand zu denen gegangen. Allerdings scheint das heute aus der Mode gekommen zu sein.«

Alle Anwesenden blickten Sylvio schockiert an.

»Hey, ich hatte damit nichts zu tun, ich erzähle nur, was ich gehört habe.«

»Hier wurde auch nur oberflächlich gegraben«, lenkte Marion ab. Mit Unbehagen stellte sie fest, wie ihr das lange Stehen begann, Probleme zu bereiten. Aber sie wollte jetzt nicht schwächeln.

»In Jonas Grab würden Sie sowieso kein Skelett finden.«

»Ach. Wieso denn nicht?«, wollte Lars von der alten Dame wissen.

»Diese Geschichte gehört zu den Schauermärchen im Ort, die gerne kleinen Kindern erzählt wird, um sie von den gefährlichen Böschungskanten der Oker fernzuhalten. Das Unglück von damals ist zwar lange her, aber jetzt bei diesem neumodischen Kram wie Halloween wieder ein Renner. Jonas, der Okergeist, ist ein beliebtes Faschingskostüm hier im Dorf.« Ihr Gesicht verfinsterte sich. »Aber wenn man so recht bedenkt, war es doch grausam, dass Jonas in die Oker gestürzt und ertrunken ist. Seine Leiche wurde weggeschwemmt und nie gefunden. Daher ist das Grab leer.«

»Warum hat Jonas keinen Nachnamen?«

»Das wird für immer ein Geheimnis bleiben. Der Einzige, der darüber vielleicht etwas wüsste, ist der alte Langenberger. Aber der hat sich immer darüber ausgeschwiegen und jetzt ist er plemplem. Vielleicht gut so, wenn man die Toten und die Vergangenheit ruhen lässt.«

Marion begann auf einmal zu schwanken und drohte zur Seite zu kippen. Lars reagierte in Windeseile und fing sie auf.

»Hoppla, ich glaube, du musst jetzt nach Hause.«

»Ich will nicht«, widersprach sie leise.

»Keine Widerrede.« Er hob sie hoch und war erstaunt, wie leicht sie war. »Ich bringe dich jetzt zum Auto und Sylvio fährt dich nach Hause.«

»Ich kann Marion auch tragen«, bot sich Sylvio an. »Sieht cool aus, wie du das machst.«

»Auf keinen Fall lasse ich mich von Sylvio tragen«, legte Marion Protest ein. Es war ihr schon peinlich genug, was mit ihr geschah. »Und wehe ihr plaudert das irgendjemandem aus.« Drohend hob sie den Finger.

»Los Sylvio, mach den Wagen auf. Du kannst sie nachher gerne die Treppen hochtragen. Das sind ein paar Stufen.«

»Ich lasse mich nicht von Sylvio tragen.«

»Marion, ich will heute nichts mehr von dir hören.«

»Pffff.«

»Sylvio, du kümmerst dich außerdem um den Personenschutz. Marion bleibt mir nicht alleine zu Hause. Danach holst du mich bei der Langenberger ab.«

»Geht klar, Chef.«

Lars bugsierte Marion vorsichtig auf den Beifahrersitz und schnallte sie an.

»Du behandelst mich wie ein Baby.«

»Anders ist dir auch nicht beizukommen«, sagte er und drückte die Tür zu.

Marion blickte ihn zornig durch die Türscheibe an. Nie im Leben würde sie ihm sagen, wie dankbar sie war, nach Hause und ins Bett zu kommen. Sie hatte sich eindeutig zu viel zugemutet und nun spielte ihr Kreislauf verrückt.

Sylvio rutschte hinters Lenkrad. »Dir wird jetzt aber nicht schlecht und du musst dich übergeben, oder so?«

»Fahr einfach los«, raunte sie ihm zu, »und spar deine Kräfte für die Treppen.«

Lars blickte den beiden einen Moment hinterher und drehte sich um. Beinahe wäre er über die ältere Dame gestolpert.

»Wie machen Sie das?«

»Was denn, Herr Kommissar?«

»Ohne Vorwarnung aufzutauchen!«

»Ich war bei den Pfadfindern.« Ihr Gesicht blühte auf.

»Ist Ihnen noch etwas eingefallen?«

»Nein, aber wenn mich nicht alles täuscht, glitzert etwas im Boden bei den Gräbern. Vielleicht sehen Sie noch mal nach, auf meine Augen kann man sich im Moment nicht verlassen. Eventuell hat der Täter etwas verloren.«

»Haben Sie etwas angefasst?«

»Um Himmels Willen. Nein. Ich gucke immer sonntags den Tatort und weiß doch, dass ich nichts anfassen oder verändern darf.«

Neugierig kehrte Lars mit der Frau zurück und hoffte inständig, dass tatsächlich etwas im Boden lag. Eine heiße Spur würde sich extrem gut machen.

Henrike fühlte sich nicht wohl in ihrer Haut. Nervös zerrte sie am Verschluss ihres Overalls und spürte, wie ihr der Schweiß ausbrach.

»Warten Sie mal, Frau Noske«, sprach Dietrich sie an, der vor ihr stand und ihre Ausrüstung überprüfte. Er zog den Reißverschluss hoch und sicherte ihn mit einem Klettverschluss. »Jetzt passt alles«, sagte er zufrieden. »Wenn Sie mal keine Lust mehr auf Kommissarin sein haben, dann können Sie gerne bei mir anfangen.« Er lächelte sie warmherzig an.

Unter normalen Umständen wäre sie vielleicht auf seine Schmeicheleien eingegangen, oder hätte ihm je nach Laune eine klare Abfuhr erteilt, aber die Sache mit dem Kanaleinstieg machte sie absolut nervös. Dabei verstand sie es gar nicht, denn sie war doch kein Schisser!

Dietrich zog sich ebenfalls die Montur an und plauderte vor sich hin, ohne auf den Gemütszustand von Henrike zu achten.

»Erklären Sie mich bitte nicht für verrückt, aber für mich ist es jedes Mal aufregend, in den Burgmühlengraben hinabzusteigen. Wissen Sie, auf alten Fotos ist noch der offene Graben zu sehen. Darüber befanden sich die nach außen gebauten Abtrittserker der Häuser. Durch eine Öffnung fielen die Fäkalien in den Graben hinein und besonders bei niedrigem Wasserstand muss das sehr unangenehm gewesen sein.«

Er verzog das Gesicht und hielt sich die Nase zu, dabei verdrehte er die Augen nach oben. »Zum Glück beschloss der Braunschweiger Magistrat dem ein Ende zu setzen und von achtzehnhunderteinundsiebzig bis neunzehnhundertfünf wurden unter Leitung von Louis Mitgau die Gräben geschlossen. Ein Segen für die Bewohner der Stadt und außerdem konnten die neu entstandenen Flächen bebaut werden.«

Henrikes Augen erfassten verschwommen die Mundbewegungen von Dietrich, die Worte drangen gar nicht zu ihr durch.

Der bevorstehende Einstieg in die Kanalisation hatte eine dunkle Kiste aus ihrer Vergangenheit geöffnet und ungewollt tauchten Erinnerungen aus ihrer Kindheit auf. Sie meinte, sie bereits vergessen zu haben. Nun waberten sie durch ihr Gehirn!

Es fiel ihr schwer, die Bilder richtig zu greifen, dennoch wusste sie, dass sie als kleines Kind in ein düsteres Loch gefallen war. Vielleicht ein Schacht? Wo hätte das gewesen sein können? Vielleicht bei ihrem Onkel auf dem Hof in der Lüneburger Heide?

Nun ran Henrike der Schweiß den Rücken hinab und sie war unfähig, sich nur einen Schritt zu bewegen. Mit trockenem Mund starrte sie Dietrich an.

»Frau Noske, geht es Ihnen nicht gut?« Dietrich unterbrach seine geschichtlichen Ausflüge und wirkte ehrlich besorgt.

Sie räusperte sich. »Es ist nichts.«

»Ich nehme Sie nicht mit runter, wenn Sie nicht absolut fit sind.« Prüfend blickte er ins Gesicht.

Henrike drehte das Gesicht weg. »Mir ist ein Kindheitstrauma ins Gedächtnis gekommen. Scheiße.«

Geduldig wartete Dietrich, bis sie sich so weit gefasst hatte, dass sie ihn wieder in die Augen sehen konnte.

Henrike atmete tief aus. »In meiner Kindheit muss ich in irgendeinem Loch festgesessen sein. Ich war alleine, es war dunkel und Insekten krochen um mich herum.« Sie bemerkte, wie das Gefühl der Angst, dass sie damals verspürt hatte, wieder Besitz von ihr ergriff.

»Können Sie sich nicht genauer daran erinnern?«

Sie kniff die Lippen zusammen und bewegte den Kopf in Zeitlupe nach rechts und links.

»Dann waren Sie vermutlich sehr klein gewesen, denn sonst hätten Sie mehr Erinnerungen daran.«

»Das wird wohl so sein.«

»Und ihre Eltern haben Ihnen das später nie erzählt?«

»Nein. Vielleicht hatten sie ein schlechtes Gewissen.«

Nachdenklich betrachtete sie Dietrich. »Sie sollten nicht mit mir runterkommen.«

»Ich muss. Sonst frisst mich die Angst irgendwann auf. Ich kann mir in meinem Job nicht leisten, vor einem dunklen Loch Angst zu haben.« Bittend sah sie ihn an.

Dietrich überlegte eine Weile und verzog ergeben das Gesicht. »Na gut. Wir machen das so. Ich gehe zuerst runter, dann kommen Sie nach. Wir bleiben zunächst am Einstieg stehen, bis Sie sich eingewöhnt haben. Wenn es gar nicht geht, schicke ich Sie umgehend wieder rauf. Einverstanden?«

Henrike nickte zaghaft und sah im Hintergrund Sven mit heißem Kaffee auf sie zu eilen. »Kein Wort zu ihm, okay?«

»Geht klar, Frau Kommissarin.« Er zwinkerte ihr verschwörerisch zu.

»Ihr seid ja immer noch nicht unten!«, rief Sven ihnen zu und gesellte sich zu dem Kollegen von Dietrich, der bereits am Schacht stand und etwas an einem Band hinabgelassen hatte.

»Was machen Sie da?«

»Die Gasbelastung im Kanal überprüfen.« Er zog das Gerät wieder nach oben. »Alles in Ordnung«, sagte er zu Dietrich.

»Ist es gefährlich da unten?« Sven blinzelte nervös.

»Nicht, wenn wir alle Sicherheitsvorkehrungen beachten.« Dietrich stellte sich an den Schachteinstieg, woraufhin sein Kollege eine Sicherungsleine am Rettungsgurt einklinkte. »Frau Noske, beim Einstieg werden Sie ebenfalls von meinem Kollegen gesichert, unten übernehme ich. Und setzen Sie endlich Ihren Helm auf, auch wenn es Ihre Frisur ruiniert.« Er grinste über seinen Witz und stieg über die im Schacht eingelassen Tritte hinab.

Henrike entwich die Luft aus den Lungen, als sie den Riemen des Helms unter dem Kinn schloss.

»Dazu hätte ich auch keine Lust«, gestand Sven und blies auf seinen heißen Kaffee.

»Toll. Das baut mich echt auf.«

»Ich passe hier oben auf.«

»Klasse.«

Henrike trat an den Rand und blickte hinab. Die Lampe von Dietrich blendete sie einen Moment, ehe er sie zur Seite schwenkte.

»Kommen Sie, je länger Sie warten, desto schwieriger wird es.«

Henrike biss sich auf die Zunge und drehte sich mit dem Rücken zum Einstieg. Unsicher fand ihr Fuß den ersten Tritt, dann den zweiten. Langsam kletterte sie in die Dunkelheit dem muffigen Geruch entgegen.

Ihr Gehirn spielte ihr einen Streich, als es Signale sendete, die Schachtwände würden Stück für Stück auf sie zukommen.

Erst der Griff von Dietrich an ihre Wade holte sie in die Realität zurück. »Und noch ein Tritt und Sie sind unten.«

Dietrich berührte ihren Arm. »Der erste Schritt ist geschafft. Jetzt löse ich die Sicherungsleine und verbinde sie mit meiner. Danach dürfen Sie endlich durchatmen, aber nicht zu tief, es ist keine frische Bergluft.« Er lachte erneut über seinen eigenen Witz, während er sie sicherte. »Und Sie dürfen auch gerne die letzte Sprosse loslassen, sonst kommen wir keinen Meter voran.«

Henrike gab sich Mühe normal zu atmen, aber außer einer oberflächigen Schnappatmung gelang es ihr nicht. Sie spürte bereits, wie sie zu wenig Sauerstoff bekam. Nicht mehr lange, und sie musste ganz schnell hier raus.

Wie aus heiterem Himmel dachte sie an ihre beiden Mädchen, die sie früh zur Selbstständigkeit erzogen hatte. Wenn sie ihre Mutter jetzt so sehen würden, sie würden sich schlapp lachen! Innerlich schüttelte sie den Kopf über sich selbst. Sie straffte die Schultern und sah sich in der Lage, die Sprosse loszulassen und ihre Lampe anzuknipsen. »Dann wollen wir mal«, erklang ihre Stimme, wenn auch recht piepsig und dünn.

»Gutes Mädchen«, sagte Dietrich und bewegte sich ein paar Schritte tiefer in den Tunnel hinein. »Folgen Sie mir einfach. Ist nicht schwierig.«

Henrike gab sich einen Ruck und bewegte sich von dem sicheren Ort hinfort. Die Furcht aus ihrer Kindheit steckte tief in ihr, dennoch tat sie einen kleinen Schritt nach dem anderen und wurde zunehmend sicherer. Dietrich blieb in ihrer Nähe und leuchtete den Tunnel an.

»Was suchen wir eigentlich?«, fragte er laut und wich einem großen Klumpen von Windeln aus.

»Tja, gute Frage«, erwiderte Henrike. »Hier muss noch etwas sein, dass es jemanden wert ist, zurückzukommen, auch auf die Gefahr hin, geschnappt zu werden.«

»Ich kann mir aber nicht vorstellen, dass jemand sehr tief in den Kanal hineingegangen ist. Viel zu riskant.«

»Wie weit sind wir denn schon entfernt?«, wollte Henrike wissen. Sie drehte sich um und entdeckte in gut zehn Metern den Einstieg. Sie schwenkte den Lichtstrahl ihrer Lampe wieder nach vorne, wodurch die Seitenwände beleuchtet wurden.

»Hoppla! Was haben wir denn da!« Sie fixierte den Lichtstrahl auf eine Stelle in der Nähe des Einstiegschachtes. Fasziniert vergaß sie die zuvor angstmachende Umgebung und lief zurück. Keine zwei Meter vom Einstiegsschacht entfernt stieß ein Rohr sehr weit oben in den Kanal hinein. Auf diesem Rohr lag ein in Plastik verhülltes Paket, das mit Paketband am Rohr fest verklebt war.

»Da scheinen Sie etwas gefunden zu haben«, zollte ihr Dietrich anerkennend Respekt.

»Das meine ich doch auch. Ich bin gespannt, was das Paket enthält.« Ihre Hände griffen in die Höhe, während Dietrich ihr Licht spendete.

Vierzehn

Kimmich stand im Büro und erwartete ihren Bericht. Der Montagmorgen gestaltete sich für die Kommissare nach dem arbeitsreichen Wochenende wenig entspannend.

»Wann bekomme ich von euch den Täter präsentiert?« Kimmich sprach völlig ruhig, sein Schnurrbart machte keinerlei Anzeichen auf und ab zu hüpfen. Ungewohnt.

Das machte Henrike etwas nervös, denn normalerweise hätten sie ihn jetzt von der Decke runterkratzen müssen. Waren die neuen Blutdrucktabletten wirklich so gut? Hatte er seine cholerischen Anfälle im Griff? »Wir haben eine Menge Spuren und gestern im Kanal ...«

Unwirsch fuhr Kimmich dazwischen. »Kurzum! Ihr habt nichts! Keinen Täter!«

Es machte keinen Sinn, Ausreden zu suchen, daher verzog sie bestätigend das Gesicht.

»Bis heute Abend habe ich einen Bericht von euch mit allen Details.« Sein Zeigefinger fuchtelte in der Luft herum. Die Kommissare sahen ihm an, dass er noch etwas sagen wollte, er überlegte es sich aber anders und verließ das Büro. Immerhin schlug er die Tür hinter sich zu, wie gewohnt ziemlich laut.

»Als er noch richtig aufbrausend war, war er mir sympathischer. Nee, falsch gesagt, berechnender. Jetzt weiß man nicht so genau, woran man bei ihm ist«, erwachte Lars zum Leben und streckte sich.

Henrike griff nach dem Telefonhörer. »Sylvio, kommst du bitte zu uns ins Büro?«

Es dauerte nur ein paar Sekunden und er stand wie so oft gut gelaunt vor ihnen. »Was gibt's Leute?«

»Der Chef braucht heute Abend einen Bericht.«

Die gute Laune fiel von ihm ab. »Och ... das ist voll uncool Berichte zu schreiben. Lahm, stinklangweilig und ätzend.«

»Deinen Protest haben wir zur Kenntnis genommen«, sagte Lars, »schnapp dir was zu schreiben, wir müssen dem Chef eine gute Zusammenfassung liefern, mit dem Ausblick auf einen Erfolg.«

»Gibt es den denn?«, hakte Sylvio nach und hockte sich auf die Tischkante.

»Es stehen heute noch ein paar Ergebnisse aus«, meinte Henrike. »Vielleicht ist etwas dabei.«

»Was gab denn Lotte gestern zum Besten?«

»Sie hat uns endlich offenbart, dass Floh ihr Neffe ist. Damit hätte sie wirklich früher rausrücken können. Das hätten wir doch so oder so erfahren.« Henrike verzog verdrießlich das Gesicht. »Immerhin hat uns Lotte in der Hinsicht die Wahrheit gesagt, dass Floh nicht mit in Hamburg gewesen ist. Auf den Videoaufzeichnungen des Hamburger Nachtlebens war er nicht zu entdecken. Ansonsten hat Lotte beharrlich geschwiegen und theatralisch ihren Gesundheitszustand ins Spiel gebracht. Sie schützt Floh und wird nichts sagen, was ihn belasten wird.« Henrike trank einen Schluck Kaffee. »Dieser Floh gehört für mich weiterhin zu den Verdächtigen, die mit dem Ableben von Werling zu tun haben können.«

»Richtig«, meinte Lars, »allerdings zähle ich die Langenberger ebenfalls dazu. Gestern hat sie mich mal wieder mit knappen Worten abblitzen lassen. Warum jemand Schmuck am Grab ihrer Vorfahren versteckt hat, konnte sie sich natürlich auch nicht erklären. Wäre ja auch ein Wunder gewesen. Sie macht keinen Fehler, uns irgendeinen Hinweis zu liefern. Dabei hatte sie Kontakt zu Werling, angeblich nur, weil der sich mit ihrem Vater treffen wollte. Worum es bei der Geschichte geht, wissen wir immer noch nicht. Aber ich denke, sie weiß mehr, als sie zugibt.«

»Was von den dünnen Informationen soll ich dem Chef in den Bericht schreiben?« Sylvio blickte von seinem Block auf. »Das ist echt 'ne Luftnummer.« Henrike seufzte vernehmlich. »Du hast ja recht, aber wenn es momentan nicht mehr gibt, müssen wir das ausschmücken.«

»Ich bin doch kein Schriftsteller!«

»Schluss damit, das bringt uns nicht weiter«, beendete Lars die Diskussion. »Was ist mit der Fahndung nach dem Mann aus dem Krankenhaus?«

»Fehlanzeige. Spurlos verschwunden.«

»Ist wenigstens Marion sicher zu Hause?«

»Klar Chef.«

»Wo ist Sven? Er schuldet uns ein paar Antworten.« Lars erhob sich und lief wie ein Tiger im Käfig auf und ab. »Der Fall beginnt mich mächtig zu nerven. Wenn man sich nicht um alles selbst kümmert!«

Henrike und Sylvio schwiegen, während Sylvio auf seinem Handy ein paar Worte tippte und sie rasch an Svens Handy sendete. Es dauerte weitere fünf Minuten, bis die Tür aufging.

»Guten Morgen zusammen«, grüßte Sven in den Raum. »Ich hoffe, ihr habt nicht vor, mir den Montag zu vermiesen. Ich habe mir gestern einiges von meiner Frau anhören müssen, weil ich nicht zu Hause sondern dienstlich unterwegs war. Und das sonntags!« Sven fuhr Lars sogleich in die Parade. »Von dir will ich gar nichts hören. Als dauerhafter Single kannst du in Sachen Beziehung auf keinen Fall mitreden. Kein Sterbenswörtchen!«

»Ich bringe dir erst mal einen Kaffee«, schlug Henrike vor.

»Wenigstens eine, die hier mitdenkt.«

Sylvio verdrehte die Augen und behielt seinen Kommentar für sich.

Henrike stellte die dampfende Tasse vor Sven ab. »Mit Milch und zwei Stück Zucker.« Unauffällig wollte sie einen Blick auf den Bericht werfen, den er mitgebracht hatte.

Die Blätter lagen allerdings mit der lesbaren Seite umgedreht auf dem Tisch, so dass sie sich gedulden musste, bis er ein paar Schlucke seines Kaffees geschlürft hatte.

»Das Schmuckstück«, begann Sven bedächtig, »ist auf jeden Fall wertvoll.«

»Du hast doch sicherlich noch mehr, als dass es wertvoll ist? Sind Fingerabdrücke drauf, woher stammt es?« Ihre Stimme verriet ihre Ungeduld.

»Fingerabdrücke haben wir gefunden, die laufen gerade durch den Computer. Die Herkunft des Schmuckstückes ist nicht geklärt. Wir haben Fotos gemacht und gleichen die mit dokumentieren Diebstählen ab. Ob die Erfolgsaussichten groß sind, wage ich erst mal zu bezweifeln. Der Schmuck ist nicht besonders auffällig, eher das Gewicht und der hohe Goldanteil sind interessant.«

»Warum sollte jemand Schmuck auf dem Friedhof vergraben?«, warf Sylvio ein. »Jemand aus der Familie? Ist doch Quatsch!«

»Denk mal daran, dass Werling vom LKA observiert wurde. Der Schmuck würde gut ins Bild passen, dass er tatsächlich mit Hehlerei zu tun hatte.«

»Aber mal ganz ehrlich, weshalb ausgerechnet an diesem Grab das Versteck? Das sind die Vorfahren der Langenberger! Ich verstehe nicht die Verflechtungen des Vierergespanns Langenberger – Werling – Floh – Lotte! Ganz zu schweigen von Langenberger Senior.« Sylvio vergaß über die Diskussion, sich Notizen zu machen.

Henrike zog die Nase kraus. »Vielleicht fehlt uns das Bindeglied zwischen dem Duo Langenberger-Werling und Lotte-Floh. Entweder haben sie eine Beziehung oder Bekanntschaft miteinander, die sie verbindet, oder«, sie blickte Lars an, »wir haben einen weiteren Unbekannten im Spiel. Denken wir nur an den großen Mann aus dem Krankenhaus.«

»Oder der, der Marion in die Oker geworfen hat«, gab Lars zu Bedenken. »Es könnte ebenfalls derselbe Mann sein, der Werling auf dem Gewissen hat. Wir gehen davon aus, dass es viel Kraft bedurfte, Werling zu halten und ihm den Käse in den Mund zu schieben.«

»Oder sie waren zu zweit.«

»So kommen wir nicht weiter.«

Lars und Henrike saßen über ihren Unterlagen und suchten nach der Stecknadel im Heuhaufen. Irgendetwas hatten sie übersehen! Wo steckte der Hinweis, um dem Täter auf die Schliche zu kommen? Wenn doch bloß die Fahndung nach dem unbekannten Mann eine heiße Spur brachte. Aber nichts dergleichen zeichnete sich ab und so wühlten sie tiefer in den Lebensgeschichten der besagten vier Verdächtigen. Henrike hatte die Bankauskünfte von Lotte, der Langenberger und Werling vor sich liegen.

»Floh hat kein uns bekanntes Bankkonto«, fasste sie für Lars zusammen. »Bei Lotte sehe ich nichts Auffälliges. Die Einnahmen aus der Pension schwanken ein wenig, aber keine großen Beträge, die bemerkenswert wären.«

»Was ist mit Werling? Gibt es etwas, das ins Auge springt?«

»Nee. So blöd war er nicht, schmutziges Geld über sein Konto laufen zu lassen.«

»Und die Langenberger?«

»Sie hat vor gut drei Wochen fünfundzwanzig Tausend Euro von ihrem Konto in bar abgehoben.« Henrike blickte auf. »Das war, bevor der Weinmarkt in Braunschweig stattgefunden hat. Wenn ihre Geschichte stimmt, kannte sie zu diesem Zeitpunkt Werling noch nicht.«

»Zur Sicherheit sollten wir überprüfen, wofür sie das Geld gebraucht hat. Darum kann sich Sylvio kümmern, vielleicht kommt er mit seinem jugendlichen Charme weiter.«

»Weiter als du, ja?« Henrike feixte zu Lars hinüber. »Die Frau ist vom selben Kaliber wie du.«

»Kann gar nicht sein, ich bin nicht so schwierig und anstrengend.«

»Ha ha, da lachen ja die Hühner.«

Sylvio unterbrach ihre Blödelei. »Es gibt Neuigkeiten!«, platzte er herein.

Henrike lehnte sich zurück. »Hoffentlich gute!«

»Kann man so oder so sehen.« Er raschelte mit den Blättern, die er bei sich trug. »Unser Floh, mit vollständigem Namen André Steiger, hat kein Stadionverbot, wie wir angenommen haben.«

»Sondern?«

»Vor gut vier Jahren hat es Ärger mit einer Security Firma gegeben, die auch rund ums Stadion einen Sicherheitsauftrag hatte. Die hatten ihre eigenen Leute nicht hundertprozentig durchleuchtet und darunter befanden sich welche mit polizeibekannter Vorgeschichte.«

»Zu denen gehörte Floh?«

»Genau. Anstatt für Ruhe zu sorgen, hat er lieber selber mitgemischt. Der hat eine kurze Zündschnur, sage ich euch. Daher kannte ihn auch der Polizist, der von ihm eins in den Magen bekommen hat.«

»Ist Floh in letzter Zeit aufgefallen? Gibt es neue Akteneinträge?«

»Nein, nichts.«

»Wenn wir nur wüssten, wo Floh sich versteckt.«

Das Telefon riss sie aus ihrem Gespräch. Henrike lauschte kurz den Worten am anderen Ende und legte mit verdattertem Gesichtsausdruck auf. »Wir bekommen Besuch. Lotte ist im Anmarsch. Mit Floh.«

Lotte und Floh zeigten sich wie reuige Sünder, die zur Schlachtbank geführt werden sollten. Lars grollte innerlich, denn die Show, die die beiden abzogen, ging ihm komplett gegen den Strich. Er trommelte ungehalten auf dem Tisch.

»Ich habe richtig schlechte Laune. Ihr tut gut daran, sie nicht noch tiefer absacken zu lassen.«

»Ich habe nichts getan«, brummte Floh.

Lars sprang auf und drohte ihm den Zeigefinger ins Auge zu stechen. »Verarschen kann ich mich alleine! Auf deinem Kerbholz steht Widerstand gegen die Staatsgewalt, verletzten eines Beamten und Gefährdung der öffentlichen Sicherheit mit deiner waghalsigen Flucht in den Harz!«

»Aber Lars …«

»Lotte, du bist mucksmäuschenstill! Mit dir habe ich auch noch ein Hühnchen zu rupfen!«

Henrike berührte Lars am Arm und drückte ihn sanft zurück auf den Stuhl. »Okay, so läuft das Gespräch kontraproduktiv. Erst mal beruhigen wir uns wieder.«

Lars und Floh funkelten sich angriffslustig an, während Lotte offenbar schon wieder den Tränen nahe war. »Es tut mir alles so leid. Ich wollte Floh doch nur schützen.«

»Ich sagte doch, ich habe nichts getan. Außer die Sache mit dem Bullen … äh Polizisten und die Flucht«, ergänzte er, nachdem er den Blick von Lars aufgefangen hatte.

»Aber mein Junge, du und Werling habt euch gestritten. Ihr wolltet euch an die Gurgel gehen. Und da dachte ich, dass … na ja.«

»Toll, Tante Lotte. Willst du mir nicht gleich 'ne Knarre an den Kopf setzen?«

Erschrocken schüttelte sie den Kopf. »Nein, mein Junge.

So rede doch endlich, was geschehen ist!«

Henrike beobachtete, wie er mit den Zähnen knirschte und mit sich kämpfte, ob er nachgeben sollte oder nicht. Wahrscheinlich hatte Lotte ihn gezwungen, sich der Polizei zu stellen. Lotte war ihr Joker, der Floh zum Reden bringen konnte.

»Was soll ich denn groß erzählen?«, bauschte Floh auf. »Der blöde Werling hat sich voll asozial über unsre Eintracht geäußert. Was der alles für 'n Mist abgelassen hat. Am liebsten hätte ich ihm eine reingehauen.«

Lars verschränkte die Arme vor der Brust. »Warum hast du nicht? Oder anders gefragt, warum sollten wir dir glauben, dass du ihn verschont hast?«

»Im Nachhinein frage ich mich das auch.« Er grinste höhnisch.

»Das reicht!« Lotte erhob ihre Stimme und erreichte, dass sich seine Gesichtszüge normalisierten. »Ihr müsst wissen, dass es für Floh damals nach der Sache bei der Sicherheitsfirma steil bergab gegangen ist.«

»Nicht, Tante Lotte.« Floh verlor die Fassung. Flehentlich versuchten seine Augen, sie zum Schweigen zu bringen.

Unbeirrt fuhr Lotte fort. »Mein Neffe drohte ganz tief abzurutschen, nachdem er den Job verloren hatte. Er hat damals nicht nur bei den Fußballspielen im Sicherheitsdienst gearbeitet, sondern auch auf Feiern und so was. Wenn der Ruf erst mal hin ist … habe ich ihm immer wieder gesagt.« Lotte seufzte verbittert. »Danach hat er mir eine Zeitlang in der Pension ausgeholfen. Aber da ist ja nicht immer so viel zu tun. Zum Glück hat er über einen Kumpel von meinem Fanclub einen Job als Lagerarbeiter im Hafen bekommen. Das war vor zwei Jahren und seitdem hat es keine Probleme mehr gegeben.«

»Und dann kam Werling und er hat etwas gesagt, was dir

nicht gepasst hat und zack hast du ihn alle gemacht!«, ergänzte Lars trocken.

Floh schoss in die Höhe, sein Stuhl kippte nach hinten und schepperte gegen die Wand. »Ein Scheiß hab' ich!«

Sylvio sprang zu Floh hinüber und baute sich vor ihm auf. Lars beobachtete die Situation relativ entspannt, denn sein Eindruck war mittlerweile, dass Floh nicht so hart im Nehmen war, wie er allen weiß machen wollte.

»Nun setz dich mal wieder hin«, griff Lotte beschwichtigend ein.

Sylvio blieb sicherheitshalber hinter Floh stehen, der mit seinem Stuhl zurück an den Tisch rutschte.

Floh wand sich innerlich, dennoch wusste er, dass er aus dieser Situation bestenfalls mit einem blauen Auge davonkäme. Außerdem wollte er Tante Lotte nicht weiter enttäuschen.

»Meine Tante hat nichts damit zu tun, ehrlich!«

»Das glaube ich dir unbesehen«, entgegnete Henrike. »Wie wäre es denn, wenn du endlich damit rausrückst, was zwischen dir und Werling vorgefallen ist. Wann habt ihr euch gestritten?«

Flohs Schulter sackten hinab. »Vor einer Woche am Samstag. Tante Lotte war bereits mit ihrem Fanclub am Stadion verabredet, da musste ich noch mal in die Pension an meine Sachen. Ich schlafe da, weil ich keine eigene Bude habe. Werling machte sich gerade auf den Weg zum Weinmarkt. Er sah mich mit meinem Eintracht-Schal. Ich wollte nämlich auch zum Spiel. Da ging das dämliche Gequatsche von ihm los.«

»Ich denke, du hast Stadionverbot?«, bohrte Henrike nach.

»Quatsch und wenn, wüsste ich immer einen Weg, reinzukommen. Ich habe eine Menge Kontakte.«

»Das nehme ich mal so hin. Weiter.«

»Nichts weiter. Er hat mich provoziert und wenn ich genügend Zeit gehabt hätte, hätten wir uns gerne auf ein Schwätzchen unter Männern einlassen können.«

Lotte stöhnte auf, während Lars sich nicht so leicht beirren ließ. »Ich glaube dir nicht. So was lässt du doch nicht auf dir sitzen, oder?«

»Man, scheiße. Ich trage einen Schal und gebe mich als Fan zu erkennen. Die Zeiten mit den Schlägereien habe ich abgehakt. Bringt mir nur Ärger ein und meine Freundin hat gedroht, mich in den Wind zu schießen, wenn in der Richtung noch mal was läuft.«

»Dann müsste sich deine Freundin nach deiner Flucht aus Braunschweig mittlerweile von dir getrennt haben«, gab Lars mit einem sarkastischen Unterton zurück.

Dem Gesicht von Floh entwich die Farbe. »Das hat mich 'ne Menge Süßholzraspeln gekostet, dass sie bei mir bleibt.«

»Nächste Frage. Warum bist du überhaupt abgehauen?«

Flohs Augen schienen kleine Blitze gen Lars zu schleudern.

»Das steckt in mir drin. Schlechte Erfahrungen mit den Bullen. Löst bei mir Fluchtinstinkt aus.« Floh grinste selbstgefällig.

Unvermittelt gab Lotte ihm einen Klaps auf den Hinterkopf.

»So hat dich deine Mutter aber nicht erzogen, junger Mann.«

Erschrocken blickte Floh seine Tante an, worauf die Kommissare ein Schmunzeln unterdrückten.

»Okay, dann kommen wir zu einem anderen interessanten Detail«, fuhr Henrike fort und öffnete die Schublade des Schreibtisches. Daraus entnahm sie einen in Plastik eingewickelten Gegenstand und legte ihn auf den Tisch.

Flohs Augen verengten sich zu Schlitzen, einen Moment

später erstarrte sein Gesicht zu einer Maske. »Was soll das sein?«

»Das würde ich gerne von dir erfahren. Immerhin hast du dich dafür brennend interessiert.«

Floh sortierte seine Gedanken und versuchte zu erahnen, was Henrike vorhatte. Er roch förmlich die Falle, die ihm gerade gestellt worden war. »Keine Ahnung was du meinst.«

»Ich helfe deinem Gedächtnis gerne auf die Sprünge. Du wurdest gesehen, wie du versucht hast, in den Schacht zu steigen. Du weißt vermutlich, dass Werlings Leiche über den Schacht beseitigt wurde.«

»Wie krass ist das denn!«

Alle Augen im Raum blickten ihn abwartend an.

»Warum starrt ihr mich so an?« Floh blickte irritiert in die Runde, bis ein Zeichen der Erkenntnis auf seinem Gesicht auftauchte. »Ihr wollt mir doch nicht unterjubeln, dass ich Werling da rein geschubst habe.« Er lachte irre. »Ihr habt sie ja nicht mehr alle.«

Keiner fiel in sein Lachen ein, so dass er verstummte und seine Tante flehend ansah. »Bitte, Tante Lotte, das würdest du mir doch nie zutrauen, oder?«

Lotte runzelte die Stirn und legte den Kopf schief.

»Tante Lotte!«

»Ist schon recht, mein Junge. Das würdest du nicht.«

»Ist mir egal, was ihr hier für ein Schauspiel abzieht. Ich glaube Floh nicht.« Lars erhob sich. »Solange wir keinen konkreten Verdacht auf einen anderen Täter haben, bist du für mich verdächtig. Es wäre gut, wenn du dich die nächsten Tage lautlos und zu unserer Verfügung hältst. Und ich habe auch keinen Bock mehr auf deine Ausreden. Auf deine übrigens auch nicht, Lotte.« Lars verließ den Raum.

»Puh, hat der schlechte Laune«, stöhnte Sylvio.

»Kann man ihm nicht verübeln.« Henrike empfand die Situation mehr als ärgerlich, denn das Hin und Her mit Floh hatte sie vermutlich von einer anderen Spur abgelenkt, die sie weitergebracht hätte.

»Was ist da drin?«, fragte Lotte und wies auf das Päckchen.

»Eine Menge Geld.« Henrike beobachtete Floh, der reichlich angeschlagen wirkte. »Gehen wir mal davon aus, du hast wirklich nichts mit dem Tod von Werling zu tun ...«

»Habe ich nicht!«

»Wie bist du auf die Idee gekommen, im Schacht nachzusehen?«

Floh rutschte unangenehm berührt auf dem Stuhl herum.

»Meine Tante hat mir erzählt, dass man Werling tot gefunden hat. Ich war neugierig und habe nachts an seinem Weinstand rumgeschnüffelt.«

»Der war polizeilich versiegelt.«

»Ich habe das auch nicht beschädigt.«

»Wer dann?«

»Keine Ahnung. Ich habe drinnen ein kleines Licht gesehen. Jemand hat etwas gesucht. Da habe ich mir gedacht, geh mal in Deckung und warte ab.«

»Und dann?«

»Kam ein Typ raus.«

»Beschreibung?«

»Es war dunkel.«

»Mist.«

»Es war auf jeden Fall ein großer Typ. Richtig massig wie so 'n Wrestler oder so.«

»Weitere Details?«

»Keine. Ich sagte doch, es war dunkel.«

»Das wäre jetzt verdammt wichtig.«

»Ich will aber auch nichts dazu dichten, ich soll mich ja bessern«, konterte Floh.

»Was hat der Mann dann gemacht?«

»Er ist von Werlings Weinstube weg Richtung Puff gegangen. Aber da wollte er gar nicht hin, sondern blieb am Schacht stehen. Er sah sich um und wollte den Deckel hochheben. Das schwere Ding kriegst du nicht ohne Hilfsmittel einfach raus. Habe ich selber probiert. Er gab auf, als sich eine Gruppe von Leuten näherte. Dann bin ich ihm nicht weiter gefolgt.«

»Und wann soll das gewesen sein?«

»In der Nacht von Donnerstag auf Freitag.«

»Und du dachtest, du könntest selbst mal nachsehen? Auf die Idee, die Polizei zu rufen, bist du nicht gekommen, was?«

»Nee«, erwiderte Floh unbedarft. »Sagt ihr mir endlich, wie viel drin ist? Hätte es sich gelohnt?«

»Aus ermittlungstaktischen Gründen werde ich dir das bestimmt nicht verraten.« Henrikes Stirn zerfurchte sich. »Hattest du das Handy von Werling an dich genommen?«

Floh errötete. »Hmmm, ja. Er hatte es im Zimmer liegen lassen. Abends nach dem Spiel habe ich es gefunden.«

»Was habe ich dir immer gesagt!« Lottes Stimme überschlug sich fast vor Empörung. »Du hast in den Zimmern der Gäste nichts verloren. Das schadet mir und dem guten Ruf der Pension.«

Floh senkte den Kopf und seine Stimme wurde leise. »Der Typ hatte mich so geärgert, außerdem hatte ich eine Menge Bier getrunken.«

Lotte gab ihm erneut einen Klaps auf den Hinterkopf. »So langsam bekomme ich den Eindruck, dass du wirklich eingesperrt gehörst.«

Henrike wurde mulmig im Magen. »Dann hast du uns im Stadion umgerannt?« Das ohnmächtige Gefühl, als sie rückwärts die Treppe hinunterfiel, wich einer aufsteigenden Wut.

Floh nickte andeutungsweise. »Ich bin in Panik geraten

und musste schnell weg. Tut mir leid, euch umgerannt zu haben.« Ergeben blickte er Henrike an.

»Du weißt schon, dass du mich so angerempelt hast, dass ich die Treppe hinuntergestürzt bin. Ein Polizist hat zum Glück meinen Sturz abgefangen. Der lag danach so wie ich im Krankenhaus.«

Floh stand in Folge des Gehörten der Mund weit offen.

»Fuck«, sagte er betreten. »Das wollte ich nicht.«

»Das mag sein, aber es ist passiert. Und das war sehr schmerzhaft.«

Floh rang mit den Händen und fand keine Worte, um das Geschehene abzumildern. Lotte kniff verbissen die Lippen zusammen und schwieg ebenfalls.

»Ich werde mit dem Polizisten sprechen, ob er von einer Anzeige absehen will. Trotzdem garantiere ich dir, dass das ein Nachspiel haben wird.« Henrike erhob sich. »Sollte euch noch etwas einfallen, kommt sofort zu mir. Ihr habt es dringend notwendig, Pluspunkte zu sammeln!«

Nachdem Lotte und Floh das Kommissariat verlassen hatten, suchte Henrike nach Lars und fand ihn in der Cafeteria. »Die beiden sind weg.«

»Gut, sonst hätte ich mich bald vergessen.«

»Ich kann dich verstehen. Floh hat übrigens noch erzählt, wie er einem großen Mann hinterhergelaufen ist, der den Weinstand von Werling durchsucht hatte. Den Mann hat er nicht erkannt, aber mitbekommen, wie dieser in den Schacht einsteigen wollte.«

»Und da meinte Floh, er müsste das selber herausfinden.«

»Genau.« Henrike hob die Augenbrauen. »Ich glaube nicht, dass Floh mit dem Mord an Werling etwas zu tun hat.«

»Ich doch auch nicht. Ich habe mich über ihn einfach nur geärgert. Er muss doch wissen, dass er sich mit seinem Mist sein Leben verkorkst und uns die Ermittlungen erschwert.«

»Hört sich fast an, als ob er dir sympathisch wäre.«

»Sympathisch ist das falsche Wort. Er erinnert mich ein bisschen an Sylvio, wie er früher gewesen ist. Er war damals auch knapp davor, straffällig zu werden. Nur weil seine Kumpels so ein Bandenmist abgezogen haben.«

»Sylvio hatte Glück, dass du damals die Ermittlungen in der Einbruchsserie geleitet und ihm einen ordentlichen Tritt in den Hintern gegeben hast.«

»Das hätte mir sein Onkel sonst nie verziehen.«

»Und es wäre Schluss mit leckerem Essen bei deinem Lieblingsitaliener.« Henrike knuffte ihn gegen den Arm. »Du bist jetzt schon fertig, weil sie im Moment Betriebsferien haben.«

»Musst du mich daran erinnern! Ich habe die Schnauze voll von Fast Food und Pizza.«

Henrike lachte herzhaft. Diese kleinen Sticheleien hielten sie davon ab zu beichten, dass Floh die Schuld trug, dass sie im Stadion die Treppe heruntergefallen war.

Lars würde nicht lange fackeln und Floh dafür eine verpassen. Natürlich außerdienstlich, da war sich Henrike sicher. Und im Grunde hatte der Junge es auch verdient.

Sie wurde aus ihren Gedanken gerissen, als das Handy läutete. »Hallo Sylvio.« Sie lauschte eine Weile und legte dann auf.

»Sylvio hat einen Anruf von Doktor Feichte, dem Tierarzt, bekommen. Der hatte heute Morgen eine Verabredung mit der Langenberger, um sich ein verletztes Rind anzusehen. Er wirkte besorgt, denn die Langenberger würde wohl niemals Termine vergessen, wenn es um ihre Tiere ging. Er hat bei Emma angerufen und die hat auf dem Hof nachgeschaut. Keine Langenberger zu finden.«

»Sie ist abgehauen?«

»Lass uns zum Hof fahren und dort umschauen. Wir be-
stellen den Tierarzt und Emma dort ein. Wir kriegen schon
raus, wo sich die Langenberger verkrochen hat.«

Fünfzehn

Der große Mann stand einige Meter entfernt, leicht verdeckt hinter einer Hecke. Er zermarterte sich das Gehirn, wie er die Situation einschätzen sollte, die sich vor seinen Augen abspielte.

»Sie stehen im Weg«, schreckte ihn eine Stimme auf. Er drehte sich ihr zu und entdeckte eine kleine, alte Frau, die mit ihrem Rollator fast seine Füße berührte.

»Gehen Sie zur Seite«, fuhr sie ihn ungehalten an.

Er spürte, wie eine aggressive Welle in ihm hochstieg, die er mühevoll unterdrückte. »Aber sicher doch, werte Dame.« Ihm wurde unangenehm warm und sein Hemdkragen drohte ihm die Luft abzuschnüren, als er ihr Platz machte.

Siegesgewiss schenkte sie ihm ein schmallippiges Lächeln und rollte in Zeitlupe an ihm vorbei.

Der Mann genoss für einen Moment die Vorstellung, diese kleine Hexe samt ihrem Rollator in der Oker zu versenken! Ein breites Lächeln erhellte sein Gesicht, bevor er sich auf das zurückbesann, weshalb er hier war.

Sein Blick wanderte zurück an den Tisch, wo die Frau saß, die er vor einigen Tagen tatsächlich in die Oker geworfen hatte. Leider hatte sie es überlebt, aber aufgeschoben war ja nicht aufgehoben.

Die Frau sprach mit einem älteren Mann, der im Rollstuhl saß. Er zählte eins und eins zusammen. Das konnte nur der alte Langenberger sein. Wegen dem war er doch auch hier! Und diese Frau schnüffelte offensichtlich immer noch herum! Wie dumm war sie eigentlich? Hing sie nicht an ihrem Leben?

Er beschloss, näher an den Tisch heranzuschleichen, um zu hören, worüber sie sprachen.

»Sie sehen meiner Jugendliebe Klara zum Verwechseln

ähnlich«, meinte Langenberger Senior gerade.

Marion legte ihm die Hand auf den Arm, und er ließ es geschehen. »Mein Name ist Marion Amft, ich bin vierzig Jahre alt und wissenschaftliche Bibliothekarin in der Herzog August Bibliothek in Wolfenbüttel. Ich lebe auch in dieser hübschen Stadt.«

Langenberger Senior blickte sie überlegend an. »Dann können Sie nicht meine Klara sein. Aber warum sind Sie dann hier? Ich kenne Sie nicht.«

Marion zog das Bündel Papiere hervor, das Sven ihr dagelassen hatte. »Kennen Sie das?«

Er griff zögerlich danach, nahm es in die Hand und roch daran. »Der Geruch …«, er sackte leicht in sich zusammen, »das erinnert mich an Klara.«

Marion blickte ihn betrübt an. Sein Langzeitgedächtnis funktionierte einwandfrei, sein Kurzzeitgedächtnis eher nicht. Was sie sich letztendlich von dem Besuch versprochen hatte, war ihr selbst nicht klar. Sie ließ schlichtweg der Gedanke nicht los, dass es in der Geschichte der Langenbergers ein Geheimnis gab, was sie unbedingt lüften musste.

Die Geschichte mit Jonas und Fred und deren Grabstelle in Veltenhof fand sie seltsam, die alten Papiere, die der Senior immer noch in der Hand hielt, schienen ein Teil eines größeren Puzzles zu sein.

Zudem spürte Marion ihr schlechtes Gewissen im Nacken pochen, denn weder Lars, noch Henrike wussten, dass sie hier war. Vermutlich würden sie ihr den Hals umdrehen, wenn sie es erführen.

Sie streckte sich und entdeckte ihren Bewacher zwei Tische entfernt, der augenscheinlich mit einer jungen Pflegerin schäkerte. Dabei vergaß er allerdings nicht, ihr immer wieder einen prüfenden Blick zuzusenden. Er bemerkte, wie sie ihn anschaute, hob fragend die Augenbraue, woraufhin sie mit einem leichten Kopfschütteln reagierte. Beruhigt flirtete er mit der jungen Frau weiter. »Wieso kommen Sie ebenfalls mit dieser alten Geschichte?«

Verdutzt wandte sich Marion dem Senior zu. Seine Augen blitzten aufmerksam und verständig.

»Was haben Sie gesagt?«

»Diese Papiere kenne ich. Warum zeigen Sie die mir? Das ist irgendein Gekritzel – bedeutungslos.«

Marion bekam einen trockenen Mund und ihr schoss der Gedanke durch den Kopf, jetzt bloß nichts Falsches zu sagen.

»Herr Langenberger, darüber bin ich nicht informiert worden, dass bereits jemand danach gefragt hat.«

»Der Werling war hier!« Er schnaubte ungehalten. »Ohne Ankündigung ist der hier aufgetaucht. Dabei hatte meine Tochter ihm bereits gesagt, dass ich ihn nicht sehen will. Sie kann sich eben nicht durchsetzen.«

Marion hielt unbewusst die Luft an, denn bislang hatte es nie eine Bestätigung gegeben, dass Werling tatsächlich Kontakt zu Langenberger Senior aufgenommen hatte. Das mussten Lars und Henrike erfahren, das war ein gefundenes Puzzlestück.

»Der Werling war richtig nervig«, bekräftigte Marion seine ablehnende Haltung.

»Der wollte mir einreden, dass auf unserer Familie ein Geheimnis lastete, dass uns um Grund und Boden bringen würde.«

Marion wurde auf einmal richtig warm. Sie musste jetzt unbedingt einen kühlen Kopf bewahren. »So etwas hat er mir auch erzählt. Ich habe ihm nicht geglaubt.«

»Das ist auch Blödsinn. Was soll hier drin stehen?«, sagte er und wedelte mit den Papieren in der Luft herum. »Dann behauptete er, dass er einen weiteren Beweis habe. Den wollte er mir noch zeigen. Alles Quatsch, sage ich Ihnen!«

Marion zuckte zusammen, als ihr Handy piepste. »Verdammter Mist, nicht jetzt.« Nach einem Blick auf den Anrufenden schien es ihr die bessere Entscheidung ran zu gehen. »Hallo Lars.«

»Wo treibst du dich herum? Zu Hause bist du jedenfalls nicht.«

»Kontrollierst du mich?«

»Ja. Immerhin hat man versucht, dich in der Oker zu ertränken. Wo ist dein Personenschützer?«

»Keine fünf Meter entfernt.«

»Und wo genau bist du?«

»Nicht böse werden, ja?«

»Marion, wegen dir bekomme ich noch graue Haare! Wo bist du?«

»Im Pflegeheim beim alten Langenberger.«

»WAS!«

»Bevor du jetzt meckerst! Er hatte einen wachen Moment und hat zugegeben, dass Werling hier gewesen ist. Er hatte die Papiere dabei, die wir jetzt haben und hat angedeutet, einen weiteren Beweis für ein dunkles Familiengeheimnis zu besitzen. Hört sich nach Erpressung an.«

Marion hatte so schnell gesprochen, damit Lars nicht zu Wort kam. Nun platzte es aus ihm heraus. »Das gibt es doch nicht! Dich kann man keine Sekunde aus den Augen lassen. Gib mir sofort deinen Personenschützer an den Apparat.«

Der hatte bereits gemerkt, dass Marion angespannt wirkte und war auf sie zugegangen. »Für Sie«, erklärte Marion und gab ihm das Handy.

Rasch drehte sie sich zu Langenberger Senior um, um das Gespräch wieder aufzunehmen. Der wedelte nur noch schwach mit den Papieren herum. Sein Blick war in die Ferne entrückt.

»Herr Langenberger?«

Entgeistert blickte er sie an. »Ja?«

»Sprechen Sie doch bitte weiter. «

»Wer sind Sie?«

»Verdammter Mist.«

»Junge Dame, fluchen Sie nicht. Das ziemt sich nicht.«

Scheiße, scheiße, scheiße, fluchte Marion lautlos. Der wache Moment vom Langenberger war vorbei – wer weiß, ob man an ihn und seine Erinnerungen je wieder herankam. Sie grübelte darüber nach, woher Werling weitere Informationen gehabt haben könnte. Und vor allem welche Art von Information kann das gewesen sein? Und warum sollte ausgerechnet Werling die haben? Er kam aus Speyer und musste einen Kontakt hier in Braunschweig gehabt haben.

»Frau Amft, wir brechen auf.« Ihr Beschützer gab ihr das Handy zurück und sein Gesichtsausdruck gab eindeutig zu verstehen, dass er keinen Widerspruch duldete. »Ich bringe Sie umgehend nach Hause.«

»Ich würde lieber mit Herrn Henkel noch mal sprechen.«

»Ich soll Ihnen ausrichten, dass er heute Abend mit Frau Noske bei Ihnen vorbeikommt.«

»Das klingt wie eine Drohung.«

»Die Gefährdungslage ist für Sie weiterhin beachtlich«, erklärte ihr der Polizist.

Etwas irritiert blickte sie ihn an, denn die lockere Art von vorhin war verschwunden und eine steile Falte zeichnete sich auf seiner Stirn ab. »Ist etwas passiert?«

»Das wird Ihnen Herr Henkel nachher genauer berichten.«

Sie legte ihre warme Hand auf seinen Arm. »Bitte sagen Sie mir, was los ist. Ich werde ganz unruhig.«

Die Berührung und ihre leise Stimme zeigte Wirkung. »Von mir wissen Sie es aber nicht!«

»Ich verrate Sie nicht.«

Er beugte sich ein Stück näher zu ihr. »Sie haben Doris Langenberger tot in den Okerauen von Veltenhof gefunden.«

Marion meinte, nicht richtig gehört zu haben. Dann aber fügte sich eins zum anderen und es war offensichtlich, dass an der Erpressung etwas dran sein musste. Aber wenn Werling selbst schon tot war, war die Langenberger durch einen anderen getötet worden. Und zwar durch den, der versucht hatte, sie in der Oker zu ertränken!

Trotz der Wärme begann sie zu frösteln. Wer auch immer der Unbekannte war, er konnte überall sein. Zum Beispiel auch hier. »Wir können los«, ereiferte sie sich in Windeseile.

Sie warf Langenberger Senior einen mitleidigen Blick zu, wohlwissend, dass der Mann nicht verstehen würde, was mit seiner Tochter geschehen war. Dabei bemerkte sie nicht den Mann im Hintergrund, der alles mitangesehen und einen großen Teil des Gespräches mitbekommen hatte.

Der Mann seinerseits hatte genug erfahren. Er machte sich auf den Rückweg und begann zu überlegen, wie er an diese kleine Schnüfflerin herankommen sollte. Die Frau war ihm zu dicht auf den Fersen!

Am besten folgte er den beiden, damit er herausbekam, wo sie hinfuhren. An die beiden Kommissare verschwendete er keine weiteren Gedanken, denn die hatten momentan genug zu tun, wie er aus erster Hand wusste.

Henrike und Lars hatten den Wagen einige hundert Meter vor der Fundstelle abgestellt und waren den restlichen Weg zu Fuß gegangen.

»Sven wird nicht begeistert sein. Mit seinem Wagen kommt er auf dem Feldweg auch nicht weit.« Henrike hatte sich ihre Gummistiefel angezogen und wich einem Kuhfladen aus.

»Er ist ja bereits einiges von unseren Ermittlungen gewohnt«, erwiderte Lars.

»Hast du dich eigentlich schon mal gefragt, warum wir beide erneut eine Ermittlung mit einem seltsamen geschichtlichen Hintergrund haben? Und wieder steckt Marion mit drin. Ist das nur ein Zufall?«

»Darüber habe ich noch gar nicht nachgedacht.« Er warf ihr einen kurzen Blick zu. »Mir macht zurzeit die Sicherheit von Marion viel größere Sorgen. Und dann tobt sie auch noch beim alten Langenberger rum. Dass sie aber auch nicht hören will.«

»Sie hat genau so einen Dickschädel wie du. Wir sollten wirklich noch mal darüber nachdenken, sie für den Polizeidienst anzuwerben.«

»Auf keinen Fall!« Entrüstet blieb Lars stehen.

»War auch nicht ernst gemeint. Heute Abend lesen wir ihr die Leviten. Sie muss doch wissen, dass wir besorgt um sie sind.«

Sie erreichten die polizeiliche Absperrung, zeigten ihre Dienstausweise vor und duckten sich unter dem Absperrband hindurch.

Vor ihnen breitete sich eine Auenlandschaft aus, in der die Oker in Schlangenlinien durchfloss. In einigen Metern Entfernung standen braune, zottlige Rinder, die neugierig das Treiben beobachteten.

Ein Polizist führte einen sehr bleichen, hochgewachsenen Mann zu ihnen. »Das ist Doktor Feichte. Er hat die Leiche gefunden.«

»Kommissar Henkel und Kommissarin Noske«, stellte Henrike sie beide vor. »Sie haben heute Morgen meinem Kollegen bereits die Vermisstenmeldung gegeben.«

Er schluckte und schien den Tränen nahe. »Wir hatten heute Morgen um sieben Uhr dreißig einen Termin. Ein

Rind hatte sich vor Kurzem im Stacheldrahtzaun verheddert und tiefe Wunden zugefügt. Ich sollte mir das noch mal anschauen. Ich habe dann eine viertel Stunde auf sie gewartet, aber sie tauchte nicht auf. Dann habe ich Emma angerufen, aber die wusste auch nichts. Nach einer Stunde war ich so besorgt, dass ich bei der Polizei angerufen haben. Ich wusste ja, dass sie etwas Ärger hatte.«

»Wie meinen Sie das, etwas Ärger?«, fragte Lars an der Stelle nach.

»Na ja, dieser Typ war aufgetaucht und machte ihr Stress.«

»Sie meinen Werling.«

»Den Namen habe ich mir nicht gemerkt.«

»Was wissen Sie noch über die Sache?«

»Nichts weiter. Sie erwähnte es einmal und geriet darüber in Rage, wollte allerdings nicht preisgeben, worum es wirklich ging. Sie erwähnte abschließend nur so etwas, dass sie die Sache schon regeln würde.«

Was immer das heißen möge, dachte Henrike. »Wo hatten Sie sich heute Morgen mit Frau Langenberger verabredet?«

»Am Anfang des Feldweges. Ich war eine halbe Stunde früher da und habe meinen Hund laufen lassen.«

»Also unmöglich, dass Sie die Langenberger verpasst haben?«

»Ja.«

»Ist Ihnen irgendetwas aufgefallen? Ein Auto, ein Spaziergänger oder sonst etwas?«

Er schüttelte bedauernd den Kopf. »Alles schien normal.«

»Warum sind Sie, nachdem die Langenberger nicht aufgetaucht war, trotzdem hierher zurückgekommen?«

»Ich hatte ihr versprochen nach dem Tier zu sehen. Das habe ich auch gemacht … und dann … die furchtbare Entdeckung gemacht.« Er geriet ins Stocken.

»Haben Sie etwas angefasst?«

»Ich habe nach ihrem Puls gefühlt. Aber sie war schon so kalt.« Seine Stimme brach und eine Träne lief die Wange hinab.

»Gehen Sie doch bitte mit dem Kollegen mit und lassen Ihre Aussage aufnehmen, ja?« Henrike winkte den Polizisten heran und die beiden liefen zur Straße zurück, wo die Polizeiwagen standen.

»Herr Kommissar?« Ein Kollege der Spurensicherung winkte ihm zu.

Sie näherten sich ihm.

»Wir haben hier Reifenspuren gefunden. Die Spuren sind frisch und bei der Breite tippe ich auf einen Geländewagen. Wenn wir Glück haben, finden wir Hinweise, wo der Wagen sich sonst noch aufgehalten hat.«

»Das wäre ein guter Ansatz. Gleichen Sie die Reifenspur mit dem Wagen des Tierarztes ab. Außerdem soll jemand rüber zum Hof von der Langenberger und sich da alle verfügbaren Fahrzeuge ansehen.«

»Wird gemacht.«

»Wir sollten uns jetzt den Tatort ansehen.«

Der Anblick war für beide erschütternd. An einem Strick, keinen halben Meter über dem Boden, hing der leblose Körper herab.

Zu ihren Füßen lag ein umgekippter Holzschemel, von dem sie sich offenbar abgestoßen hatte. Der Strick war an einem hervorstehenden Balken befestigt, der das Dach des Stalles trug, der zu zwei Seiten offen war.

Um die Leiche herum und im Stall war die Spurensicherung noch im Gange, so dass Henrike und Lars mit ein paar Metern Abstand stehen blieben und die Umgebung erforschten.

»Das hätte ich nicht erwartet, dass die Langenberger

Selbstmord begeht«, fasste Henrike ihre Gedanken in Worte.

»Das passt doch gar nicht ins Bild.« Lars betrachtete die Leiche von der Seite und verspürte Bedauern über das Ableben der Frau. Auch wenn sie ihn wegen ihrer Sturheit und mangelnder Kooperationsbereitschaft geärgert hatte, hatte er dennoch eine gewisse Sympathie für sie gehegt.

»Ich verstehe, was du meinst. Allerdings sprechen alle sichtbaren Indizien für ein Selbsttötungsdelikt.«

Ein Kollege der Spurensicherung kam auf sie zu und überreichte Henrike ein in einer Plastiktüte eingepacktes Blatt Papier. »Sieht nach einem Abschiedsbrief aus.«

Henrike nahm ihn entgegen und überflog die Zeilen. »Ist ein Abschiedsbrief.«

»Den lassen wir genau untersuchen«, meinte Lars. »Ich rieche doch, dass hier etwas faul ist.«

»Welche konkreten Hinweise hast du?«

»Zurzeit ist es mein Instinkt und meine Erfahrung.« Lars versenkte die Hände in den Hosentaschen. »Überleg mal, wie und wo wir die meisten Selbsttötungsopfer finden!«

»Auf keinen Fall auf einer Wiese fernab des Zuhauses des Opfers«, nahm Henrike seinen Faden auf.

»Genau. Das ist das Erste, was mich stört. Hier wurde zu viel Aufwand betrieben, denn normalerweise geschieht der Suizid aus einer Kurzschlusshandlung heraus. Sie gehen dazu in einen angrenzenden Schuppen, in den Keller oder auf den Dachboden. Die Langenberger hat den weiten Weg auf sich genommen, um sich hier zu erhängen? Das scheint mir sehr unglaubwürdig zu sein. In Anbetracht des Mordfalls Werling stinkt das zehn Meter gegen den Wind. Außerdem hat Marion vom alten Langenberger erfahren, dass die Familie Langenberger erpresst wurde.«

»Die Langenberger wäre nie auf eine Erpressung eingegangen, noch hätte sie sich so in die Enge treiben lassen, dass sie am Ende Selbstmord beging«, pflichtete Henrike ihm bei.

»Also sehen wir zu, dass wir jeden noch so kleinen Hinweis finden der belegt, dass wir mit unserer Vermutung richtigliegen.«

Die Spurensicherung stellte die Handtasche der Langenberger sicher. Vorsichtig untersuchten sie den Inhalt, breiteten alles aus und fotografierten ihn ab. Anschließend wurde alles zur kriminaltechnischen Untersuchung weitergegeben.

Derweil stapfte Sven mit seinem Koffer an den Tatort. Er schnaufte ein wenig, als er seinen Koffer abstellte. »Ist die Spurensicherung durch?«

»Alles erledigt.«

Mit vereinten Kräften hievten sie die Langenberger herunter und legten sie auf eine ausgebreitete Plane. Sven beugte sich über sie und inspizierte vorsichtig die Druckstellen am Hals. Zudem schob er die Ärmel ihrer Bluse zurück und betrachtete die Arme.

»Fremdeinwirkung kann ich nach einer ersten Einschätzung nicht feststellen«, begann Sven. »Die Druckstellen am Hals sehen typisch für einen Suizid aus. Aufgrund der geringen Fallhöhe wurde das Genick nicht gebrochen, allerdings tritt nach wenigen Sekunden die Bewusstlosigkeit ein. Die Adern werden zugeschnürt, die das Gehirn mit Sauerstoff versorgen. Nach ein paar Minuten war sie bereits tot.«

»Dann hat sie nicht gelitten?«

»Es ging schnell.«

»Kannst du uns einen Todeszeitpunkt nennen?«

»Der Totenstarre nach zu urteilen, schätze ich vor acht Stunden.«

»Das wäre drei Uhr nachts gewesen.« Lars verzog grübelnd das Gesicht. »Haben wir eine Taschenlampe bei ihr gefunden?«

»Nein.«

»Wie ist sie hergekommen? Ein Auto sehe ich nicht.«

»Das würde deine These bekräftigen, dass hier etwas faul ist.«

Sven blickte Henrike verwundert an. »Ihr meint, sie wurde ermordet?«

»Der Verdacht liegt nahe in Anbetracht des Mordfalles Werling und was damit einhergeht.«

»Bringt sie mir in die Rechtsmedizin und ich werde euren Verdacht genaustens überprüfen.«

»Danke dir Sven.«

»Kein Problem.« Er klappte seine Tasche bereits wieder zu.

»Wie geht es eigentlich Marion?«

»Ihr geht es blendend. Sie spielt schon wieder Privatdetektiv.« Lars klang gereizt.

»Sie lernt aber auch nicht dazu. Wenn sie wenigstens wirklich bei der Polizei arbeiten würde, dann hätte sie eine Waffe.«

»Um Himmels Willen, soweit kommt das noch!« Lars schnaubte.

Der Mann beobachtete das Geschehen mit dem Fernglas. Zufrieden stellte er fest, wie sein Plan aufging. Da die Langenberger nun auch beseitigt war, drohte ihm keine Gefahr mehr. Alles sah nach Selbstmord aus und er hatte keine Spuren hinterlassen, dessen war er sich sicher.

Und das Beste war, dass er sein Leben so weiterführen konnte wie bisher. Niemand kannte ihn oder wusste, wie er wirklich aussah. Wenn Gras über die Sache gewachsen war, konnte er sich einen neuen Kompagnon zulegen. Der sollte sich aber nicht so dumm wie der Werling verhalten, sonst blühte ihm das gleiche Schicksal.

So gesehen empfand er es für nicht mehr nötig, diese kleine neugierige Frau zu töten, allerdings beflügelte ihn der Gedanke daran. Die Macht über Leben und Tod zu haben, setzte ungeahnte Glücksgefühle bei ihm frei! Er beschloss, der Frau heute Abend einen Besuch abzustatten, denn er wusste endlich, wo sie wohnte!

»Das mit der Langenberger ist ja schrecklich«, meinte Marion betroffen und stellte ihre Teetasse auf dem Tisch ab.

Lars und Henrike saßen ihr gegenüber auf dem Sofa.

»Ein Suizid scheint fraglich«, erklärte Lars. »So wie wir die Frau kennengelernt haben, und Emma oder der Tierarzt über sie gesprochen haben, passt das nicht ins Bild.«

Marion fixierte Lars. »Du willst doch nicht etwa sagen, dass sie ermordet worden ist!«

»Mein Instinkt sagt mir, dass es so ist.«

Marion erstarrte zur Salzsäule. »Das bedeutet, dass der Irre draußen noch rumläuft. Das kann doch nur mit der Werling Sache zusammenhängen.«

»Es scheint fast so.«

»Dann bin ich weiterhin in Gefahr? Oder gibt der Durchgeknallte jetzt auf?«

»Wir wissen doch nicht, ob es derselbe Mann ist«, meinte Henrike beruhigend.

»Das ist lieb von dir, dass du das sagst. Aber glauben kann ich es nicht.«

»Lasst uns lieber die Fakten ansehen«, schlug Lars vor. »Spekulationen bringen uns nicht weiter. Außerdem bleibst du natürlich weiter unter polizeilichem Schutz, ist doch selbstverständlich.«

Marion stieß die angestaute Luft aus. »Das beruhigt mich ein wenig. Ob ich damit besser schlafen kann, weiß ich noch nicht. Aber lass uns lieber die Fakten ansehen, das ist etwas Greifbares.«

»Zunächst der Abschiedsbrief. Ich habe ihn abfotografiert, da die Handschriftanalyse noch läuft.« Er reichte Marion das Handy.

»Alles basiert auf einer großen Lüge«, las sie vor. »Meine Familie stammt von einem Mörder ab. Ich schäme mich so, ich kann damit nicht mehr leben.« Marion blickte auf. »Von meinem Gefühl her sind das aber wenige Abschiedsworte.«

»Und die Worte passen nicht zu der Frau, die wir kennengelernt haben. Es hätte viel mehr bedurft, ehe sie diesen Weg gewählt hätte«, resümierte Henrike. »Ich bin mir mittlerweile sicher, dass die Frau nie so einen Abgang vom Leben gewählt hätte.«

»Höchstwahrscheinlich hängt die Aussage, meine Familie stammt von einem Mörder ab, mit der Geschichte von Fred und Jonas zusammen«, mutmaßte Marion.

Henrike wies auf das Handy in ihrer Hand. »Schau mal ein paar Fotos weiter. Die Langenberger hatte in ihrer Handtasche ein kleines, schwarzes Buch. Davon haben wir auch Fotos gemacht.«

Marion tat wie ihr geheißen und inspizierte genauestens die folgenden Fotos. »Das ist ein Tagebuch. Es sieht alt aus.«

»Den Eintragungen nach zu urteilen, ist es gut einhundert Jahre alt.«

»Also habt ihr es schon gelesen?«

»Wir haben es quergelesen. Zum Glück war die Handschrift auch für uns entzifferbar.« Henrike kräuselte die Lippen. »Rund um den Todestag von Fred Langenberger gibt es Einträge. Es handelt sich unserer Meinung nach um das Tagebuch eines Geistlichen, der an besonderen Tagen seine Erlebnisse niedergeschrieben hat.«

Erstaunt blickte Marion die beiden an. »Ihr wollt mir aber

jetzt nicht erzählen, dass der Geistliche einen Beweis notiert hat, der die *mörderische Familiengeschichte* der Langenbergers belegt?«

»Wie schlau du bist«, kommentierte Lars ihre Bemerkung augenzwinkernd.

»Ich bewerbe mich bald bei euch – gute Leute werden immer gesucht!«

»Bitte nicht!«

»War nur ein Scherz. Also, ab wo muss ich lesen?«

Henrike wischte auf dem Display herum und fand das passende Foto. »Hier, vielleicht musst du ein bisschen größer zoomen.«

»9. Juli, 1912«, las Marion vor. »Heute habe ich Fred Langenberger die Beichte abgenommen. Er fühlt sich von Gott einberufen. Ich hege meine Zweifel, ob es wirklich Gott oder gar der Teufel ist! Er wollte seine Seele reinwaschen und ich sollte ihm die Sünde vergeben, dass er gemordet hatte! Zweimal sogar!!!!!! Vor Jahrzehnten hatten sich Fred und Jonas mit einem niederträchtigen Mord den Grundstein für ihren Hof und Boden ergaunert. Wie verachtenswert!

Und dem nicht genug, als Jonas' Gewissen aufbegehrte, hat Fred ihn auch getötet. Wie kann ich einem solchen Menschen die Beichte abnehmen? Er gehört ins Fegefeuer! Und genau das habe ich ihm gesagt. Daraufhin ist er kreidebleich geworden. Es war mir egal. Jeder Mensch muss auf Erden Gutes tun, dann kann er auf Glück im Himmel hoffen. Aus Rücksicht auf seine herzensgute Frau werde ich mein Schweigen wahren. Sie hat es nicht verdient, den Hof zu verlieren, nur weil ihr Mann ein Verbrecher ist.« Marion hob den Kopf. »Hier endet der Eintrag. Kommt danach noch etwas zu den Langenbergers?«

Henrike schüttelte verneinend den Kopf.

»Sylvio hat ein wenig recherchiert und herausgefunden,

dass der Verfasser des Tagebuches Monate später nicht mehr als Geistlicher für die Gemeinde gearbeitet hat. Im Ersten Weltkrieg ist er dann gefallen«, ergänzte Lars.

»Hätte das heute noch rechtliche Konsequenzen, dass Fred und Jonas den Mann damals getötet haben?«

»Mord verjährt nicht, allerdings ist das bald einhundertfünfzig Jahre her. Also denke ich, dass die heutigen Familienmitglieder keine Konsequenzen tragen müssen. Den Mörder kann man nicht mehr zur Rechenschaft ziehen, die Kinder und Kindeskinder ebenfalls nicht«, überlegte Henrike.

»Dennoch ist es interessant, dass sich dieses Tagebuch in der Tasche der Langenberger befand, oder? Ich meine, dass jetzt alles auf einmal auftaucht«, murmelte Marion nachdenklich.

»Und dass damit der Selbstmord der Langenberger erklärbar sein soll.«

»Wenn wir den Fall Langenberger aufklären, werden wir auch den Mörder von Werling finden. Das hängt garantiert zusammen.« Lars erhob sich. »Ich brauche dir nicht nahezulegen, dass du keine weiteren Alleingänge planst, ja?«

Marion blickte ihn unschuldig an. »Ich doch nicht! Ich bin doch nicht lebensmüde!«

»Da bin ich aber beruhigt.«

»Außerdem kommt in einer halben Stunde noch Sven vorbei.«

»Sehr fürsorglich von ihm.«

»Eifersüchtig?«

Lachend verließ Lars das Wohnzimmer.

Henrike drückte Marion, nachdem Lars außer Reichweite war. »Er macht sich wirklich Sorgen«, nahm Henrike ihren Partner in Schutz.

»Das weiß ich doch. Die Situation ist wirklich schrecklich. Ich hoffe, ihr bekommt den Verbrecher.«

Aufmunternd berührte Henrike sie an der Schulter und machte sich anschließend auf den Weg.

Sven drückte auf Marions Klingel und wenig später ertönte der Türsummer. Überraschenderweise präsentierte sich ihm das Treppenhaus dunkel, so dass er rechts nach dem Lichtschalter tastete. Er fand ihn und das Licht flammte auf.

Dann knallte es laut!

»Verflucht!«

Das Erdgeschoss lag erneut im Dunkeln. Mit kleinen Trippelschritten fand er den Treppenabsatz und griff erleichtert nach dem Handlauf. Stufe für Stufe zog er sich nach oben und langsam wurde ihm wohler zumute, als das Licht der oberen Etagen das Treppenhaus erhellte.

Schlagartig wich die Erleichterung einem furchtsamen Gefühl, als im Gegenlicht ein Schatten auftauchte. Ein großer, wuchtiger Schatten.

Sven lief ein Schauer über den Rücken. »Wer sind Sie? Was wollen Sie?«

Keine Antwort. Stattdessen setzte er sich in Bewegung und kam direkt auf ihn zu.

»Bleiben Sie sofort stehen!«, kreischte er. Seine Augen weiteten sich angsterfüllt. Hektisch trat er den Rückzug an, weg von der Gefahr, die unaufhaltsam auf ihn zukam.

Plötzlich brach weiter oben im Treppenhaus ein Tumult los. Eine Tür rumste gegen die Wand, Schritte rumpelten die Treppe hinunter.

Der Fremde wandte für einen Moment das Gesicht den Geräuschen zu, so dass Sven ihn im Profil sehen konnte. Es wurde ihm heiß und kalt bei dem Anblick.

Sein Hilferuf blieb ihm im Hals stecken, denn in der Sekunde raste der Fremde auf ihn zu.

Im Rückwärtsgang begriffen, geriet Sven ins Stolpern und

sah sein letztes Stündlein geschlagen.

Sechzehn

Zähneknirschend verließ Floh das Büro seines Chefs. Das Donnerwetter war abzusehen gewesen, als er ihm seine Vergehen der letzten Tage gebeichtet hatte. Er würde es so oder so erfahren, vermutete Floh, also war die Flucht nach vorne besser, um am Ende nicht ganz blöd dazustehen.

Allerdings, je nachdem was bei seiner anstehenden Verhandlung herauskam, hatte er noch einen Job oder er war völlig am Arsch, grummelte er vor sich hin.

Er kickte einen kleinen Stein beiseite und versenkte die Hände in den Hosentaschen. Es war zum Kotzen, sein Leben war in einer Sackgasse. Egal, an welche Stelle er blickte, da war immer jemand, der ihm Ärger bereitete. Angefangen bei Tante Lotte, die ihm mittlerweile jeden Tag das Leben zur Hölle machte. Sie spionierte ihm regelrecht hinterher oder ließ ihre Kumpels vom Fanclub rumschnüffeln.

Seine Freundin hatte das Eisfach angeschaltet und die Beziehung war in Minusgrade gerutscht. Dabei mochte er sie wirklich gerne und war nicht bereit, sie so einfach aufzugeben. Er lächelte für einen Moment, ehe sich erneut sein Gesicht verfinsterte.

Demnächst würde nämlich sein Führerschein flöten gehen und wie sollte er zur Arbeit kommen? Mit dem Bus und der Straßenbahn? Zigmal umsteigen. So ein Scheiß, schossen ihm die Gedanken wild durch den Kopf.

Mit zunehmend verhagelter Laune trat er auf die Straße und wartete, bis ein roter Kipplaster an ihm vorbeifuhr.

Gerade als er die Straße überqueren wollte, stutzte er. Er blinzelte gegen die Sonne, die sich durch die Wolken kämpfte. Von der anderen Straßenseite her kam ihm ein großer Mann entgegen. Er ging dicht an ihm vorbei und bedachte ihn mit einem gelangweilten Blick.

Floh blinzelte aufgeregt und versuchte äußerlich gelassen zu bleiben. Aber innerlich brodelte es! Das konnte einfach nicht sein! Diese Statur, der Gang des Mannes … das war der Typ, den er am verlassenen Weinstand von Werling beobachtet hatte und ihm anschließend gefolgt war. Verdammt, natürlich war er das. Solche auffälligen Typen laufen doch nicht zu Hunderten in der Gegend rum.

Flohs Augen folgten dem Mann und registrierten, welche Richtung er einschlug. Für einen Moment kam ihm der Gedanke, Lars und Henrike seine Beobachtung mitzuteilen. Er verwarf die Idee und wollte sich erst seiner Sache sicher sein. Wenn – ja, dann könnte ihm das einige Pluspunkte bei der Polizei einbringen und sein zukünftiges Leben erträglicher machen.

Also heftete er sich an die Fersen des Mannes, der so gar keine Eile zu haben schien. Er umrundete das alte Hafenbecken und lief in Richtung der heruntergekommenen Speicher. Dabei schien er die aufgeschütteten Haufen von Buntmetall und gepressten Aluminiumblöcken aufmerksam zu inspizieren.

Floh schloss näher auf, während der Mann weiter die Geschwindigkeit drosselte und zu telefonieren begann.

Mit wem der Mann wohl telefonierte? Vielleicht mit einem Komplizen, fragte sich Floh. Er war mittlerweile auf zehn Meter herangerückt. Der Mann zeigte ihm sein breites Kreuz und lief gemächlich auf die beiden Einmannbunker zu, die noch aus dem Zweiten Weltkrieg stammten.

Floh legte einen Zahn zu, als er den Blickkontakt drohte zu verlieren.

»WAS WILLST DU!« Pfeilschnell schoss der Mann ihm wie aus dem Nichts entgegen.

Floh erstarrte, als er erkannte, dass er den Mann völlig falsch eingeschätzt hatte. Er trat einen Schritt zurück und geriet ins Straucheln, als sich die riesigen Hände des Mannes drohend seinem Hals näherten. Floh hob abwehrend die Hände, da schlossen sich bereits die Pranken um seinen Hals.

»Ich …«, alles Weitere ging im Röcheln unter.

Der Mann blickte sich um und entdeckte nicht weit entfernt ein paar Arbeiter, die eine Pause einlegten. Verflucht, dachte er sich und überlegte blitzschnell. Dann verpasste er dem Jungen einen Faustschlag in den Magen, so dass er zusammensackte und gab ihm daraufhin einen Schlag gegen die Schläfe. Kraftlos fiel der Junge in seine Arme.

Rasch zerrte er ihn außer Sichtweite der Arbeiter und steckte ihn anschließend in einen der Bunker. Die Tür war seit Langem nicht mehr verschließbar, aber für den Moment reichte es aus.

Erst einmal musste er in sein Büro zurück, Paketklebeband holen und ihn knebeln. Wenn es dunkel war, würde er ihn wieder rausholen.

Und dann würde er aus ihm herausprügeln, warum er ihm gefolgt war.

Sylvio stand mit einem Notizblock vor dem Schreibtisch. »Ich habe noch mal mit dem Tierarzt und mit Emma über das Geld gesprochen, dass die Langenberger vor einigen Wochen von der Bank abgehoben hatte.«

Henrike lehnte sich im Stuhl zurück. »Du sprichst von den fünfundzwanzigtausend Euro?«

»Richtig. Es gibt eine einfache Erklärung dafür. Die Langenberger hatte einen Deal mit einem Züchter aus der Umgebung. Sie wollte sich weitere Rinder für ihre Herde kaufen. Der Deal ist aber geplatzt. Es kam so rüber, dass die Langenberger nicht zufrieden mit den ausgewählten Tieren war.«

»Hat es daraufhin Krach mit dem Züchter gegeben?«

»Witzig, dass du das fragst«, meinte Sylvio zu Lars, »genau die gleiche Frage habe ich auch gestellt.«

»Und wie war die Antwort?«

»Dem Züchter schien es egal zu sein. Er würde seine Tiere überall loswerden, da diese Rasse sehr gefragt sei, so seine Antwort.«

»Also hat die Langenberger das Geld weder für die Tiere ausgeben, noch zurück aufs Konto gepackt.« Henrike blickte zu Lars hinüber. »Das lässt eigentlich nur den Schluss zu, dass die Langenberger erpresst worden ist. Die zwanzigtausend Euro, die im Schacht versteckt waren, liegen ziemlich dicht an der Summe, die sie von der Bank geholt hatte.«

»Das sind aber keine handfesten Beweise, nur unsere Vermutungen.«

»Würde allerdings gut ins Bild passen.«

Sie schwiegen.

»Ich mach' mich dann mal vom Acker«, sagte Sylvio und verließ das Büro.

»Wo ist eigentlich Sven?«

Erstaunt blickte Henrike Lars an. »Das weißt du nicht?«

»Nee, sonst würde ich nicht fragen.«

»Hat dich der Flurfunk also noch nicht erreicht?«

»Hör auf mit dem Quatsch.«

»Entweder Flurfunk oder Raucherecke – das sind die besten Informationsquellen.«

»Weder das eine noch das andere. Also?«

Henrike verdrehte die Augen. »Du solltest an deinen sozialen Kontakten arbeiten.«

»Mir egal. Also was jetzt?«

»Ich war heute Morgen kaum im Büro, da kamen mir zwei Kollegen entgegen, die mir ungläubig berichteten, wo sie Sven entdeckt hatten.«

»Henrike, das reicht langsam. Ich habe keine Geduld für

so etwas.«

»Ich wette ein Kiste Bier, dass du es nicht errätst.«

Lars resignierte. »Hat denn niemand mehr den nötigen Respekt vor mir?« Der Blick von Henrike sprach Bände und er lenkte ein. »Statt einer Kiste Bier lade ich dich zum Italiener ein, wenn der endlich mal wieder seine Pforten öffnet. Jetzt aber raus mit der Sprache.«

Henrike grinste ihn siegesgewiss an. »Sven war ganz früh auf dem … na, letzte Chance zu raten … nein? … na gut, er war auf dem Schießstand.«

»Nein!«

»Doch.«

»Unglaublich.«

»Außerdem soll er bereits nach einer Dienstwaffe gefragt haben.«

»Als Rechtsmediziner?«

Henrike gluckste amüsiert. »Und es hält sich hartnäckig das Gerücht, dass er sich ebenfalls zum Selbstverteidigungskurs angemeldet hat.«

»Das haut mich fast vom Hocker.« Lars strich sich über das Kinn. »Dann scheint das Erlebnis in Marions Treppenhaus tiefe Spuren bei ihm hinterlassen zu haben.«

»Wenn man es richtig besieht, dann hätte das Zusammentreffen mit dem großen Unbekannten dramatisch für ihn ausgehen können.« Ihr Blick wurde ernst. »Ganz zu schweigen für Marion oder dem Beamten vor der Tür.«

»Gut, dass der Beamte gleich Verstärkung gerufen und damit den Täter zu höchster Eile angetrieben hat.«

»Es ist aber auch unfassbar, dass der noch frei rumläuft.« Henrike band energisch ihre lockigen Haare zu einem Zopf zusammen. »Leider haben wir immer noch kein richtiges Phantombild. Sven hat den Mann im Profil gesehen und wenn ich ihn richtig verstanden habe, dann sah sein Äußeres wieder anders aus, als im Krankenhaus. Er soll halblange, dunkle Haare gehabt haben, die Nase war deutlich kleiner als vorher.«

»Ein Verkleidungskünstler!«

»Das macht es nicht leichter.«

»Allerdings sind Größe und Statur des Mannes sehr auffällig. Das hilft uns vermutlich eher weiter.«

»Wir verteilen das Phantombild und die Beschreibung des Mannes. Vielleicht bekommen wir so ein paar Hinweise.« Henrike war dennoch nicht zufrieden. »Ich mag gar nicht, dass wir auf Hinweise warten müssen. Wir sollten aktiver werden.«

»Was schlägst du vor?«

»Wir sollten Sven zu einem Austausch ranholen. Es stehen noch ein paar Untersuchungsergebnisse aus, die uns vielleicht voranbringen. Das lenkt ihn auch von der irrsinnigen Idee ab, sich zum Sheriff ausbilden zu lassen.«

Marion hatte sich fest vorgenommen, nicht neugierig zu sein und in der Wohnung herumschnüffeln. Aber wo jetzt bei ihr die Langeweile durchbrach, lief sie von Raum zu Raum und ließ den Blick schweifen.

Eine typische Single-Wohnung, stellte sie fest. Nein, eine typisch männliche Single-Wohnung. Vermutlich hatte noch nie eine Frau längere Zeit hier verweilt, um einen weiblichen Einfluss auf das Interieur auszuüben.

Sie rümpfte die Nase, als sie im Schlafzimmer Hanteln und ein Rudergerät entdeckte. Als ob er nicht schon genug Zeit im Fitnessstudio verbrachte.

Das Klingeln ihres Handys schreckte sie zusammen. »Ja?«, wisperte sie.

»Marion?«

»Hallo Sylvio!«

»Was machst du?«

»Nichts!« Schuldbewusst tappte sie ins Wohnzimmer zurück und ließ sich aufs Sofa fallen.

»Stellst du auch nichts in Lars' Wohnung an?«

Sie wurde rot. »Natürlich nicht.«

»Na ja,« Sylvio wirkte amüsiert, »dann will ich dir das Mal glauben.«

»Also, werde mal nicht frech!«

Er lachte. »Lassen wir das. Du wolltest mich sprechen?«

»Ach ja, hatte ich fast vergessen. Dieses schwarze Büchlein mit den Eintragungen des Geistlichen, du weißt schon. Der hat doch mal in Veltenhof gewohnt, oder?«

»Ich denke schon. Das habe ich noch nicht geprüft.«

»Weißt du, ich frage mich, ob nicht der aktuelle Besitzer des Hauses das Tagebuch per Zufall gefunden hat.«

»Und auf die Idee mit der Erpressung gekommen ist«, ergänzte Sylvio.

»Genau.«

»Gute Idee, Marion.«

»Danke.«

»Ich weiß gar nicht, warum Lars so ein Aufstand macht. Ich finde, du solltest bei der Polizei anfangen! Du hast Mumm in den Knochen und schlau bist du auch.«

Lachend beendete Marion das Gespräch. Sie war über sich selbst erstaunt, denn immerhin lief draußen ein Irrer herum, der sie sogar bis nach Hause verfolgt hatte. Sie müsste eine Heidenangst fühlen, aber etwas in ihrem Inneren war in den letzten Monaten stark geworden und verbat ihr, klein beizugeben.

Und falls sie den Mann nochmals treffen würde, war sie vorbereitet. Mit ruhiger Hand langte sie nach ihrer Handtasche und griff hinein. Das kühle Metall der Pistole versprach Sicherheit.

»Mir tun die Hände weh.«

»Kein Wunder. Warst lange genug dort.«

»Übung macht den Meister.«

Henrike legte Sven behutsam die Hand auf die Schulter. »Du bist doch kein Revolverheld. Ein Wunder, dass die Kollegen dich so lange haben gewähren lassen.«

»Die hatten Mitleid«, warf Lars von der Seite herein.

»Hör nicht auf ihn. Er redet dummes Zeug.« Henrike hob drohend den Finger in Lars' Richtung. »Jeder von uns hat sein Spezialgebiet und das von Sven ist es bestimmt nicht, auf Verbrecherjagd mit einer Schusswaffe zu gehen.«

Lars setzte zu einer Erwiderung an, überlegte es sich aber dann. »Okay, dann lassen wir das Geplänkel und du sagst uns, was du auf deinem Spezialgebiet erreicht hast.«

Sven wirkte beinahe erleichtert, das Thema wechseln zu können und setzte sich aufrecht hin. »Das Schmuckstück, das ihr auf dem Friedhof gefunden habt, lässt sich leider keinem polizeilich bekannten Diebstahl zuordnen. Es gibt einige Fingerabdrücke darauf, die leider auch nicht erfolgversprechend sind.«

»Habt ihr die mit den von Werling gecheckt oder die aus dem Weinstand? Kein Abgleich möglich?«

Sven schüttelte den Kopf. »Sylvio hat ebenfalls die Kollegen des LKA hinzugezogen, aber auch die konnten keinen Treffer landen.«

»Mist.«

»Aber wie ihr mich kennt, war das noch nicht alles.«

»Dann lass hören!«

»Ihr lagt mit eurem Verdacht goldrichtig.«

»Inwiefern?«

»Ich konnte bei der Langenberger einen Cocktail von Medikamenten im Blut ausmachen. Ohne auf die Details der einzelnen Medikamente einzugehen, kann ich euch sagen, dass sie eine hohe Dosis Schlafmittel verabreicht bekommen hatte.«

»Also doch.« Lars war froh, seinen Verdacht bestätigt zu sehen. »Können wir über die Medikamente weiterkommen?«

»Ich denke nicht. Die kannst du alle aus der Apotheke holen.«

»Wir überprüfen dennoch den privaten Arzneischrank der Langenberger«, schlug Henrike vor. »Wir wissen noch nicht mal, ob sie zu Hause betäubt wurde.« Sie verzog das Gesicht.

»Immerhin hat sie deswegen nicht ihren eigenen Tod miterleben müssen.«

»Das nicht, aber die Handschriftenanalyse hat ergeben, dass sie ihren Abschiedsbrief selbst verfasst hat.« Sven atmete tief aus. »Das bedeutet, dass sie von den Absichten des Mörders gewusst hat.«

»Schrecklich.« Henrike sah aus dem Fenster und versuchte in solchen Momenten wie diesen ihre Gefühle zu verbannen. Wie furchtbar muss das für einen Menschen sein, wenn er weiß, dass er durch die Hand eines Anderen sterben wird!

Floh saß in der Klemme. Richtig tief drin. Seit Stunden kämpfte er mit dem Klebeband an seinen Händen, aber das verfluchte Zeug war tausend Mal um seine Hände gewickelt, an den Beinen sah es genauso aus. Ebenso fühlte sich sein Kopf an, als ob er einen Verband trug.

Je mehr er sich wehrte, umso schneller blieb ihm die Luft weg. Sein Heuschnupfen toppte seine missliche Lage und nur durch die Nase atmend bekam er Beklemmungen, bald zu ersticken.

Sein Leben war im Arsch! Kristallklar setzte sich dieser Gedanke in seinem Kopf fest. Er war gerade mal achtundzwanzig Jahre alt und das sollte es gewesen sein? Er schluckte schwer, denn die Panik aus seinem Bauch stieg ihm den Hals hinauf und schnürte ihn ab.

Auf einmal hörte er draußen – nicht allzu weit von ihm entfernt – zwei Männer lachend vorbeigehen. Er aktivierte seine Energiereserven und schrie so laut, wie es ihm möglich war, gegen den Knebel im Mund an.

»Hey, was war das?«, fragte einer der Männer.

»Ich habe nichts gehört«, erwiderte er andere. »Du willst mich doch veräppeln, Mann! Ich falle auf deine Gespenstergeschichten nicht mehr rein.«

»Ach ja, darf ich dich an den letzten Kinobesuch erinnern? Du hast wie ein Mädchen geschrien!«

»Gar nicht wahr«, konterte der andere. »Du warst das Mädchen.«

Floh verlor die Fassung. Die Idioten da draußen liefen an ihm vorbei und stritten sich um Kindergartenkram! Er raffte erneut seine Kräfte zusammen, als auf einmal ein eiserner Würgegriff seinen Hals umschloss.

»Ein Mucks von dir, und ich mache dich kalt.« In der Dunkelheit waren die Umrisse des Mannes nur zu erahnen. »Hast du mich verstanden?«

Floh nickte schwach und zog gierig die Luft ein, als sich die Klammer um seinen Hals löste. Ungewollt stiegen ihm Tränen in die Augen, obwohl er sich für einen harten Kerl hielt, fühlte er sich absolut ohnmächtig der Situation ausgeliefert.

Das Handy in seiner Hosentasche vibrierte. Erleichtert dachte er, dass er es auf lautlos gestellt hatte, weil der Chef es nicht mochte, wenn es bimmelte.

Ein kleiner Funken Hoffnung keimte in ihm auf, denn der Mann hatte es noch nicht entdeckt.

Eine schallende Ohrfeige holte ihn auf den Boden der

Tatsachen zurück. »Keine Tricks, sonst werfe ich dich gleich ins Hafenbecken«, grunzte der Mann ihm ins Ohr. Er roch nach Käse und ranzigem Atem.

Flohs Verstand arbeitete auf Hochtouren, wie er aus diesem Desaster unbeschadet herauskommen sollte. Allerdings sagte ihm sein Gefühl, das könnte ebenso mächtig danebengehen. Also legte er ein Gelübde ab. Sollte er irgendwie diese Sache überleben, würde er sich gewaltig ins Zeug legen und ein besserer Mensch werden. Aber jetzt musste er die nächsten Minuten und Stunden überleben, um überhaupt eine Chance zu haben!

»Ich habe was!« Sylvio stürmte ins Büro.

»Himmel, wegen dir bekomme ich noch eine Herzattacke«, krächzte Henrike, die über ihren Unterlagen brütete.

»War keine Absicht.« Sylvio grinste breit und warf die Haare aus dem Gesicht.

»Was hast du?«

»Die Reifenspuren, die wir in den Okerauen gefunden haben, liefern uns ein paar interessante Details.«

»Inwieweit?«

»Die Kriminaltechniker haben ein Mineralgemisch gefunden, dass so nicht in der freien Natur vorkommt. Sie tippen auf einen Geländewagen, der einer Baufirma gehört.«

»Baufirma?« Henrike kratzte sich verwundert den Kopf. »Das ist ein ganz neues Ermittlungsfeld.«

»Lässt sich die Anzahl der Baufirmen eingrenzen? Wir können doch nicht jede Baufirma in der Umgebung abgrasen«, fluchte Lars.

»Die Kollegen sind dran. Zunächst fragen wir uns telefonisch durch. Wir kennen die Zusammensetzung des Materials und machen den Abgleich mit der jeweiligen Firma zusammen.«

»Okay, hört sich nach einem zeitsparenden Plan an. Allerdings will mir nicht in den Kopf, was die Langenberger mit einer Baufirma am Hut hatte. Das Bauernhaus war renoviert und in den Gesprächen gab es keinen Hinweis auf weitere Vorhaben.«

»Kann auch eine tote Spur sein. Das müssen wir jetzt überprüfen.«

»Haben wir eigentlich das Bewegungsprofil von Werlings Handy bis zu seinem Tod gecheckt?«

»Erledigt.«

»Kannst du dich noch erinnern, wo er, beziehungsweise sein Handy, im Raum Braunschweig unterwegs war?«

»Ich hätte euch informiert, wenn ich Auffälligkeiten entdeckt hätte. Im Grunde hat er sich hauptsächlich in der Innenstadt, also innerhalb des Ringgebietes, aufgehalten. Natürlich war das Handy auch in der Nähe des Stadions. Da hatte es Floh bereits entwendet. Das war die einzige Aufnahme.«

Lars zog die Lippen zu einem Strich zusammen. »Ich hatte auf irgendeine Spur gehofft.«

»Ich nehme mir noch mal die persönlichen Sachen von Werling vor«, überlegte Henrike laut. »Vielleicht haben wir etwas übersehen. Wir haben uns viel in der Vergangenheit mit den alten Dokumenten und der Geschichte um Fred und Jonas aufgehalten. Vielleicht hat uns das nur abgelenkt.«

Der Ventilator auf dem Schreibtisch blies Henrike schwüle Luft zu. »Ich mag den Sommer echt gerne, aber mit der Luftfeuchtigkeit komme ich nicht klar.« Schweiß lief ihr langsam und unangenehm den Rücken hinab. »Nur gut, dass ich die Wechseljahre schon hinter mir habe.«

Lars hielt sich demonstrativ die Ohren zu. »Davon will ich nichts hören.«

Sie verzog das Gesicht. »Wie soll das bloß mit dir und den

Frauen enden? Selbst den einfachsten Themen gehst du aus dem Weg.«

»Solange ich es mir aussuchen kann, warum nicht?«

»Da wir gerade beim Thema Frauen sind.«

Schweigend blickte er seine Partnerin an.

»Was meinst du, was Marion gerade in deiner Wohnung macht? Ich wette meinen Hintern darauf, dass sie längst in deiner Unterwäsche herumgewühlt hat.«

Lars entgleiste das Gesicht und Henrike lachte herzhaft.

»Dein Gesichtsausdruck ist unbezahlbar!«

»So was würde sie doch nicht tun? Ich meine, in meinen Sachen wühlen.«

»Es war eine Schnapsidee, sie bei dir unterzubringen.«

»Das war die schnellste und sicherste Lösung.«

»Schnapsidee.«

Lars stand auf. »Ich werde mal nachschauen, was sie treibt.«

»Wahrscheinlich hat sie deine Kondomsammlung neu sortiert.«

»Henrike!«

Lachend machte sich Henrike wieder an die Arbeit und durchblätterte die Berichte. »Fahr schnell nach Hause. Ich halte die Stellung.« Sie grunzte ein paar Lacher in sich hinein und versuchte sich auf den Text zu konzentrieren. Ihre Augen überflogen die Zeilen und auf einmal blieb ihr das Lachen im Hals stecken. »Scheiße.«

Lars drehte sich an der Tür noch einmal um, während Henrike ihn mit bestürztem Gesicht anblickte.

»Unter den Sachen von Werling haben die Kollegen eine zweite SIM-Karte gefunden.«

»Was?« Er kehrte zurück an den Schreibtisch. »Und das hielt keiner für erwähnenswert?« Er überflog die Stelle des Berichtes und sein Gesicht verfinsterte sich. »Alles muss man selber machen.«

»Wir besorgen uns die SIM-Karte und kontaktieren den Telefon-Provider. Ich wette, das bringt uns weiter!«

Siebzehn

Flohs Hoffnung auf Rettung tendierte gegen Null, da er nun wusste, dass er sich in dem alten, ungenutzten Speicher im Hafen befand. Das riesige Ding hatte seine besten Zeiten lange hinter sich gelassen und freiwillig kam hier niemand her. Ausgenommen die Tauben, die einige Stockwerke über ihm leise gurrten.

Überraschend abgeklärt erfasste er die Situation dahingehend, dass er hier nicht mehr lebend rauskäme. Wahrscheinlich würde man ihn nie finden, vielleicht warf der Typ ihn auch mit Betonblöcken beschwert ins Hafenbecken.

Sein Leben war zu Ende, und das konnte er sich ausschließlich selbst auf die Fahne schreiben. Er selber hatte sich hier hineinmanövriert.

Trauer befiel ihn. Trauer über sein kurzes Leben und was er hätte besser machen können. Nun war es zu spät.

Er sackte tief auf den Stuhl zusammen, an den ihn der Mann mit den Beinen und dem Oberkörper gefesselt hatte. Seine Hände steckten in Handschellen, die wiederum an einem Brustgurt fixiert waren. Er hatte lange versucht, sich daraus zu befreien. Unmöglich.

Er spürte für einen Moment einen Lufthauch auf seinem Gesicht, als sein Entführer zurückkehrte. Die verrostete Tür fiel unnatürlich leise ins Schloss.

Floh fühlte sich wie eine Maus, die im nächsten Moment von einem Bussard gefressen würde. Er erwartete sein Urteil, als der Mann kurz vor ihm eine kleine LED-Lampe anschaltete und sie auf den Boden legte.

Zu seinem Erstaunen zog sich der Mann den alten Sessel heran, der so völlig fehl am Platze zu sein schien. Ächzend versank er darin und öffnete sich eins der Biere, die er mitgebracht hatte. Schweigend starrte er Floh an, der seinerseits spürte, wie durstig er war. Er wollte auf keinen Fall fragen, ob er die zweite Flasche haben könnte. Je länger der Mann schwieg, desto mehr überlegte Floh, ob es nicht ein gutes Zeichen war, dass er noch am Leben war. Warum hatte er ihn nicht gleich um die Ecke gebracht? Worauf wartete er?

»Warum spionierst du mir nach?«, eröffnete der Mann das Gespräch.

»Ich habe nicht spioniert. Ich war neugierig.«

»Worauf?«

»Auf den Mann, der den Werling fertiggemacht hat!« Floh setzte alles auf eine Karte.

Der Mann wirkte für einen Moment beeindruckt. »Was redest du für einen Quatsch!« Mit seinem Fuß donnerte er auf den Boden.

»Der Werling war bei meiner Tante in der Pension unterkommen.« Er verzog abfällig das Gesicht. »Wir sind über Fußball in Streit geraten. Er hat mich bis aufs Blut gereizt. Dem weine ich keine Träne nach.«

Der Mann beobachtete ihn, ohne seine Worte zu kommentieren. Floh überlegte fieberhaft seine nächsten Schritte. Er spürte förmlich, wie der Mann seinen Köder schluckte. Wie konnte er ihn näher an sich heranziehen und von der Idee abbringen, ihn den Lebensgeist auszupusten? »Als der Werling verschwunden war, besserte sich meine Laune. Noch besser gefiel mir, als ich hörte, der Typ sei draufgegangen.«

Der Mann stierte ihn unverwandt an und leerte die Bierflasche in einem Zug. Anschließend schleuderte er sie gegen die nächste Wand. Das Zerspringen der Flasche scheuchte die Tauben flatternd auf.

Floh wurde flau im Magen. Er fürchtete die nächste Handlung des Mannes. Die Sekunden verstrichen, und er spürte, wie sich Schweißperlen auf seiner Stirn bildeten. Es war so verflucht warm und seine Kehle brannte vor Trockenheit.

»Wie heißt du?«

»Floh.«

Der Mann grunzte. »Ich bin Jochen.«

Floh rann eine Schweißperle die Schläfe hinab. Er wagte jedoch nicht, sich zu rühren oder etwas zu sagen.

»Hier«, Jochen hielt ihm die volle Flasche Bier entgegen, »vielleicht hast du Durst.«

Dankbar griff Floh danach, allerdings hielt Jochen die Flasche fest umklammert.

»Wenn du mich verarschst, donnre ich dich genauso gegen die Wand wie die Flasche.«

Danach löste er die Fesseln so weit, dass Floh die Flasche an den Mund setzen konnte und gierig trank.

Es war bereits spät am Abend, als ein Anruf reinkam.

»Ja!«, erklang Lars' Stimme unfreundlich.

»Entschuldige die Störung.«

»Lotte, was gibt's?«

»Ich weiß, es ist schon spät und so, aber ich mache mir echt Sorgen. Floh ist noch nicht nach Hause gekommen.«

»Lotte, der Junge ist über zwanzig.«

»Achtundzwanzig, um genau zu sein. Und er hat so viel Mist in seinem Leben verbockt, dass es für zehn reicht.« Sie schnaubte wütend, beruhigte sich aber wieder schnell. »Damit sein Leben nicht auf absehbare Zeit im Knast weitergeht, hatte er von mir die Auflage, jeden Abend pünktlich zu Hause zu erscheinen. Außerdem«, sie stockte etwas, »hatte ich meine Leute, die das kontrolliert haben. Na du weißt schon! Sie haben geguckt, wo er sich rumtreibt und dass er keine Dummheiten macht.«

Lars geriet ins Schmunzeln. »Du hast Spione.«

»Hmmm.«

»Und was haben deine Spione berichtet, wo er zuletzt gesehen wurde?«

»Er war auf der Arbeit. Im Hafen.«

»Und dann?« Lars merkte, wie ihm das Telefonat anfing, lästig zu werden.

»Dann musste mein Spion austreten und zack, weg war Floh.«

»Das ist ja blöd gelaufen. Was willst du nun von mir?«

»Ich mache mir Sorgen. Wenn er wieder auf die schiefe Bahn geraten ist?«

»Was sagt sein Chef oder seine Freundin?«

»Niemand weiß, wo er ist.« Sie untermalte ihre Besorgnis mit einem Stoßseufzer.

»Okay, wenn er morgen nicht auftaucht, leite ich etwas in die Wege. Einverstanden?«

»Ich danke dir tausendmal.«

»Schon gut.«

»Ehrlich, ich …«

»Ich lege jetzt auf.«

»Schlaf gut.«

»Das reicht jetzt.« Energisch drückte Lars das Gespräch weg.

»Was war das denn?« Henrike blickte ihn fragend an.

»Floh hat sich aus der Umklammerung seiner Tante gelöst. Wenn er morgen nicht wieder auftaucht, geht eine Fahndung nach ihm raus. Immerhin ist er bis zu seiner Verhandlung auf freiem Fuß und hat Auflagen zu erfüllen.«

»Der Junge hat es aber auch nicht leicht«, bemerkte Marion, die auf dem Sofa saß.

»Quatsch«, entgegnete Lars. »Jeder Mensch kann aus seinem Leben etwas machen. Sich auf eine schwere Kindheit oder so einen Mist zu berufen, ist zu einfach.«

»Okay, okay. Themenwechsel.« Marion verdrehte die Augen nach oben. »Seid ihr denn endlich dem Verbrecher auf den Fersen?«

»Wir arbeiten dran.«

»Also nicht!«

»Schlau bemerkt.«

»War ja klar.«

Henrike stellte sich zwischen die beiden. »Ihr seid mir so zwei Streithähne! Euch kann man nicht alleine lassen.« Den aufkeimenden Protest ignorierte sie. »In Anbetracht der Tatsache, dass es jetzt schon ziemlich spät ist, werden wir heute auch keinen Erfolg diesbezüglich vermelden können. Besonders ärgerlich ist, dass wir eine zweite SIM-Karte von Werling entdeckt haben und wir um die Uhrzeit niemanden mehr erreichen, der uns die Verbindungsdaten der letzten Tage geben kann. Also warten auf morgen. Und ja, das ist ziemlich blöd, dass wir die zweite SIM-Karte erst jetzt entdeckt haben. Da hat jemand geschlafen.«

Marion holte Luft.

Henrike hob drohend den Zeigefinger. »Ich nehme nur konstruktive Vorschläge entgegen. Hast du einen?«

Marion schüttelte zerknirscht mit dem Kopf.

»Gut. Dann fahre ich jetzt nach Hause. Lars, wir sehen uns morgen im Büro. Marion, stell bitte nichts an.«

»Verstanden, *Mam*«, erwiderte Marion und salutierte.

»Sehr witzig. Ich bin dann mal weg.«

Nachdem die Tür ins Schloss gefallen war, atmete Marion seufzend aus. »Herrje, was hat Henrike denn für eine Laune?«

»Wenn ich es nicht besser wüsste, würde ich sagen, sie ist in den Wechseljahren. Aber das kann nicht sein, denn die Geschichte haben wir bereits hinter uns. Das war gar nicht lustig.«

»Ich bin erstaunt, dass du das Wort Wechseljahre überhaupt in den Mund nimmst, geschweige denn weißt, was das überhaupt ist!« Marion kicherte.

»Wo wir beim Thema Frauen und ihre neugierige Ader sind. Was hast du heute in meiner Wohnung gemacht?«

Marion legte den Kopf schief und blickte zu ihm hinauf.

»Wie meinst du das?« Scheinheilig hielt sie seinem Blick stand, kreuzte die Finger hinter dem Rücken übereinander und log, ohne rot zu werden. »Ich war ganz artig. Ich habe mein Buch gelesen und mich ausgeruht.« Sie wies mit dem Finger auf das aufgeschlagene Buch auf dem Tisch. »Außerdem habe ich heute Mittag gekocht und der Rest steht im Kühlschrank. Für dich.«

»Oh.«

»Das entwickelt sich jetzt aber nicht zu einer Romanze, oder?« Augenzwinkernd ließ sie sich in das weiche Sofa sinken.

»Wenn ihr endlich den Typen schnappt, will ich zurück in meine Wohnung. Meine Singlewohnung ist tausendmal schöner als deine mit den Sportgeräten im Schlafzimmer.«

Lars gab es achselzuckend auf.

Natürlich hatte sie rumspioniert.

»Die Informationen vom Telefonanbieter haben wir innerhalb der nächsten Stunde«, rief Henrike Lars zur Begrüßung entgegen, der mit einer Tüte vom Bäcker ins Büro kam.

»Das ist gut. Ich muss Marion schnellstmöglich aus meiner Wohnung raus haben. Das geht nur, wenn wir den Fall in Schallgeschwindigkeit lösen.«

»So schlimm?«

»Schlimmer.« Lars nahm ein Laugenbrötchen aus der Tüte, während Henrike ihm einen Kaffee brachte.

»Sylvio ist übrigens mit seiner Umfrage bei den Baufirmen wegen des Mineralgemisches weitergekommen. Er müsste bald auftauchen und uns seine Ergebnisse präsentieren.«

Brummend aß Lars sein Laugenbrötchen weiter.

»Lotte hat schon dreimal angerufen, weil Floh immer noch kein Lebenszeichen von sich gegeben hat. Sein Chef hat ihn auch nicht gesehen. Also eine Fahndung rausgeben?«

»Ja.« Nachdenklich kaute Lars weiter. Entweder hatte der Junge wieder einen Vogel abgeschossen, oder er saß wirklich in der Tinte. Was von beidem wohl zutraf?

Floh hatte eine unruhige Nacht auf einer fleckigen Matratze verbracht. Seine Hände steckten immer noch in den Handschellen, allerdings hatte Jochen diese an eine Stahlkette gehängt, so dass er zum Pinkeln abseits in die Ecke laufen konnte.

Floh kam sich wie ein Hofhund vor, der an einer Kette sein elendiges Leben fristen musste. Wurden Hofhunde nicht irgendwann erschlagen?

Trotz der misslichen Lage fühlte er sich nicht restlos verzweifelt, denn er war immer noch am Leben! Damit hatte er nicht gerechnet und mit jeder Minute und Stunde, die verging, wuchs die Hoffnung in ihm. Aber er musste weiterhin auf der Hut sein.

Die Tür schnarrte leise und Jochen trat aus dem gleißenden Tageslicht ein. Er trug eine Tasche bei sich.

»Frühstück.« Er stellte die Tasche ab und förderte eine Thermoskanne, einen Becher und belegte Brötchen zu Tage.

»Ich habe echt Kohldampf«, sagte Floh und stürzte sich darauf. Etwas mühselig griff er mit den gefesselten Händen nach den belegten Brötchenhälften und verschlang gierig eine nach der anderen.

Jochen beobachtete ihn eine Weile und goss ihm einen

Kaffee in den Becher ein. »Dein Handy bekommst du erst zurück, wenn ich mir hundert Prozent sicher bin, dass du mich nicht verarschst.«

»Kein Problem«, erwiderte Floh kauend. »Wenn überhaupt, hat nur meine nervige Tante angerufen, um mir nachzuschnüffeln.«

»Dann solltest du sie sofort anrufen und ihr sagen, dass es dir gut geht.«

»Warum?«

»Sag ihr, du hast einen Kumpel getroffen und ihr seid versackt.«

»Okay«, bestätigte Floh etwas zögerlich.

»Hast du einen Job?«

»Ja.«

»Du rufst da auch an.«

Floh grübelte, weshalb Jochen das von ihm verlangte. Er griff dennoch folgsam nach dem Handy, das Jochen ihm entgegenhielt.

Unversehens zog Jochen es zurück. »Ein falsches Wort und du wirst nie wieder ein Frühstück genießen können.« Erst nach dieser Warnung legte er es Floh in die offene Hand.

Floh deponierte das Handy auf seinen Oberschenkeln und spülte die Reste des Essens mit dem Kaffee hinunter. Er brauchte etwas Zeit, um sich zu sammeln. Bei seinem Chef würde es ihm nicht schwerfallen zu lügen, bei seiner Tante musste er sich ordentlich ins Zeug legen.

Sylvio stand vor Henrikes Schreibtisch und verlagerte ungeduldig das Gewicht von einen auf den anderen Fuß. Endlich beendete sie ihr Telefonat.

»Was hast du?«

Sylvio legte ihr ein paar Blätter auf den Tisch. »Es gibt

sehr interessante Neuigkeiten zu dem Mineralgemisch, das in den Okerauen am Tatort der Langenberger gefunden wurde.«

»Ich weiß, welches du meinst. Weiter.«

»Wo ist Lars? Er soll das auch wissen.«

»Er ist gerade nicht da. Ich werde es ihm erzählen.« Abwartend schaute sie zu Sylvio, der einen Moment zögerte.

Er gab sich einen Ruck. »Na gut. Die Recherche bei den Baufirmen hat jedenfalls keine von ihnen verdächtig gemacht. Die vielen unterschiedlichen Materialien hat keine Baufirma auf ihrem Hof liegen.«

»Aber wie ich dich kenne, hast du dich mit der Antwort nicht zufriedengegeben.«

Sein zufriedener Gesichtsausdruck sprach Bände. »Bei einer Baufirma bin ich mit dem Chef ins Gespräch gekommen und er hat sich richtig Gedanken gemacht, an welchem Ort diese Materialien zu finden sind.«

»Und?«

»Er tippte auf den Hafen in Veltenhof.«

Henrike starrte überlegend in die Luft. »Der Hafen. Hmmm. Ich war da vor Urzeiten mal. Wir sind mit der Familie mit einem Ausflugsschiff ins Sophiental bei Wendeburg gefahren. Da war eine Gaststätte oder so. Ach, das ist lange her.«

Sylvio blickte sie verständnislos an.

»Vergiss es,« winkte sie ab. »Warum sollte der Geländewagen aus dem Hafengebiet gekommen sein?«

»Neben typischen Mineralgemischen, die es auch auf einem Bauhof gibt, waren Spuren von Metallschrott und besonders Aluminiumresten zu finden. Ich habe im Internet recherchiert und bin auf interessante Fotos gestoßen, die das bestätigen. Außerdem habe ich einen Kollegen losgejagt, der vor Ort Proben nimmt und die mit den unseren abgleicht.«

Henrike rieb sich nachdenklich das Kinn. »Wenn die Spur stimmt, dann haben wir es trotzdem mit einem recht großen Gebiet zu tun, oder?«

»Ich fürchte ja. Mach mal das Internet auf. Wir schauen uns das aus der Luft an.«

Henrike startete Google Maps und gab den Suchbegriff Hafen und Braunschweig ein. Schnell wurde ihr der Treffer angezeigt und sie zoomte auf das Hafengebiet. Die Genauigkeit der Aufnahmen war erstaunlich.

»Da, am Hafenbecken kann man die Metallhaufen erkennen.« Sie pikste mit dem Zeigefinger auf dem Monitor herum.

»Stimmt. Und daneben befinden sich richtig große Speicher.«

»Das erkennt man schlecht bei der Ansicht von oben.«

»Warte mal, hier sind ein paar Bilder dazu.« Sylvio übernahm die Maus und klickte ein paar Mal. »Die Dinger sind riesig, aber nicht mehr alle sind im Betrieb.«

Henrike schüttelte überrascht den Kopf. »Seit wann gibt es den Containerhafen? Der ist ja unwahrscheinlich groß.«

»In die Ecke kommt man selten hin. Ich war auch verwundert«, schloss sich Sylvio ihrer Meinung an. »Das macht unsere Ermittlungen nicht leichter. Das ganze Gebiet ist unübersichtlich und wir wissen nicht, ob der Verdächtige sich dort aufhält.«

»Aber es ist ein Versuch wert, ein paar Beamte mit der Beschreibung unseres Verdächtigen hinzuschicken. So ein Mann fällt doch auf! Ebenfalls muss der Geländewagen etwas Besonderes sein.«

»Okay. Geht gleich los«, meinte Sylvio. »Aus einer Sache werde ich allerdings nicht ganz schlau.«

»Und die wäre?«

»Marion hatte mich auf die Idee gebracht, einmal nachzuforschen, wem aktuell das Haus von dem Geistlichen gehört.«

»Damit wir die Verbindung klären, wie die Langenberger in den Besitz des Tagebuches bekommen ist«, ergänzte Henrike.

»Und da wird es interessant. Das Haus wurde vor ungefähr drei Jahren verkauft.«

»An wen?«

»Die Frage lässt sich nicht eindeutig beantworten.«

»Kannst du das bitte näher erläutern?«

»Der Käufer ist keine Privatperson, sondern eine kleine Firma aus dem Ruhrgebiet. Genauer gesagt aus Oberhausen.«

»Trotzdem muss es einen Geschäftsführer oder ähnliches geben.«

»Im Moment würde ich behaupten, dass es eine Briefkastenfirma ist. Ich habe mit Verwandten des Vorbesitzers des Hauses telefoniert. Nachdem der Mann verstorben war, wurde es rasch unter dubiosen Umständen verkauft.«

»Dubios?«

»O-Ton aus einem Telefonat. So ein Wort gibt es nicht in meinem Wortschatz. Allerdings ist niemand wirklich auf diese dubiosen Umstände eingegangen. Was ziemlich eigenartig ist.«

Henrike überlegte. »Der aktuelle Besitzer des Hauses versucht seine Identität zu verschleiern? Warum?«

»Denk doch mal an Werling. Das LKA Rheinland-Pfalz hatte ihm gegenüber einige Verdachtsmomente wegen Hehlerei. Vielleicht hat Werling das Haus als Unterschlupf genutzt.«

»Dann müssten wir nachweisen, dass er Beziehungen zu der Briefkastenfirma in Oberhausen hatte.« Henrike verzog unzufrieden das Gesicht. »Hast du keine Ergebnisse, die uns konkret weiterhelfen?«

»Doch.« Sein Gesicht strahlte. »Die zweite SIM-Karte von Werling.«

»Bessere Neuigkeiten?«

»Yes!« Er stockte und raufte sich die Haare. »Wo wir jetzt so viel über den Hafen gequatscht haben, gib mir noch eine halbe Stunde. Ich habe da so eine Idee. Das muss ich unbedingt überprüfen.«

Eiligen Schrittes lief er auf die Tür zu und wäre beinahe mit Lars zusammengestoßen. »Ich muss los. Henrike weiß Bescheid!«, warf er dem verblüfften Lars zu.

Fragend wandte sich dieser seiner Partnerin zu. »Hat er einen seiner Blitzeinfälle gehabt und recherchiert?«

»Erkannt. Und wo warst du?«

»Mal austreten und dabei hat mich Lotte gestört.«

»Selbst schuld, wenn man auf die Toilette sein Handy mitnimmt. Was wollte sie denn?«

»Sie hat verkündet, dass sich Floh gemeldet hat.«

»Ach.«

»Angeblich hatte er einen Kumpel getroffen und ist mit ihm versackt. Bei seinem Chef hat er sich auch schon krankgemeldet.«

»Wieso sagst du angeblich?«

»Lotte benutzte das Wort. Sie kennt ihren Jungen schon so lange und hat noch immer gespürt, wenn er gelogen hat.«

»Wie sollen wir das nun einordnen?«

»Kann ich dir nicht sagen. Lotte gab mir Flohs Telefonnummer, aber er ist nicht rangegangen.«

»Ich habe irgendwie ein ungutes Gefühl.«

»Ganz koscher erscheint mir die Geschichte auch nicht.«

»Wenn Sylvio sowieso mit Recherchetätigkeiten beschäftigt ist, kann er doch nebenbei mal schauen, wo sich das Handy und hoffentlich auch Floh derzeit befinden.«

»Gute Idee, könnte von mir sein.«

Henrike lachte und wählte Sylvios Telefonnummer.

»Wieso meinst du, dass ich mit Werlings Tod etwas zu tun habe?«

Floh schluckte hart. Das Thema hatte er bereits furchtvoll erwartet. Er musste auf der Hut sein, jetzt kam es darauf an.

»Ich war des einen Abends zufällig beim Weinstand von Werling gewesen.«

»Zufällig?« Jochen schnaubte.

»Ich war neugierig, weil meine Tante gesagt hatte, dass er umgebracht worden sei. Ich fand das krass.«

»Und da wollste mal kieken.«

Floh zuckte unbestimmt mit den Schultern. »Dann habe ich gesehen, wie du etwas gesucht hast. Ich bin dir bis zum Gully gefolgt.«

»Und hast eins und eins zusammengezählt.«

»Hmmm.«

»Was meinst du, was ich gesucht habe?«

Beinahe wollte Floh mit dem Wissen prahlen, dass er auf dem Kommissariat das Bündel aus dem Kanal gesehen hatte. Verdammt, das durfte er nicht sagen. Jochen würde ihn sofort kaltmachen.

»Ich weiß es nicht. Ich habe hin und her überlegt. Was soll ein Weinstandbesitzer für krumme Geschäfte machen?«

Auf einmal preschte Jochen auf ihn zu und kam dicht vor seinem Gesicht zum Stehen. »Krumme Geschäfte?«, knurrte er.

Floh blieb die Spucke weg. Er war auf dem richtigen Dampfer, aber wie bog er das Gespräch zu seinen Gunsten ab? Er leckte sich die Lippen. »Ich habe das Portemonnaie von Werling in die Finger bekommen. Der Idiot hat gar nicht gemerkt, dass danach hundert Euro fehlten. Richtig

Hammer fand ich, als ich total viele Kreditkarten entdeckt habe. Von Banken aus verschiedenen Bundesländern. Und sein übertriebener Goldschmuck. Das fette Auto auf dem Hof. Das kriegst du nie und nimmer nur mit dem Verkauf von Wein hin.«

Jochen durchbohrte ihn mit den Augen. Floh konnte ihm ansehen, dass es für ihn nun die Fünfzig-Fünfzig-Chance gab, zu überleben oder im Mittellandkanal zu landen.

Aus heiterem Himmel brach Jochen in schallendes Gelächter aus.

Sylvio fegte ins Büro und breitete achtlos auf Lars' Tisch eine große Karte aus. Dabei fielen Stifte und mehrere Blätter auf den Boden.

»Mensch Sylvio, was soll der Scheiß!« Lars stierte den jungen Polizisten ungehalten an.

»Ja, sorry. Ist wichtig.«

Henrike umrundete den Tisch und beobachtete erwartungsvoll, wie Sylvio mit einem dicken Stift mehrere Punkte auf der Karte markierte.

»Was soll das?«

»Wie unschwer erkennbar ist, habe ich eine Luftaufnahme von Veltenhof und dem Hafen mitgebracht. Zur Orientierung seht ihr hier den Friedhof, da das Haus des ehemaligen Geistlichen und hier ist der Hafen.«

Die Orte hatte Sylvio mit gelber Farbe gekennzeichnet.

»Nicht sehr spektakulär, meinst du nicht auch?« Lars sah zu Henrike hinüber.

»Damit kannst du mich nicht ärgern«, reagierte Sylvio gelassen. »Ich weiß doch, was ihr haben wollt. Also schauen wir mal weiter, welche tollen Neuigkeiten jetzt kommen.« Er beugte sich erneut über die Karte und sein Mund verzog sich zu einem Lächeln.

»Er wird immer schlimmer.« Henrike seufzte. »Von wem er das wohl hat?«

»Von mir natürlich«, schnaubte Lars. »Fang endlich an. Kriegst nachher eine Kugel Eis.«

»Danke, danke.« Sylvio nahm sich einen blauen Stift und zeichnete Kreuze in die Karte.

»Wofür stehen die?«

»Das sind Funkmasten des Anbieters, von dem Werling die zweite SIM-Karte besaß.«

»Es war aber nur eine Prepaid.«

»Das ist egal. Der Provider zeichnet immer auf, in welchem Funkmasten ein Telefon eingeloggt ist. Es wäre natürlich Klasse gewesen, wenn das Handy GPS gehabt hätte. Dann wüssten wir es genauer, allerdings nutzen Kriminelle gerne Prepaid, um unsere Recherchearbeiten zu erschweren. Aber wem erzähl ich das!« Sylvio nahm einen grünen Stift zur Hand.

»Du machst es aber spannend.«

Er zeichnete mit dem grünen Stift Kreise um einige Funkmasten.

Lars wartete ab, bis er fertig war und fasste die vielen Markierungen auf der Karte zusammen. »Werling ist demnach auf dem Friedhof gewesen, das Haus des Geistlichen kann er rein theoretisch auch besucht haben und im Hafen war er ebenfalls.«

»Er hat ein Doppelleben geführt«, stellte Henrike fest. »Tagsüber Hehler oder was auch immer, abends unterhaltsamer Wirt. Hat Werling mit dem Telefon Gespräche geführt?«

»Ja. Leider ebenfalls zu einem Prepaid Handy. Die Anfrage beim Provider läuft noch, aber ich vermute, dass es die meiste Zeit in denselben Funkmasten eingebucht war.«

»Diese Prepaid Handys sollte man verbieten«, fluchte Lars

laut. »Es könnte so einfach sein, den Besitzer und offensichtlichen Komplizen Schrägstrich Mörder ausfindig zu machen.«

»Wir haben bereits einen Trupp von Polizisten ins Hafengebiet geschickt. Wir sollten weitere nach Veltenhof entsenden.« Henrike blickte von der Karte auf und fixierte Lars. »Ich mache mir gerade größere Sorgen um Floh. Wie wir wissen, arbeitet er im Hafengebiet. Außerdem ist er dem großen Unbekannten schon mal begegnet und gefolgt.«

»Und dann die Krankmeldung bei seiner Tante.« Lars verschränkte die Arme vorm Körper. »Entweder ermittelt Floh auf eigener Faust, um sich für seine Verhandlung zu entlasten, oder«, er verzog griesgrämig das Gesicht, »er packt die Chance am Schopf und baut seine kriminelle Karriere weiter aus. Er könnte Werlings Position einnehmen, die offen ist.«

»Glaubst du das wirklich?«

»Bis jetzt hat er sich nicht mit Ruhm bekleckert.«

»Was machen wir jetzt?«

Sylvio erhielt einen Anruf. »Na endlich«, sagte er mit einem Blick auf die angezeigte Rufnummer. »Lauft nicht weg. Das wird interessant.«

Marion hatte die Nase gestrichen voll. Ihr war langweilig in Lars' Wohnung, sie vermisste ihre Bücher, ihre gemütliche Couch und vor allem hatte sie keine Lust mehr auf Überwachung. Der Polizist, der als Ablösung im Raum nebenan saß, las vorzugsweise Comics oder sah sich lustige Filmchen auf YouTube an. Mit dem konnte sie sich rein gar nicht unterhalten.

Zudem verweigerten Lars und Henrike jedwede Information hinsichtlich der Ermittlungen. Sven schien auch vom Erdboden verschluckt zu sein und sie hasste es nahezu, wie ein kleines Mädchen behandelt zu werden. Immerhin hatte sie während der Nachforschungen eine Menge einstecken müssen und sie fand, dass es ihr zustand, auf dem Laufenden gehalten zu werden.

Als ihr Telefon klingelte, hob sie leicht gereizt ab. »Hallo Lars, schön, dass wenigstens du mich nicht vergessen hast.«

»Ich verstehe nicht ganz. Sag mal … einen Moment.«

Marion hörte, wie Lars die Hand über den Lautsprecher hielt, aber eben nicht vollständig. Dumpf vernahm sie das Gespräch zwischen ihm und Sylvio.

»Flohs Handy befindet sich immer noch im Bereich des Hafens. Das Prepaid Handy, zu dem Werling Kontakt hatte, ist ebenfalls dort. Leute, da geht was ab! Wir sollten unbedingt aufbrechen und die Kollegen vor Ort unterstützen.«

Lars antwortete Sylvio etwas, dass Marion nun nicht mehr verstand. Vermutlich presste er das Handy gegen seine Brust. Nach einem lauten Krispeln erklang seine Stimme. »Marion, das ist jetzt echt schlecht. Eigentlich wollte ich dich bitten zu schauen, ob meine Sonnenbrille irgendwo rumliegt. Ist jetzt aber auch egal. Ich muss los.« Er drückte sie weg.

Marion verharrte einen Moment mit dem stummen Handy in der Hand. Für sie war es eindeutig, dass es einen konkreten Hinweis auf den Mörder von Werling gab. Ein Schauer jagte ihr über den Körper, als das Gefühl von ihr Besitz ergriff, wie er sie eiskalt über die Brüstung geworfen hatte.

Sie wollte die Erinnerung abschütteln und blickte aus dem Fenster. Sie verlor sich einen Moment in der Weite.

Als sie zurückkehrte, stand ihr Entschluss fest. Sie musste den Mann sehen. Sie musste mit ansehen, wie er festgenommen wurde. Bestenfalls würde er dabei sterben!

Achtzehn

Sylvio, Henrike und Lars fuhren vorweg, gefolgt von zwei Streifenwagen. Das Blaulicht rotierte auf dem Dach, während die eingeschaltete Sirene den Weg auf der Gifhorner Straße freimachte. Wenig später bogen sie links auf die Schmalbachstraße ein.

Sylvio beendete soeben ein Telefonat. »Das war total interessant«, sagte er.

Lars warf einen kurzen Blick in den Rückspiegel. »Was sagt das LKA?«

»Die fanden die Idee äußerst spannend, dass per Mittellandkanal geklaute Sachen verschifft werden. Geographie ist nicht meine Stärke, aber der Kollege erkannte auf Anhieb, dass die Transportwege ideal sind. Im Osten schließt sich bei Magdeburg die Elbe an, im Westen ist es der Dortmund-Ems-Kanal. Bei Minden gäbe es die Möglichkeit, über die Weser in Richtung Süden oder Norden weiterzukommen. Der perfekte Verteilungsknoten für Waren aller Art.«

»Das hört sich für mich nach einer ziemlich großen Nummer an«, erkannte Henrike die Brisanz der Information. »Wir vermuten gerade mal, dass Werling und dieser Unbekannte mit drinhängen. Zwei Leute reichen für solch ein Netzwerk nie und nimmer aus! Das muss man mit Mehreren logistisch bewerkstelligen.«

»Vielleicht drehen wir den ersten Stein um, der alles Weitere ins Rollen bringt. Ach, schon wieder Telefon.« Angespannt lauschte Sylvio. Sein Gesicht begann während des Telefonates zu leuchten.

Lars erreichte den Ortseingang von Veltenhof, drosselte ein wenig das Tempo, hielt sich dennoch nicht an die vorgeschriebenen dreißig Kilometer pro Stunde, die im Ortskern herrschten. Die Sirene schaltete er allerdings an der nächsten

Ampel, an der sie rechts abbogen, stumm. »Okay, super, vielen Dank.« Sylvios Augen blitzten triumphal. »Ihr dürft mir die Füße küssen. Ich habe eine Adresse.«

»Wohin?«

»Warte, die Kollegen haben sie per Mail geschickt.« Sylvio hielt Henrike das Handy vors Gesicht, die daraufhin die Koordinaten in das Navi eintippte.

»Was ist das für eine Adresse?«

»Eine Art In- und Export Firma. Die hat sich auf allerlei Gütertransfer von Ost nach West und in umgekehrter Richtung spezialisiert. Geschäftssitz ist im Ruhrgebiet.«

»Aber nicht Oberhausen, oder?«

»Nee, Dortmund. Aber wer weiß … die LKA Kollegen der betreffenden Bundesländer tauschen sich intensiv aus und wenn wir denen neue Informationen liefern können, um ein kriminelles Netzwerk auffliegen zu lassen, das wäre echt geil.«

»Ist das die einzige In- und Export Firma im Hafen?«, wollte Lars wissen.

»Nein.«

»Wie kannst du dann ausschließen, dass es nicht eine andere ist?«

»Diese eine Firma hat seit neustem Käse auf ihrer Lieferliste. *Handkäs mit Musik.* Eine pfälzische Spezialität. Kommt uns im Zusammenhang mit Werlings Tod bekannt vor.«

Floh hockte alleine in seinem Gefängnis. Er war wie immer gefesselt und konnte sich kaum bewegen. Er hatte sich zwar Jochen angenähert, aber der war nicht so dumm, ihm blind zu vertrauen.

Daher haderte Floh mit seinem Schicksal. Er fragte sich fortwährend, wie er in diese missliche Lage geraten war! Und wohin war Jochen eigentlich verschwunden? Gefühlt war er seit Stunden wie vom Erdboden verschluckt.

Floh hatte zwar die Zeit genutzt und sich ausführlich in seinem Gefängnis umgesehen, soweit das im schummrigen Licht möglich gewesen war, aber beim besten Willen konnte er keine Fluchtmöglichkeit entdecken. Dieser verdammte Speicher war ein Kerker, und die Treppenstufen, die in die oberen Etagen führten, waren nicht der Eintritt in die Freiheit. Zähneknirschend musste er auf die Rückkehr von Jochen warten.

Ein unerwarteter Gedanke durchzuckte ihn! Was wäre, wenn Jochen gar nicht zurückkam! Er könnte ihn hier einfach verdursten lassen. Das würde keine zwei, drei Tage dauern!

Augenblicklich fühlte sich sein Gaumen wie ausgetrocknet an. Er schluckte ein paar Mal heftig und versuchte die aufkommende Panik zu unterdrücken.

Dann vernahm er schwach das Geräusch eines Motorrades. Dem Knattern nach zu urteilen, konnte es eine Harley sein. Jochen war zurück, endlich, dachte Floh. Er atmete erleichtert durch und freute sich beinahe, seinen Entführer zu sehen.

Die Tür öffnete sich kurz und ließ einen Blick auf das sonnige Sommerwetter erahnen. Dann wurde es wieder dunkel. Jochen trat in den Schein des schwachen Lichtscheins, der durch ein Fenster von weit oben zu ihnen hinabgelangte.

Überrascht stellte Floh fest, wie stark äußerlich Jochen verändert war. Er trug einen dunklen, perfekt sitzenden Anzug, die blonden, langen Haare waren zu einem Zopf zusammengebunden und ein großer Bart und eine getönte Brille rundete den Eindruck eines Geschäftsmannes ab.

»Wow«, stieß Floh aus.

Jochen ließ sich auf dem Stuhl gegenüber nieder.

»Anscheinend gefällt dir meine Verkleidung.«

»Hammer.«

Jochen brachte andeutungsweise ein Lächeln zustande, dabei begann er langsam den Bart von der Gesichtshaut abzuziehen.

»Ich hatte schon als Kind Spaß an Verkleidungen.« Er setzte die Brille ab und klappte beinahe andächtig die Bügel zusammen. »Weißt du, wo ich eben gewesen bin?«

»Nein.«

Jochen zog sich die Perücke vom Kopf. »Ich war in der Stadt. Ich habe mir die Pension deiner Tante angesehen.«

Floh starrte den Mann unbewegt an.

»Eine hübsche kleine Pension. Mit einer netten, alten Dame.«

»Äh«, krächzte Floh.

»Wir haben nett miteinander geplaudert.« Seine grünen Augen fixierten ihn. »Hängst du sehr an deiner Tante?«

Floh blinzelte aufgeregt, denn er verstand die Drohung genauso, wie sie gemeint war. Schwach nickte er mit dem Kopf.

Jochen richtete sich auf. »Ich brauche für meine Geschäfte einen Kompagnon. Der letzte war untauglich. Aber das weißt du ja.«

Floh brach der Schweiß aus.

»Ich denke, du bist auf zack«, fuhr Jochen fort. »Ich schaue mir an, wie du dich anstellst. Wenn es mir nicht gefällt, erinnre dich daran, wie es Werling ergangen ist.« Er lachte höhnisch.

»Bevor ich mit dir fertig bin, wirst du sehen, wie es deiner Tante an den Kragen geht. Klar?« Seine Augen funkelten gemein.

Floh bekam richtig Schiss. Er atmete tief durch und versuchte den Puls zu verlangsamen. »Kein Problem, Mann.

Wenn für mich genug dabei rumkommt, mache ich gerne mit. Mit ehrlicher Arbeit kommt man nicht weit.« Er setzte ein schiefes Lächeln auf und hoffte, dass es ihm nicht gründlich misslang.

Jochen baute sich vor ihm auf und entledigte sich seiner Anzugjacke. »In einer halben Stunde kommt ein wichtiger Geschäftspartner mit seinem Motorboot vorbei. Wir laden ein paar Sachen bei ihm an Bord. Dazu kann ich deine Hilfe gebrauchen. Wenn der da ist, hältst du die Klappe. Ich will kein Wort hören. Verstanden?«

»Kein Problem.«

Jochen lief um ihn herum und löste die Fesseln. »Ich brauche jemanden, der Botengänge für mich in und rund um Braunschweig erledigt. Absolute Verschwiegenheit ist das A und O. Kapiert!«

»Ich ersetze Werling?«

»Quatsch. Ich habe vor, mein Geschäftsmodell anderes zu gestalten. Ich möchte regionaler arbeiten, dann bleibt auch mehr Geld in der eigenen Tasche hängen. Der Geschäftspartner, der nachher vorbeikommt, hat zu schlechte Konditionen.«

Floh blickte ihn gebannt an und wünschte sich tief im Inneren, dass er überzeugend rüberkam. Im Moment schien es Jochen zu gefallen, einen aufgeschlossenen Zuhörer zu haben.

»Der Werling hat einmal im Jahr ein nettes Zubrot geliefert«, fügte Jochen auf einmal seinen Ausführungen hinzu.

»Wie meinst du das?«

»Na der Weinstand! Je später die Stunde, desto mehr Alkohol hatten die Leute gesoffen. Werling hatte sich auf Senioren spezialisiert, die bei jeder neuen Bestellung redseliger wurden. Geschickt schwatzte er ihnen Familienschmuck für lau ab oder erstand Gemälde deutlich unter dem reellen

Wert. Er gab mir die Sachen und ich habe sie an interessierte Käufer weitervermittelt.«

»Gute Idee«, meinte Floh dazu.

»Leider hat Werling dann einen unglaublichen Fehler begangen.«

Floh schaute ihn gebannt an.

»Der ganze Mist fing damit an, dass die Langenberger zu viel an seinem Weinstand rumhing. Die sind ins Quatschen gekommen über ihren Vater, seine Krankheit, dass sie ihn enterbt hat. Mann, ich hätte die Alte in den Wind geschossen.«

»Da muss doch noch mehr passiert sein für einen unglaublichen Fehler, oder?« Jochen beäugte ihn misstrauisch.

»Ich will doch nur verstehen, wie ich mich verhalten soll, um nicht in deinen Augen Scheiße zu bauen.«

»Gute Einstellung.«

Jochen überlegte einen Moment. Floh konnte erkennen, wie er mit sich rang, seine Geheimnisse auszuplaudern. Er gab sich einen Ruck.

»Die Langenberger war wegen ihres Vaters schräg drauf. Es war so einfach, sie zu erpressen. Und nur weil sie den Alten ins Pflegeheim abgeschoben hatte. Das schlechte Gewissen nagte an ihr. Außerdem hatte Werling diese Papiere und Tagebücher als Druckmittel. Es ging um die alte Familiengeschichte von der Langenberger. So genau habe ich das nicht verstanden, ich weiß auch nicht, wo er die Sachen herbekommen hat. War mir auch egal. Er hat es geschafft, die Frau dermaßen zu beeindrucken, dass sie bereit war zu zahlen.« Er schnaubte wütend. »Das hat Werling dann ganz alleine durchgezogen. Auf einmal waren wir keine Geschäftspartner mehr! Aber ich bin nicht dumm, ich habe ihn beobachtet und den Geldaustausch gesehen. An dem Abend habe ich ihn mir gleich vorgeknöpft und als er uneinsichtig war, musste ich ihm eine kleine Belehrung zukommen lassen!«

Floh verstand nur zu gut, wie das gemeint war. Jochen war in seinen Augen ein brandgefährlicher Mann, der Fehler nicht tolerierte.

»Das Geld musste ich leider ihm Kanal zwischen deponieren«, setzte Jochen seine Schilderung fort. »Das war mir zu heiß, da laufen zu viele Leute rum. Leider ist es jetzt weg.«

Floh schwieg vorsorglich, da er Bescheid wusste, dass die Polizei das Geld hatte. Abgesehen davon war die Langenberger mittlerweile nicht mehr am Leben! Das hatte morgens in der Zeitung gestanden. Wenn er eins und eins zusammenzählte, konnte nur Jochen dafür verantwortlich sein.

Er würde den Teufel tun, ihn darauf anzusprechen. Er könnte ebenso gut von ganz oben vom Speicher in den Kanal springen. Das Resultat wäre dasselbe. Mausetot!

Jochen schlug sich abschließend mit der flachen Hand aufs Knie. »Die Sache ist abgehakt. So richtig Kohle mache ich einzig und allein mit bestellten Sachen.« Er lachte zufrieden. »Das Größte, was ich bisher mittels eines Containers verschifft habe, war ein geklauter Ferrari.«

»Mega!«

»Sage ich doch.« Er klatschte in die Hände. »Viele meiner Kunden sitzen weit, weit im Osten. Die haben unheimlich viel Schotter. Denen ist es egal, wie sie an die Waren kommen. Es darf nur nicht lange dauern. Aber«, Jochen hob drohend den Zeigefinger, »diese Leute sind gefährlich. Die scheuen vor nichts zurück.«

Floh kam nicht umhin sich zu fragen, ob Jochen nicht mittlerweile in derselben Liga spielte.

Die Autos rumpelten über die Zufahrtsstraße zum Hafen.

Unter einem großen Baum stand ein Polizeiwagen. Der Polizist daneben bedeutete Lars anzuhalten.

Durch das geöffnete Fenster beugte sich der Polizist zu ihnen hinab. »Da sind Sie ja endlich! Ich soll Ihnen ausrichten, dass Sie geradeaus weiterfahren und dann von einem weiteren Kollegen eingewiesen werden. Das Büro des Verdächtigen wurde in der Zwischenzeit geöffnet. Leider ohne den Gesuchten anzutreffen.«

»Vielen Dank.« Henrike fuhr die Scheibe wieder hoch und sie fuhren weiter. »Das wäre auch zu einfach gewesen, den Mann im Büro zu stellen.«

»Wir sollten dennoch auf der Hut sein, er kann sich überall auf dem Hafengelände aufhalten«, meinte Lars.

»Zum Glück fallen wir mit den vielen Polizeiwagen nicht auf.« Sylvio seufzte vernehmlich. »Ich hab's im Gespür, das geht schief.«

Sie fuhren also geradeaus, ließen die aufgeschütteten Kohlehaufen rechts liegen und näherten sich hohen Gebäuden, ebenfalls zu rechter Hand. Ein Polizist winkte ihnen zu, die Wagen abzustellen.

Lars und Henrike stiegen aus und sahen sich um, während Sylvio auf den Polizisten zueilte.

»Verdammt ist das unübersichtlich hier«, stellte Lars fest, wobei er den Kopf in den Nacken legte. »Das gefällt mir überhaupt nicht. Wir wissen nicht, wieweit der Mann gehen würde, um seine eigene Haut zu retten. Er könnte uns genauso gut auf offener Straße abknallen.«

Henrike war sich der Möglichkeit durchaus bewusst, dennoch blieb sie entspannt. »Bislang hat der Mann seine Taten gut geplant und im Verborgenen gehandelt. Wollen wir hoffen, dass er sich auch jetzt daran hält.«

»Mir geht nicht aus dem Kopf, das Floh vermutlich auch noch in der Gegend ist. Zumindest sein Handy. Der hat doch schon mal dem Verdächtigen hinterhergeschnüffelt. Wenn der sich nicht noch tiefer in die Scheiße geritten hat!«

»Hey Leute«, rief Sylvio und kam auf sie zugeeilt. »Der Kollege sagt, dass die Spurensicherung gerade durch das Büro von Jochen Schmidt geht.«

»So heißt der Mann?«

»Offiziell ja. Die Überprüfung der Angabe läuft noch. Der Geländewagen des Mannes wurde ebenfalls sichergestellt. Der wird abgeholt und heute Nachmittag von der Spurensicherung auseinandergenommen.«

»Wo steckt dieser Jochen Schmidt jetzt?«

»Die Frage kann derzeit niemand beantworten. Die Kollegen sind mit dem Phantombild im Hafengebiet unterwegs. Es gibt einige Rückmeldungen, dass er hier bekannt ist. Außer *Guten Tag* und *Auf Wiedersehen* hat er offenbar keinen großen Kontakt gepflegt. Übrigens ist sein Büro auch gleichzeitig sein Wohnsitz.«

»Wo arbeitet Floh? Das muss hier in der Nähe sein.« Lars drehte sich um die eigene Achse.

»Ich gehe der Sache nach.«

»Ich weiß nicht, ob das eine gute Idee ist«, meinte Sven zu Marion und hob zweifelnd die Augenbrauen.

»Und ich weiß nicht, was du meinst.« Marion zupfte an ihrer Bluse, die ihr unangenehm feucht an der Haut klebte. »Ich bringe Lars nur seine Sonnenbrille vorbei, die er zu Hause hat liegen lassen. Außerdem ist mein Beschützer auch dabei.« Sie wies auf den Polizisten, der am Lenkrad saß und die beiden anstierte.

Sven und Marion selbst standen vor dem Wagen am Ende des Hafenbeckens. Die heiße Nachmittagssonne knallte vom Himmel.

»Wenn Lars hier ist, hat er bestimmt wichtigere Dinge zu

tun, als auf seine Sonnenbrille zu warten«, belehrte sie Sven.

Sie kniff die Lippen zusammen.

»Marion, du bist schon wieder in eigener Sache unterwegs! Wenn ich nicht zufällig die Idee gehabt hätte, nach dir zu schauen, wärst du alleine los.« Sven hob abwehrend die Hand, als Marion wiederholt auf ihren Beschützer weisen wollte. »Ich fasse es einfach nicht! Der Mann, den sie suchen, ist gefährlich. Das weißt du aus eigener Erfahrung am besten!«

Trotzig richtete Marion sich auf. »Wir machen doch gar nichts. Wir stehen hier nur rum.«

»Ich gebe es auf!« Er warf die Arme in die Luft. Im nächsten Augenblick nahm er sein Handy aus der Hosentasche. »Ich rufe jetzt Lars an.«

»Nicht!« Marion griff nach dem Handy, aber Sven drehte sich geschickt zur Seite. Marion sackte ein Kloß in den Magen. Jetzt würde sie richtig Ärger bekommen.

Floh streckte sich ausgiebig und rieb sich die schmerzenden Handgelenke. Er tat dies bedächtig, denn nun stand seine Feuerprobe bevor und er brauchte Zeit, um sich zu fassen.

»Er ist da«, unterbrach Jochen sein Ritual.

Floh folgte ihm nach draußen in das gleißende Sonnenlicht. Er war erleichtert, endlich sein Gefängnis zu verlassen. Verstohlen musterte er die Umgebung, die ihm vertraut war. Allerdings beunruhigte ihn, dass das sonst geschäftige Treiben im Hafen zum Erliegen gekommen war. Waren die alle im Schwimmbad, befürchtete er.

Jochen indes lief zielstrebig auf die Kante des Hafenbeckens zu, an der ein schlaksiger Mann damit beschäftigt war, ein Motorboot zu vertäuen. Die beiden Männer begrüßten sich mit einem Handschlag und wechselten ein paar Worte.

Floh hielt sich im Hintergrund und betrachtete das Boot.

Es war so ein typisches, kleines Motorboot mit weißen Gardinen vor den Fenstern und einer verschlissenen Deutschlandfahne. Solche Boote hatte Floh wiederkehrend gesehen, seitdem er im Hafen arbeitete. Meist steuerten ergraute Kapitäne diese Boote und hatten ihre Frauen dabei. Freizeitkapitäne eben.

»Wir regeln das Geschäftliche, du bringst die Sachen an Bord«, wies ihn Jochen an und stieß mit dem Fuß gegen einen Behälter, der laut Aufschrift Streugut für den Winter enthielt.

Floh verfolgte die beiden einen Moment mit den Augen, als sie auf den alten Speicher zuliefen. Dann tat er wie geheißen und öffnete den Deckel des Behälters. Natürlich lag kein Streugut darin, sondern eine große Anzahl von Päckchen, die nicht beschriftet waren. Floh hob eines an und es kam ihm sehr leicht vor. Gerne würde er es einstecken, aber wenn Jochen das herausbekam, dann könnte er sich ebenso gut gleich selbst im Wasser ertränken. So begann er die Fracht an Bord zu bringen. Auf Deck blickte er sich bei jedem Gang um, ob ihm noch etwas auffiel. Der Bootsführer war kein sehr ordentlicher Mensch, denn er hatte leere Cola- und Bierflaschen in einer Ecke gesammelt, zudem häuften sich Pizzaschachteln und leere Dönertüten auf dem kleinen Tisch. Weiter ins Innere des Bootes wagte er nicht vorzudringen, er befürchtete, entdeckt zu werden.

Für einen Moment verharrte Floh an Deck und blickte auf die gegenüberliegende Seite des Hafens. Die Entfernung betrug vielleicht sechzig oder siebzig Meter. Ungläubig kniff er die Augen zusammen. Was er dort drüben sah, konnte unmöglich wahr sein!

Sylvio war außer Atem, als er Henrike und Lars einholte. »Da seid ihr ja!« Er schnappte nach Luft und wischte sich den Schweiß von der Stirn. »Dieser verfluchte Fahrstuhl ist kaputt und ich musste Treppe laufen. Und das bei der Hitze!«

»Hat es sich gelohnt?«, wollte Lars wissen.

»Nicht wirklich. Flohs Chef hat seit seiner Krankmeldung nichts mehr von ihm gehört. Er wirkte enttäuscht. Vermutlich hat Floh bald keinen Job mehr.«

»Das war abzusehen. Das wird den Jungen tief runterziehen«, sprach Henrike aus, was Lars dachte. »Er hätte die Kurve kratzen können.«

Lars lief schweigend über die Schienen eines Krans zum Hafenbecken. Er hatte es Floh gewünscht, immerhin hatte es damals bei Sylvio auch geklappt. Allerdings war Sylvio erst am Beginn des Abrutschens gewesen, während Floh diesen Schritt schon weit hinter sich gebracht hatte.

Henrike leistete ihm Gesellschaft und wortlos starrten beide auf die gekriselte Wasseroberfläche.

»Du kannst nicht jeden retten«, sagte Henrike einfühlend zu ihm. »Ich weiß. Wahrscheinlich hat Floh es auch gar nicht verdient.« Lars richtete sich auf und ließ den Blick in die Ferne schweifen. Er brauchte einen Moment, bis er verstand, was er dort sah. »Hol mich doch der Teufel!«

Henrike folgte seinem Blick. Erstaunt registrierte sie, dass der, von dem sie sprachen, auf der anderen Seite stand und zu ihnen hinübersah. »Das ist ja …«, sie verstummte.

Jetzt ruderte Floh hektisch mit beiden Armen und hüpfte auf und ab. Dann hielt er in der Bewegung inne und begann mit dem Zeigefinger Zeichen in der Luft zu malen. Die Hand sank kurz hinab, anschließend wiederholte er die Zeichen.

»Was soll das?«

Sylvio tauchte neben Lars auf. »S.O.S.«, übersetzte er.

»Was soll der Scheiß! Der verarscht uns doch«, geriet Lars

in Rage und wollte genau das zu ihm hinüberbrüllen.

Henrike packte seinen Arm. »Nicht!« Mit großer Anstrengung zwang sie Lars in die Hocke hinunter, selbst Sylvio kapierte, dass sie in Deckung gehen mussten.

Über Floh, der sich immer noch auf dem Deck des Bootes aufhielt, tauchten zwei Männer auf. Der eine der beiden bestach durch seine gewaltige Statur. Der Mann daneben schien gerade einmal ein Drittel an Körpermasse aufzubringen.

»Der große ... das ist doch unser Mann ... das ist doch ... unfassbar!«, stammelte Lars.

Sie verschanzten sich hinter einer großen Kabelrolle. Vorsichtig hob Henrike den Kopf und spähte hinüber. Der schlaksige Mann kletterte gerade ins Boot zurück, während Floh es in Gegenrichtung verließ. »Was geht da vor?«

Blitzschnell fasste Lars einen Plan. »Sylvio, du kümmerst dich um das Boot. Verfolgt es, das dürfen wir nicht verlieren.«

Sylvio trat ohne Kommentar den Rückzug an und lief auf den nächsten Polizeiwagen zu, der zum Glück nicht von der anderen Seite aus zu entdecken war.

Lars kroch nun ebenfalls rückwärts, Henrike im Schlepptau.

»Wir müssen auf die andere Seite rüber, aber sie dürfen uns nicht kommen sehen. Gib den Kollegen Bescheid. Sie sollen sich was einfallen lassen.«

Gemeinsam blickten Floh und Jochen dem abfahrenden Motorboot hinterher. Jochen wirkte zufrieden, während Floh innerlich dermaßen aufgewühlt war, dass er drohte zu platzen.

»Genau so will ich Geschäfte abwickeln«, begann Jochen ein Gespräch, »in Ruhe und professionell. Ich brauche einen zuverlässigen Handlanger, während ich das Geschäftliche regle.« Er setzte sich in Bewegung.

Beunruhigt registrierte Floh, wie er zurück zum Speicher ging. Nicht wieder da rein, dachte er. Wie soll mich da jemand finden? Er hatte zwar die Gewissheit, dass die Kommissare ihn gesehen hatten, aber mal ganz ehrlich – aus welchem Grund sollten sie ihn retten? Er hatte ihnen keinen Anlass gegeben.

»Was passiert jetzt?«, fragte Floh und schloss schweren Herzens zu Jochen auf.

»Ich mache ein paar Telefonate und wir planen die nächsten Deals. Es wird Zeit, das Geschäft richtig zum Laufen zu bringen.« Jochen blieb abrupt stehen. Er warf den Kopf zu ihm herum. »Ab morgen gehst du wieder ganz normal zur Arbeit. Du darfst keinen Verdacht erregen. Und bei deiner Tante gehst du auf lieb Neffe machen.«

Ohne Ankündigung hieb Jochen die Hand auf seine Schulter und ließ sie schwer dort liegen. »Wenn ich nur einen Funken das Gefühl habe, dass du mich hintergehst oder verarscht, bist du tot!«

Floh fühlte sich schwindelig, dennoch erwiderte er: »Kein Problem. Ich habe dich verstanden. Ich bin doch nicht blöd. Ich beiße nicht in die Hand, die mich füttert.« Er verzog das Gesicht zu einem schiefen Grinsen.

Jochen sah von oben auf ihn herab. »Halt dich daran und wir werden beste Freunde.«

»Was machen wir jetzt?«, brummte Sven, dem es eindeutig zu heiß war.

»Ich weiß es nicht. Mein Glück, dass du Lars nicht erreicht hast. Das Donnerwetter hole ich mir später ab.«

»Nachdem der meine Nummer gesehen hat, hat er es bestimmt nicht für notwendig befunden ranzugehen.« Jetzt schmollte Sven.

Marion bekam ein schlechtes Gewissen, denn sie wusste, er fühlte sich am wohlsten in seiner kühlen Rechtsmedizin. Das hier war sicherlich nicht nach seinem Geschmack.

»Na gut, lass uns zu Lars' Wohnung zurückfahren«, lenkte sie ein.

Erleichtert griff Sven ihren Vorschlag auf. Gemeinsam bewegten sie sich auf den Wagen zu, in dem der Polizist sie verständnislos ansah.

Marion öffnete gerade die hintere Tür, als sie aus dem Augenwinkel einen sich nähernden LKW wahrnahm. Langsam fuhr er auf der unebenen Straße an ihnen vorbei. Der rumpelnde Dieselmotor zerschnitt empfindlich die Ruhe des Nachmittags.

Sie blickte zum Fahrerhäuschen hinauf, in dem ein junger Mann saß, der eine Polizeiuniform trug!

Sie riss die Augen auf, als sie neben dem Polizisten die Silhouette von Lars entdeckte. Jetzt beugte sich auch noch Henrike nach vorne!

»Also, dass ... ist ... nicht zu fassen!«

»Marion, geht es dir nicht gut? Was hast du?« Sven beäugte sie irritiert, wie sie vom Auto abkehrte und offenbar dem LKW nachlief. Ist sie jetzt völlig irre, befürchtete er.

Der Polizist im Wagen bemerkte ebenfalls die veränderte Situation und stieg aus. »Frau Amft, wo wollen Sie hin?«, rief er ihr nach.

Marion nahm nichts davon wahr, sondern hastete voran. So blieben Sven und dem Polizisten nichts anderes übrig, als hinter ihr her zu eilen.

Jochen zog die Tür hinter sich zu. »Was für eine Affenhitze da draußen.« Wohltuend empfing sie der alte Speicher mit kühler Luft.

Floh war unschlüssig. Was passierte jetzt? Konnte er gehen? Was würden Lars und Henrike unternehmen? Konnte er Hilfe von ihnen erwarten?

»Komm mit«, wies Jochen ihn an und erklomm die ersten Stufen der Treppe, die aufwärts führte.

Floh war bislang noch nie dorthin gelangt und seine Neugier besiegte die Furcht vor das, was die nächsten Stunden bringen würden.

In der dritten Etage erreichten sie einen Bereich, in dem sich Jochen offenbar wohnlich eingerichtet hatte. Ein großer Fernseher stand in der Ecke, davor ein breites Sofa und daneben ein Kühlschrank. Vor einem Fenster stand ein Schreibtisch mit übereinander gehäuften Papieren. Darauf lief Jochen zu und wühlte in dem großen Stapel herum. Ein paar Blätter flatterten auf den Boden, das schien ihn allerdings nicht zu stören.

Erst das Dröhnen eines Dieselmotors auf der Straße weckte sein Interesse. Als der LKW den Speicher passierte, warf er gewohnheitsmäßig einen kurzen Blick nach unten.

Der Anblick eines LKWs war an sich nichts Besonderes für ihn. Sie fuhren tagein, tagaus übers Gelände. Also drehte er den Kopf bereits zu Seite, als ihm die Frage durch den Kopf schoss, warum ausgerechnet ein Mann mit Polizeiuniform den LKW lenkte!

Empörung wallte in ihm auf. Seine Augen verdunkelten sich, als er die Schublade des Schreibtisches aufriss und eine Waffe hervorholte.

Floh wurde die Sicht auf die Waffe verdeckt, dennoch spürte er den dramatischen Stimmungswechsel. »Was ist denn los?«

Jochen glotzte nach unten und entsicherte die Waffe, als der LKW am Eingang zu seinem Speicher anhielt. Der Fahrer blieb am Lenkrad sitzen, aber über die Beifahrerseite kletterten ein Mann und eine Frau heraus. Sie duckten sich, umrundeten den LKW und rannten auf den Speicher zu.

Floh trat verunsichert an Jochens Seite und lugte an ihm vorbei. Das metallische Geräusch der entsicherten Waffe hatte er als solches erkannt und es jagte ihm eine Heidenangst ein. Ohnmächtig verfolgte er, wie Lars und Henrike zum Speicher rannten, während Jochen die Waffe anlegte und auf sie zielte.

Flohs Gehirn ratterte. Was sollte er tun? Er musste die Kommissare beschützen. Um jeden Preis!

Entschlossen warf er sich gegen den Arm von Jochen. Ein Schuss löste sich und peitschte über den Köpfen von Lars und Henrike hinweg.

Sie hoben ruckartig den Kopf. Der Schuss war von oben gekommen. Aber von wo genau?

Jochen schlug Floh mit voller Wucht die Waffe ins Gesicht. Der taumelte nach hinten, fiel zu Boden und bekam obendrauf einen Fußtritt in die Magengegend.

Floh schrie auf, dann gingen seine Lichter aus.

Draußen sprang der Polizist aus dem LKW und sprintete zu Lars und Henrike hinüber, die sich dicht an die Wand des Speichers pressten. Ihre Blicke hingen in der Höhe.

»Dritter Stock, Fenster«, beschrieb der Polizist knapp.

Lars drückte gegen die Eingangstür, die sich überraschend öffnen ließ. »Wir gehen rein«, sagte er. »Du bleibst hinter mir«, wies er Henrike an.

»Wir sollten auf Verstärkung warten«, meinte der Polizist.

»Keine Zeit. Vermutlich ist noch jemand bei ihm und das könnte brenzlig werden. Wir gehen rein, Sie rufen die Verstärkung.«

Henrike folgte Lars dicht auf den Fersen. Diese Situation war brandgefährlich, dennoch mussten sie versuchen, Floh zu retten.

Drinnen orientierten sie sich kurz und schlichen dann die Treppe nach oben. Sie hörten über sich Schritte und das Gurren von Tauben. Schwer für sie einzuordnen, wo genau Jochen Schmidt sich befand.

Die ersten beiden Etagen fanden sie verlassen vor, in der dritten entdeckten sie die Wohnungseinrichtung. Lars behielt die Treppe im Auge, während Henrike auf das Fenster zuging. Sie blickte hinunter und entdeckte den LKW. Von hier aus hatte Jochen Schmidt geschossen. Aber weder von ihm, noch von Floh gab es eine Spur.

»Blut«, flüsterte Lars und zeigte auf den Boden.

»Ganz frisch«, bestätigte Henrike. »Aber von wem?«

Auf einmal knatschte es über ihren Köpfen. Als ob eine verrostete Luke aufgeschoben wurde.

Das Handy von Lars klingelte. »Mist.« Er drückte das Gespräch weg. Schon wieder Sven, stellte er fest, super Timing. Als er das Handy wegpacken wollte, rief Sven erneut an.

»Was?«, fauchte Lars leise.

»Euer Mann steht im fünften Stock an einer Ladeluke. Es sieht aus, als wolle er sich abseilen.«

Lars verstand nur Bahnhof, bis ihm klar wurde, dass Sven draußen stand und alles mitverfolgte. Nun rannte er die letzten Stufen hinauf.

Henrike kam nur wenig später oben an. Ihr bot sich ein unübersichtliches Bild: Jochen Schmidt, dessen Hand bereits das Seil umschloss, um in die Freiheit zu gelangen. Lars, der seitlich vor ihm stand und seine Waffe auf ihn richtete.

Floh, der sich neben Jochen Schmidt wankend auf den Beinen hielt. Die freie Hand von Jochen Schmidt packte ihn an der Gurgel.

»Keinen Schritt weiter, sonst stoße ich ihn runter«, höhnte er ihnen entgegen.

Floh sah mitleiderregend aus, aber Lars blendete seine

Anwesenheit aus. »Machen Sie keinen Mist, noch ist nichts passiert.«

»Ha!«, tönte Jochen Schmidt. »Ich nehme mir da unten den LKW und ihr lasst mich und den Jungen ziehen. Okay?«

Aus der Ferne ertönten die ersten Polizeisirenen. »Los, verpisst euch jetzt«, schrie er ihnen zu.

Henrike und Lars bewegten sich langsam rückwärts. Floh beobachtete ihre Bewegungen mit weit aufgerissenen Augen, während Jochen sich vorbereitete zu fliehen. Er griff nach dem Seil ... schubste Floh von sich ... zückte seine Waffe und zielte auf ihn.

»NEIN!«, brüllte eine Frauenstimme von draußen.

Jochen ließ sich für einen Moment davon ablenken, Floh krallte sich am Rahmen der Luke fest und zog den Kopf ein.

Eine Taube flatterte auf und flog Jochen fast ins Gesicht. Reflexartig wehrte er die Taube ab. Dabei verlor er beinahe das Gleichgewicht. Er fing sich an dem Seil, das an der Rolle über ihn am Balken durchlief.

Scheiß was drauf, dachte er, ich haue jetzt ab. Er warf sein volles Gewicht ins Seil und klammerte sich mit seinen starken Armen daran fest.

Für den Bruchteil einer Sekunde schwebte er in der Luft — dann jagte ihn die Schwerkraft Richtung Boden. Im Fallen begriffen, erkannte er, dass das Seil ohne Widerstand durch die Rolle lief. Sein Fall würde nicht gebremst werden!

Laut protestierend, raste er auf den Boden zu und wurde im nächsten Moment zerschmettert.

Neunzehn

Lars hielt sich den Bauch. »Das war gut, wenn auch nicht bei Weitem so gut, wie bei deinem Onkel im Restaurant.«

»Nächste Woche ist er aus dem Urlaub zurück. Ich habe ihn per WhatsApp informiert, dass du ein kulinarisches Wohlfühlprogramm benötigst.« Sylvio verspeiste den letzten Happen seiner Currywurst.

Sie saßen unter einem Sonnenschirm vor der *Wahren Liebe* und machten Mittag.

»Wo bleibt denn Henrike?«, wollte Sylvio wissen.

»Sie wollte Lotte ins Krankenhaus zu Floh fahren.«

»Wie geht es ihm?«

»Soweit ganz gut. Er hat eine leichte Gehirnerschütterung und geprellte Rippen. Trotzdem hat er bereits seine Aussage zu Protokoll gegeben. Es war ihm sehr wichtig zu erklären, dass er mit Jochen Schmidt nicht in einem Boot saß, sondern ganz dumm mit reingeschlittert ist. Außerdem hat er mich und Henrike vor Schaden bewahrt, als Jochen Schmidt auf uns schoss. Nun hat er bei der Staatsanwaltschaft ein Stein im Brett.«

»Wie hat er das gefälschte Nummernschild an dem Golf GTI erklärt? BS-DM 1967!« Sylvios Augen blitzten gut gelaunt.

»Da hatte er Glück im Unglück, denn das Auto gehört ihm gar nicht. Dafür bekommt der eigentliche Besitzer wegen Kennzeichenfälschung eine Anzeige. Es gibt das Kennzeichen mit dem deutschen Meister von 1967 eben nur einmal.«

»Heiß begehrt in Braunschweig.« Sylvio wurde ernst. »Hoffentlich nutzt Floh seine Chance. Ich war damals ja auch nicht so blöd, als du mir aus dem Schlamassel geholfen hast.«

»Noch einer von deiner Sorte bei der Polizei könnte ich aber nicht ertragen.«

Sie lachten herzhaft.

»Euch geht es aber gut«, kommentierte Henrike die heitere Stimmung und ließ sich auf einem Stuhl nieder. »Na ja, wir haben ja auch einen Grund zu feiern. Ein gelöster Fall und der Bösewicht hat sich selber gerichtet. Marion wird ebenfalls erleichtert sein. Übrigens, sie ist auf Toilette und taucht gleich auf.«

»Mit der habe ich sowieso noch ein Hühnchen zu rupfen.«

»Ganz ruhig. Das alles hat sie ganz schön mitgenommen. Ich habe das Gefühl, sie will sich heute noch mal erklären.«

»Oh Hilfe, das muss doch nicht sein.«

»Pst, da kommt sie.«

Marion trug einen großen Strohhut und eine riesige Sonnenbrille.

»Strohhut trägt heute niemand mehr«, sagte Lars leise.

»Klappe.« Henrike schob ihr einen Stuhl hin. »Setz dich doch.«

»Danke. Aber ihr braucht mich nicht wie ein Zuckerpüppchen zu behandeln. Das bin ich nämlich nicht.« Sie legte die Sonnenbrille auf den Tisch und blickte sich in der Runde um.

»Bevor ich von Lars eine Standpauke bekomme, möchte ich noch etwas sagen.«

Schweigend warteten sie darauf, dass sie fortfuhr.

»Ich weiß, ich hätte nicht eigenmächtig zum Hafen fahren sollen.«

Lars grunzte ironisch.

»Aber wisst ihr, ich wollte unbedingt sehen, wie ihr den Mann dingfest macht. Ich … hmmm … war doch sehr verunsichert, von so einem Mann verfolgt zu werden. Als er dann im Speicher die Waffe auf Floh gerichtet hat, habe ich instinktiv vor Schreck geschrien.«

»Du warst das?«

»Hmmm.«

»Das hat Floh das Leben gerettet. Gut gemacht«, meinte Henrike und tätschelte ihr die Hand.

»Äh, ja, danke. Aber wisst ihr … als dieser Schmidt zum Seil griff, habe ich mir so sehr gewünscht, er würde daneben greifen und in die Tiefe stürzen. Ich habe es mir so sehr gewünscht, dass er stirbt, und dass ich keine Angst mehr vor ihm haben muss.« Betreten blickte sie auf den Tisch.

Für einen Augenblick herrschte Schweigen in der Runde, nur der Straßenlärm der Hamburger Straße unterband eine absolute Stille.

»Ich finde deinen Wunsch nachvollziehbar«, fand Sylvio aus heiterem Himmel die ersten Worte. »Ich spreche jetzt mal als Privatmensch. Wir wissen doch alle, dass der Mann nur ein paar Jahre Haft bekommen hätte. Dann wäre er entlassen worden und danach? Vielleicht hätte er einen Rachefeldzug gestartet. Also erscheint mir dein Wunsch als nachvollziehbar. Natürlich nur als Privatmensch. Und er ist ja in Erfüllung gegangen.« Er zwinkerte ihr zu.

»Welcher Mensch sitzt hier mit am Tisch und spricht so geschwollene Sätze?«, fragte Lars verdattert. »War irgendetwas in deinem Essen?«

»Lass den Jungen mal«, konterte Henrike. »Seitdem er eine Freundin hat, entwickelt er sich. Solltest du auch mal versuchen.«

»Nee. Wenigstens einer muss bei klarem Verstand bleiben.« Er grinste breit. »Aber mit dir rupfe ich trotzdem noch ein Hühnchen«, sagte er zu Marion und verlor das Grinsen.

»Das kannst du später machen.« Henrike lächelte gewinnend.

»Wir sind gestern alle mit einem blauen Auge davongekommen. Das sollten wir feiern und uns Belehrungen für später aufheben. Vom Chef kommt bestimmt auch noch was.«

Das Handy von Sylvio piepste. Rasch blickte er darauf. »Die Spurensicherung hat Beweise gefunden, dass die Langenberger auf der Ladefläche von Jochen Schmidts Geländewagen gelegen hat.«

»Warum hat er sie getötet?« Marion blickte betrübt in ihre Gesichter.

»Ich denke, wir können nur Mutmaßungen anstellen«, meinte Henrike. »Floh hat erzählt, dass Werling sie erpresst hat. Nachdem Werling aber tot war, ging sie davon aus, dass die Sache erledigt war. Ich vermute, dass Jochen Schmidt die Erpressung fortsetzte. Vielleicht drohte die Langenberger dennoch zur Polizei zu gehen.«

»Und musste sterben. Was für ein grausamer Mann.«

»Der niemanden mehr etwas zu Leide tun kann«, beschwichtigte Henrike.

»Okay, den Schmidt gibt es nicht mehr, ebenso wenig Werling. Allerdings vermuten wir weitere Hintermänner, da es nach einem größeren, bundesländübergreifenden Netzwerk ausschaut. Was ist mit dem Motorboot?« Lars' Frage galt Sylvio.

»Das ist Richtung Wolfsburg gefahren, dann aber über den Elbe-Seitenkanal bis zum Tankumsee weiter. Dort hat der Mann das Boot verlassen und ist zu dem nahegelegenen Campingplatz gelaufen. Ab da verliert sich die Spur, vermutlich ist er mit einem dort abgestellten Auto weiter. Vielleicht hilft die Personenbeschreibung von Floh zu einem Fahndungserfolg.«

»Was war in den Päckchen, die Floh an Bord geladen hat?«

»Medikamente. Solche Sachen wie Viagra, Krebsmedikamente, Sensoren für Diabetiker. Alles, was richtig Schotter macht. Im Moment ist davon auszugehen, dass es Fälschungen sind, die teuer verkauft werden sollten.« Sylvio hob die Schultern.

»Da das LKA jetzt ermittelt, sind wir aus der Sache vorerst raus. Die kämmen gerade das Haus in Veltenhof durch. Ich bin ja immer noch der Meinung, dass sich der Werling dort ebenfalls aufgehalten hat und durch Zufall auf die Unterlagen gestoßen ist, mit denen er die Langenberger erpressen konnte.«

»Dann müssten sie dort DNA Spuren von ihm finden«, ergänzte Lars. »Was ist mit den Papieren auf dem Speicher?«

»Hat das LKA ebenfalls mitgenommen. Mir scheint, ich muss mich beim LKA bewerben, damit wir auf dem Stand der Ermittlungen bleiben.«

Sie lachten gemeinsam.

»Bleib lieber bei uns. Wir würden dich vermissen«, sagte Henrike.

»Na gut, wenn ihr meint.«

»Da wir aus dem Fall nun raus sind, können wir uns den angenehmen Dingen des Lebens widmen.« Lars hob sein Wasserglas. »Und heute Abend gehen wir mal ordentlich essen, fragt sich nur wo?«

»Lass uns ins Magniviertel gehen. Bei dem Wetter können wir draußen sitzen und mit ein paar Getränken die Nachwirkungen der letzten Tage wegspülen«, schlug Henrike vor. Sie blickte zu Marion hinüber, die sehr ruhig wirkte. »Was ist mit dir? Bist du dabei?«

»Sehr gerne. Ich kann wahrscheinlich immer noch nicht ganz glauben, dass die Gefahr vorbei ist und ich mein Leben normal weiterleben kann.«

»Dann wird es Zeit, ein Stück Normalität einkehren zu lassen«, meinte Henrike. »Heute Abend wird gefeiert!«

Epilog

Die Frau beendete das Telefonat. Auf ihrem Gesicht spiegelte sich das Gespräch wieder. Was sie soeben erfahren hatte, verhagelte ihr die Laune aufs Äußerste.

Sie wählte rasch eine Telefonnummer, klemmte sich das Handy zwischen Ohr und Schulter ein, während sie die langen Haare zu einem Zopf zusammenband.

»Ja?«, meldete sich der Angerufene.

»Ich habe wiederholt schlechte Nachrichten aus Braunschweig erhalten«, begann sie das Gespräch.

»Wiederholt?«, fragte der Mann nach.

»Die Sache mit dem Evangeliar war damals recht holprig verlaufen, falls du dich erinnerst.« Ihre Stimme hatte einen schneidenden Unterton bekommen.

Der Mann war von nun an auf der Hut. »Okay. Was ist passiert?«

»Unsere Drehscheibe in Braunschweig ist aufgeflogen.«

»Verdammt. Kann man Spuren zu uns zurückverfolgen?«

»Genau das ist es, was mir Sorgen macht. Was ist mit dem sicheren Haus? Gibt es Verbindungen zu uns?«

»Nein, wir hatten das über eine Firma erstanden, niemals über unseren Namen.«

»Gut. Ab sofort ist das Haus tot. Keiner von uns geht da mehr hin, lagert etwas ein oder Sonstiges. Das LKA wird es auseinandernehmen.«

»Okay.« Der Mann fragte sich, woher seine Chefin diese Informationen hatte. Hatte sie etwa einen Spitzel beim LKA?

»Was ist mit dem Büro im Hafen? Hat unser Mann da auch keine Papiere rumliegen lassen, die uns belasten können?«

»Von uns hat er nie etwas Schriftliches bekommen. Wir

haben ausschließlich über Prepaid Handys telefoniert. Namen sind keine gefallen, alles wurde bar abgehandelt.«

»Ab sofort wird der Knoten Braunschweig auf Eis gelegt. Wir warten ab, was das LKA herausbekommt und entscheiden später, wie es weitergeht.« Grußlos beendete sie das Telefonat.

Zwischen ihren Augen bildete sich eine steile Falte. Diese verfluchten Kommissare in Braunschweig hatten ihr beinahe schon einmal die Tour vermasselt, nun war die Sache tatsächlich in die Hose gegangen. Das konnte sie ihrem großen Boss diesmal nicht verschweigen.

Sie verspürte wenig Lust, dass man ihr die Verantwortung für die Route Rheinland-Pfalz – Niedersachsen – Berlin abnahm – wegen mangelnder Kontrolle über die Geschäfte!

Vielleicht war es an der Zeit, in Braunschweig vorbeizuschauen und selbst die Sache in die Hand zu nehmen. Dann konnte sie kontrollieren, ob ihr eigenes Versteck auf dem Friedhof in Veltenhof tatsächlich leer war.

Sie verdiente in der Organisation zwar nicht schlecht, aber ihr Lebensziel war es, sich mit spätestens fünfzig in den wohlverdienten Ruhestand zu verabschieden. Daher zweigte sie immer die besten Schmuckstücke für sich selbst ab. Der Deal mit Werling war natürlich hinfällig, er war tot.

Also beschloss sie, war es an der Zeit, in ihre Heimatstadt zurückzukehren und alles selbst zu regeln.

Danksagung

Vielen Dank möchte ich dem Autor Wolfgang Ernst sagen, für seine tiefen Einblicke in die Unterwelt von Braunschweig. Sein Buch *Braunschweigs Unterwelt: Kanäle und Gewölbe unter der Stadt, Band 1, Der Burgmühlengraben im Wandel der Zeit* vermittelt auch aufgrund der alten Fotos einen tollen Einblick in die Zeit vor der Überbauung der Abwassergräben.

Herausgeber dieses Buches ist die Stadtentwässerung Braunschweig GmbH und erschienen ist es im Appelhans Verlag.

Zu Dank verpflichtet bin ich auch den Herausgebern der Festschrift *225 Jahre Pfälzer Kolonie Veltenhof 1750-1975* der Interessengemeinschaft Veltenhof e.V.

Vielen Dank den zahlreichen Autoren der Festschrift und einen besonderen Dank gilt meinen Eltern, die diese Festschrift aufgehoben haben.